種
やじさんの
異世界プレス
漫遊記
～その者、全種族（勇者と魔王も含む）を嫁にし、世界を救った最強無双のハーレム王なり～
2
くさもち
ill. マッパニナッタ

「ん、おっ♥
おふっ♥
や、待って……あっ♥」
クダラ
「そ、そんなに動かしたら
……ん、おほっ♥
ま、またイって……イ、ひぎぃ♥」

「だ、だめぇ♥
こ、こんなことされたら私…
…あっ♥
お、おかしくなっちゃうぅぅぅぅっ♥」
ミレイユ

バスクェイダ
「アタシの名はバスクェイダ。確かにここの族長だ」

くさもち
ill. マッパニナッタ
2
種付けおじさんの
異世界プレス漫遊記
~その者、全種族(勇者と魔王も含む)を嫁にし、世界を救った最強無双のハーレム王なり~

CONTENTS

Presented by
Kusamochi & Mappaninatta

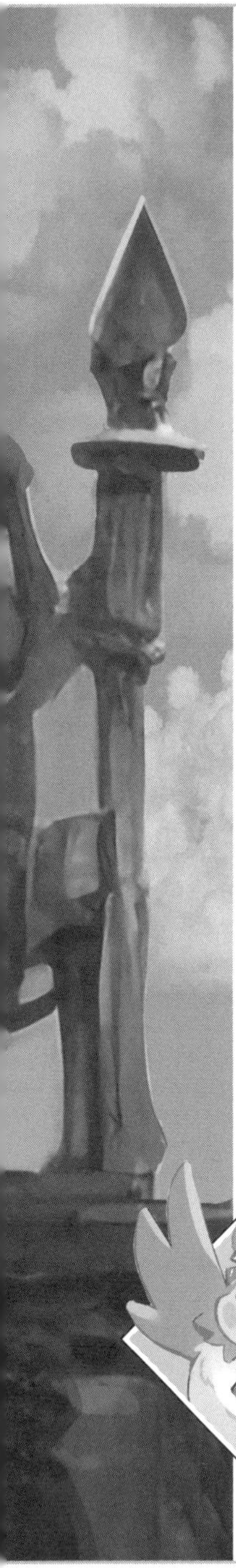

【一話】バンシーの幸運

Tanetsuke Ojisan no isekai press Manyuki

天界最強の女神――ウィクトリアに〝男の娘の巫女を救え〟という試練を言い渡された俺たちは、件の巫女がいるという妖狐族の里に向かうため、聖都西の港街――〝シロン〟から船で北の大陸へと向かっていた。

どのみち、よきママを求めて世界中を回るつもりではあったからな。

たとえ試練でなかったとしても、確実に困っている者がいるのならば、率先して向かうのは当然のことであろう。

「しかしウィクトリアさまもまた、無理難題を押しつけてきましたね……。さすがのおじさまでも今回ばかりは難しいんじゃないかなって思います……」

「ほう、何故そう言い切れる？」

「いや、だって要は〝男の娘が女であるってことを証明しろ〟ってことですよ？　そんなの絶対無理じゃないですか……」

「ふむ、確かにあなたの言うとおりだ。物理的に助けることならばいくらでもできるだろう。が、それではウィクトリアの提示した条件を達成することはできぬ。男の娘とはいえ、今まで里に尽くしてきた者が投獄されるほどの騒ぎだからな。たとえ《VRニケ》で説得したとて、身体が男である以上、従来通り巫女を続けるのは難しかろう」

「そうですね……。特定の血族なのは言わずもがな、ずっと男子禁制でやってきた神聖かつ由緒正しきお役目ですからね……。それを男の娘ができるようにしろとか、無理ゲーにもほどがありますよ……」

はあ……、と嘆息するぴのこに、俺は泰然と腕を組んで言った。

「確かに俺たちに課せられた責務は想像以上に重い。だが、何よりもその重圧に押し潰されかけながら巫女の務めを果たし続けてきたのは、他でもない男の娘自身だ。ならばたとえ無理ゲーであろうと必ず助けてみせる――ただそれだけのことよ」

「おじさま、たまにめちゃくちゃかっこいいこと言いますよね……。男の娘だと聞いて〝じゅるり〟とか言ってたのが嘘みたいですよ……」

「まあ見た目が可愛ければ男であろうと美味しくいただくのが種付けおじさんだからな。仕方あるまい」

「いやいやいや……」

「ちなみに俺は人狼のフェンリララも普通に食ってしまうおじさまだぞ」

「えぇ……。どんな性癖なんですかそれは……」

「ふ、ケモナーの業は深いということよ」

「……」

すーっと俺から微妙に距離を取った後、ぴのこが半眼で言った。

「でも実際どうするんです？　何か策でもあるんですか？」

「ああ、現状二つほど執れる手段がある。一つは俺たちが一芝居打ち、男の娘の信頼を回復させるというものだ。たとえば里の皆を守らせるとかな」

「なるほど。ウィクトリアさまも〝里の安寧を守ってきた〟と仰っていましたし、何かこう実際に命懸けで皆さんを守るような姿を見せられれば、〝やっぱりこの人しかいない〟って感じになるかもですね」

「ああ。なまじ見た目が女っぽいのであれば、なおさら許容してもらえる可能性は高いだろう。先ほども言ったが、正直種付けおじさんでなくとも、男からすれば見た目が女であれば、それはもう女だからな。その気がなくとも意外とイケるものだ」

「どうなってるんですか男の人たちは……」

呆れたように半眼になるぴのこに、相変わらず腕を組んだまま言った。

「しかし問題は女たちの方だろう。いくら見た目が女っぽいとはいえ、男の娘は心まで女になっているわけではないからな。男子禁制のお役目である以上、デリケートな部分などを考慮すれば許容するのは些か難しいやもしれぬ」

「まあそうですね……。極端に言ってしまえば、女子トイレに男バレした可愛い女装子《じょそこ》さんが入ってきて許せるのかって話ですし……」

「ああ。男はその辺をまったく気にしないからな。むしろ可愛ければ逆に興奮するのが男だ」

「だから本当にどうなってるんですか男の人たちは……」

がっくりとぴのこが疲れたように肩を落とす。

「というわけで本題はもう一つの方だ。個人的にはこっちの方が可能性が高いのではないかと思っている」

「え、そうなんですか？」

「ああ。何故ならこっちの方がより俺らしいやり方だからな」

「なんかそう言われると途端に嫌な予感がするんですけど……」

胡乱な顔のぴのこに、ふっと不敵に笑って言った。

「案ずるな。要はあなたの言ったように男の娘が女だと証明すればいいだけのこと。ならば方法など一つしかあるまい。――そう、その男の娘自身が〝ママ〟となることだ」

「でしょうね……。なんかもうそうだろうなと思ってましたよ、私は……」

呆れたように嘆息しているぴのこを尻目に、遙か水平線の彼方を黄昏《たそが》れたように見やりながら言った。

「あれは俺がまだ向こうの世界にいた頃の話だ。あなたも知ってのとおり、俺は日々夜の店で理想のママを探し続けていた」

「あの、そんな話は聞いたこともないんですけど……」

「ふ、ならば今こそ語ろう――とある男の風俗体験記を」

「いや、風俗体験記言っちゃいましたよ……。というか、なんですかその無駄に壮大な伝説《サーガ》っぽい雰囲気は……」

ぴのこが胡乱な目を向けてくる中、俺はやはり遠くを見やって言った。

「あの頃の俺は少々疲れていてな。とにかく癒やしが欲しかったのだ」

「えっと、それはこうお仕事のストレスとかですか？」

「まあそうだな。仕事というよりは人間関係のストレスだ。どうやら俺を夜の街で見かけた同僚がいたらしくてな。それがたまたま制服コスプレ店の待ち合わせデートコースだったがゆえ、

〝未成年援交疑惑〟をかけられたのだ」

「うわぁ……。なんでそんなコース選んじゃったんですかぁ……」

ドン引きしている様子のぴのこに、ぐっと唇を噛み締めて言った。

「決まっておろう……っ。俺もJKの彼女が欲しかったのだ……っ。クラスの陽キャたちのように、可愛い彼女やえっちなギャルたちとの学生生活をエンジョイしたかったのだ……っ」

「なんて切実で邪な願い……。でも微妙に憎めないのが悲しいところですね……」

「ああ、そうだろうとも。だが結果としてそれが職場での孤立を招き、俺は失意の中、一人ふらふらと夜の街を彷徨《さまよ》っていた。まるで風俗で失ったものは風俗でしか取り戻せぬと言わんばかりにな」

「いや、まあ確かに〝このお店のこの子に制服着せてました〟って感じで連れて行けばなんとかなったかもですけど……」

「ふ、さすがにそこまで迷惑をかけるわけにはいかぬよ。それにもし彼女の知り合いがいたら大変なことになるだろう？　ゆえにそれはできなかったのだ」

「……なるほど。だから仕方なく他のお姉さま方に癒やしてもらったと……」

「ああ。だが〝弱り目に祟り目〟とはよく言ったものでな。そういう時に限って悲しみを背負う羽目になったりするものなのだ」

「まさかまた妖怪……じゃなかった。あんまり好みではないお姉さまに当たったんですか？」

「いや、多少年齢層は上だったが小綺麗な感じのお姉さまだった。聞き上手でもあり、俺の話を聞くやピルを飲んでいるからと避妊具なしでのリードもしてくれた」

「へえ、優しいお姉さまだったんですね」

「ああ。そして数日後――俺は性病フルコースでがっつり寝込んだ」

「おじさまぁ……」

ずーんっ、とぴのこが両手で顔を覆いながら項垂れる。

恐らくパールちゃんとの戦いで使ったあの避妊具状のバリアスキルは、そんな俺の経験談から〝ザ・マナー〟の名が付いているのだろう。

そう、性病は予防が大事なのである。

「ともあれ、ここからが本題だ」

「いや、もう私お腹いっぱいなんですけど……」

「まあそう言わずに聞いてくれ。そうして心身ともに滅多打ちにされた俺は、夜の街で一人の美女に声をかけられた。――そう、〝ニューハーフ〟だ」

「なんですかその超展開は……。というか、それだけの目に遭っておいてなんでまたママを探しに行ってるんですか……」

「むしろそれだけの目に遭ったからこそだ。もうこの悲しみはママでしか癒やせぬと当時の俺は思っていたのだろう」

「問題はその悲しみを与えたのもまたママだってことなんですけどね……」

がっくりと肩を落とすぴのこに、俺は腕を組んで言った。

「まあそういうこともある。ともあれ、その気弱そうな美女は客引きの娘だった。一目で彼女を気に入った俺だったが、よくよく話を聞いてみればニューハーフだという。ちなみに〝オネエ〟

と〝ニューハーフ〟の違いが何か分かるか？」

「いえ……」

「定義は色々とあるが、ニューハーフの方がより身体的に女に近い者だと俺は考えている。手術の度合いとかな」

「なるほど……。で、おじさまはその綺麗なニューハーフさんに声をかけられてほいほいついて行っちゃったと……」

「うむ。正直、ニューハーフのお相手をするのは初めてだったのだが、普通に彼女の中に母性を感じてしまった。そう、あれは間違いなくママだったのだ」

「いや、まあ女性以上に女性であろうとする方々なので、そういうこともあるとは思いますけど……」

「ああ。そして俺は彼女から聞いたのだ。最初はただの女装子だったのだと。それが次第にエスカレートし、気づけば男と関係を持っていたのだと」

「えぇ……。何故ぇ……」

「分かりやすく言えば、ストイックな役者などによくあるあれだろう。役に入り込みすぎて戻るのに苦労するというやつだ」

「……なるほど。より可愛くなれるよう努力した結果、いつしか心まで女の人になってしまったと……」

「ああ。そこに女装しながらの自家発電が加わることで、無意識のうちに本物の男を求めるようになってしまったのだ」

「なんというか、業の深い話ですね……」

黄昏れたような顔で遠くを見やるぴのこに、「そうだな」と神妙に頷いて言った。

「ゆえに、それがもう一つの方法だ」

「えっ？」

「今まで女として振る舞ってきた以上、いかな男の娘と言えど、多少なりともママみを発動させているはずだ。それを俺の力で限界まで高め、〝ＴＳ〟という奇跡を起こす！」

どーんっ！　と胸を張って告げる俺に、ぴのこが半眼で言ったのだった。

「いや、その前に〝ママみ〟ってなんですか……？」

◇

そうしてぴのこのこととともに北の大陸の港街――〝ミューン〟へと辿り着いた俺だったのだが、がらりと変わった街の雰囲気に一人テンションがアゲアゲになっていた。

というのも、

「なんというケモ耳率……っ！　ここはもふもふパラダイスか……っ！」

街中がケモ耳――つまりは〝獣人〟や〝半獣人〟たちで溢れていたからである。

しかもそれだけではない。

アラクネやラミアといった、いわゆるモン娘の姿もあり、ほぼ〝亜人の街〟と言っても過言ではない様相になっていたのだ。

「なるほど。ここは主に亜人種が多く暮らしている大陸なんですね」

「ふむ。確かに棲み分けは大事だからな。しかし以前から思っていたのだが、〝亜人〟と〝魔族〟の違いは一体なんなのだ？」

「うーん、実は大した違いはないんですよね。確かこの世界の場合は旧魔王の配下についていた種族のことを〝魔族〟と呼んでいた気がします。たとえばゴブリンやオーク、淫魔などですね。他には先ほどおじさまがじゅるりとしていたアラクネやラミアのお姉さま方も魔族です」

「ほう、よく見ているな。さすがは我が一番ママよ」

「誰が一番ママですか……。その称号はシンディさんにでもお譲りしといてください……」

そうぴのこに半眼を向けられる中、俺は腕を組んで言った。

「ともあれだ。ここが亜人の街だというのであれば、真っ先に向かわねばならぬところがあるだろう」

「ええ、ギルドですね」

「いや、〝娼館〟だ」

「おじさまぁ……」

引いたような視線を向けてくるぴのこを「まあ落ち着け」と宥めつつ、俺は言った。

「確かにケモ耳ママを探しに行きたい気持ちはある。が、何もその一心だけで行くわけではない」

「でも、ついでにえっちなケモ耳お姉さんたちを堪能しようとは思ってるんですよね？」

「うむ。それは致し方あるまい。目の前に夢にまで見たケモ耳娘たちがいるのだ。である以上、心ゆくまでもふもふするのがケモナーたる俺の務めよ」

「……」

すーっと再び俺から距離を取った後、ぴのこが半眼のまま言った。

「……で、他の理由というのは一体なんなんですか？」

「無論、ケモ耳娘たちの生態を知るためだ。たとえば猫などは上から触ると怖がるだろう？　恐らくはケモ耳娘たちにもそういう人とは違う生態があるはずなのだ」

「……なるほど。それは確かにそうかもですね。娼館のお姉さま方ならお金を払えば色々と試させてもらえますし」

「うむ。さすがにそこら辺を歩いている娘たちに協力してもらうわけにはいかないからな」

「そうですね……。こう言ってはなんですけど、おじさまの通報されそう感半端ないですからね……」

「ふ、言っておくが俺は今までに三桁以上職質を食らっている益荒男《ますらお》だぞ」

「いや、それドヤ顔で言う話じゃないです……」

はあ……、とぴのこが嘆息していた時のことだ。

「――ねえねえ、そこのお兄さん♪」

「「！」」

ふいに背後から女性に声をかけられ、俺たちは揃って声のした方を見やる。

そこで可愛らしい笑みを浮かべていたのは、十代半ばくらいの美少女だった。

恐らくは黒猫系であろうケモ耳娘である。

「ごめん、話聞こえちゃってさ。お兄さん、娼館に行くつもりなの？」

「ああ、そのつもりだったのだが、君はこの街の子か？」

「うん。あたし、化猫《けびょう》族のクロエ。お兄さんは？」

「ゲンジだ。お供のぴのこととともに新米だが冒険者をやっている」

ぺこり、とぴのこが軽く会釈をすると、クロエちゃんは「そうなんだ」と笑って言った。

「新米でも冒険者なんて凄いね。その鎧も凄くかっこいいし」

「ふ、別に大したことではない」

「その割にはめちゃくちゃ喜んでるじゃないですか……。口元緩んでますよ……」

ぴのこのツッコミにいかんいかんと襟を正していると、クロエちゃんがふと思い出したように言った。

「あ、それでお兄さんはあたしたち亜人のことを知りたいんだよね？」

「ああ、そうだ。少々妖狐族の里に行く予定があってな。たとえば男女問わずスキンシップをとる際、どこをどう撫でたら喜ぶかといったことを知りたかったのだ」

「なるほどね。でもそれなら娼館に行くのはやめた方がいいよ。あそこのお姉さんたちあんまり人間のことが好きじゃないからさ」

「ふむ、そうなのか？」

「うん。元々人間に奴隷扱いされてた人たちが多いみたいでさ。復讐ってわけじゃないけど、凄いぼったくられるらしいんだよね」

「うわぁ……。それは教えてもらえてよかったですね……。そんな感じじゃ真面目に協力してもらえなさそうですし……」

「そうだな。しかしそうなると少々困ったことになるのだが……まあ仕方あるまい。やはり道行く女性に声をかけるしかないようだな」

「やめてください……。通報されますって……」

半眼を向けてくるぴのこにふふっと笑った後、クロエちゃんが俺の手を取って言った。

「だからあたしが代わりに協力してあげようと思って声をかけたんだ♪　もちろんお小遣いくらいのお金はもらうけど、でもめちゃくちゃぼったくられるよりはマシでしょ？　ねっ？」

「あ、お金は取るんですね……。なるほど……」

「うむ。商魂逞しくて実に結構だ。——いいだろう。では君に頼むとしよう。それは相手が妖狐族でも大丈夫なのだな？」

「もちろん♪　じゃあちょっとこっちにきてね♪」

ぐいっと腕を引かれながら俺たちは大通り横の路地を進み、人気のない袋小路へと案内される。

するとクロエちゃんがふいにこちらを振り向き、掴んでいた手をそのまま自身の胸元へと誘ったではないか。

——むにゅっ。

「「——っ⁉」」

そして驚く俺たちに、彼女は些か声のトーンを落としてこう告げた。

「あーあ、触っちゃったね――ザコおじさん♪」

一体どういうことなのか。

思わず固まってしまった俺たちに、ふと背後からクロエちゃんの友人と思しき少女たちの声が響く。

「うげっ、こいつはまたきったねえデブ連れてきたなぁ」

「ふふ、でもかなりいい装備を身につけていますわ。やりましたわね、クロエさん」

強気な茶髪の猫耳娘と、同じくお上品な感じの白髪猫耳娘だ。

「あはは、このおじさんホントザコだったよ♪　自信満々に緑札出しちゃってさ♪　あんなのカモにしてくれって言ってるようなもんだっつーの♪」

「……ふむ」

なるほど。

こうやって冤罪をふっかけては冒険者たちから金を巻き上げているというわけか。

年端もいかなそうな身でありながら、なかなかに阿漕《あこぎ》なことをしているな。

「てか、おじさん状況分かってる？　ここであたしが大声上げたらおじさん終わりだよ？」

「そうだぜ、おっさん。分かったらさっさと出すもん出しな」

「ついでにその鎧と剣も置いていってくださいな」

「ほう……」

（ちょっとおじさま。もしかしてこんな少女たち相手にプレスる気じゃないでしょうね？）

（無論、そのつもりだが？）

（いや、〝そのつもりだが〟って……。どう見ても相手は未成年ですよ？）

（ああ。だがこういうメスガキたちは、いずれ必ず取り返しのつかぬしっぺ返しを食うことになるからな。さすがにガチプレスまではせんが、早い段階で痛い目に遭っておいた方がよいのだ。むしろ慈悲というものよ）

（まあそうなんですけど……）

ちなみにここで言う〝メスガキ〟は蔑称ではなく、〝女騎士〟や〝女教師〟などと同じ名称的な意味合いだったりする。

「ちょっと、さっきから何ぶつぶつ言ってんのさ？　いいの？　あたしらマジで大声上げちゃうよ？　三人揃ってザコおじさんにレイプされたってね！」

「ほう……（ゴゴゴゴゴッ）」

（むしろ今のでレイプというか、ガチプレス射程圏内に入った気が……）

はあ……、と嘆息した後、ぴのこが小声で言った。

（分かりました。ならここは私に任せてください。これでも一応人々を導く女神ですからね）

（ふむ？）

一体どうするつもりなのかと小首を傾げていると、ぴのこは一つ咳払いをした後、女神らしい柔和な笑みを浮かべて言った。

「ほら、可愛らしいお嬢さんたち、そんなことをしちゃダメですよ？」

が。

「はあ？　いきなりしゃしゃり出てきて何言ってんの？　このデブ」

「……デブ？」

ぴきっとぴのこの笑顔が凍りつく中、メスガキたちが挙《こぞ》って彼女を嘲笑って言った。

「てか、よく見たらおじさんより太ってんじゃん！　あはは、マジザコ使い魔乙ー♪」

「しかもあの豚具合で〝可愛らしいお嬢さんたち〟だってよ！　まるでシロナみたいな口調だったな！」

「ちょっとやめてくださいな、サトラさん。あんなオークの子どもみたいな使い魔と一緒にされるなんて心外ですわ」

ギャハハハハッ！　と揃って笑い声を上げる三人を固まった笑顔で見据えた後、ぴのこはそのまま俺の方をぎぎぎと向いて言ったのだった。

「……おじさま、このメスガキどもを今すぐ《○○しないと出られない部屋》へ」

「うむ、よかろう」

◇

そうして、ぴのこの要望通りメスガキたちを結界内へと引きずり込んだ俺は、彼女の意図を汲み、パン一亀甲縛りに黒頭巾というドＭモンスタースタイルになっていた。

よく漫画などにいる「お、おで、女、食う……」みたいな感じのやべえやつである。

かく言うぴのこはどうしているかというと、

「……」

――クチャクチャ……プ～……パンッ！

というように、まるでアメリカンポリスの如くケツしばき棒（柔らかめ）を持ちながらフーセンガムを噛んでいた。

もちろん恰好は場の雰囲気に合わせて黒ボンテージにアイマスクの女王さまスタイルである。

そんな彼女の前に並べられていたのは、当然四つん這いにさせられ、生尻を半分出されているメスガキたちだった。

なお、これもぴのこの要望だったりする。

「ちょ、マジなんなのこれ⁉　ふざけんなっての⁉」

「くそっ⁉　てめえらマジでぶっ殺してやっからな⁉」

「そんなことより早くこのはしたない恰好をなんとかしてくださいまし⁉　私《わたくし》、恥ずかしくて死んでしまいそうですわ⁉」

と。


「――黙らっしゃい！」


「「「――っ⁉」」」

ぴのこの一喝で場が静寂に包まれる。

　そんな中、彼女はクロエちゃんに近づいたかと思うと、

　――バシンッ！


「ひぎいっ⁉」

「――っ⁉」

　その柔らかそうな桃尻にケツしばき棒の一撃を見舞い、こう告げた。

「あなたたちみたいな、人のことをデブだのザコだの豚だのオークだのと言う悪い子たちには少々お仕置きが必要なようです。なので私はこの裁きの棒であなたたちを〝お尻ぺんぺん〟します！」

「は、はあっ⁉　〝お仕置き〟とか調子に乗るのもいい加減に――」

　――バシンッ！

「しゃぎいっ⁉」

「言っておきますけど、私のお仕置きなんて全然生温いんですからね？　あなたたちの年齢がもう少し上だったなら、あの種付けモンスターさんが容赦なくママにしているところですよ？」

　ちらり、と視線を向けられたので、とりあえず「ふしゅるるる……っ」とそれっぽい雰囲気を出しておく。

「「ひいっ⁉」」

　ふむ、たまにはこういうのも新鮮でいいな。

ぴのこも意外とノリノリなので、俺としてもやっていて楽しい。

まあ子どもの教育という面では相応しくないのかもしれんが、しかし人というのは口で言ったところでほとんど反省することはないからな。

自分に耐えがたい不利益などが生じてやっと省みるのが人なのである。

である以上、種付けモンスターの恐怖を植えつけるのはあながち間違った仕置きでもあるまい。

「さあ、まずはあなたです、クロエさん。あなた、私のことを〝デブ〟だと仰いましたね？　その上、〝ザコ使い魔〟だとも」

「し、知らないし⁉　あたし、そんなこと言ってない⁉」

「嘘おっしゃい！」

――バシンッ！

「あひいっ⁉」

「よく反省することですね。もし次、嘘を吐いたら種付けモンスターさんがあなたをぺろぺろしますからね？」

――ちらり。

よし、俺の出番だな。

「お、おで、お前、ぺろぺろする……（じゅるりっ）」

「ひっ⁉」

さあっとクロエちゃんが青い顔でぷるぷるする中、ぴのこは茶髪の少女の（尻の）前に立つ。

「さて、確かあなたは……茶トラさん」

「〝サトラ〟だ！　名前間違ってんじゃねえよ⁉」

――バシンッ！

「いってえええええええええっ⁉　ちょ、今のはアタシ悪くねえだろ⁉」

「ええ。なので先ほど私を〝豚〟だと罵った分です。ちゃんと反省してくださいね」

「けっ！　誰が反省なんかするかってんだ！　豚は豚じゃねえか、この豚野郎！」

「……モンスターさん、この子があなたのママです」

「お前、おでの、ママ……（じゅるりっ）」

「ひ、ひいいいいいいいいいっ⁉　う、嘘嘘嘘⁉　冗談だって⁉　あ、あんたは別に豚じゃねえ⁉　ちょっと太ってるだけだって⁉　なっ⁉　これなら文句ねえだろ⁉」

「……」

――バシンッ！

「ぎえええええええええええええっ⁉　し、尻が、尻が割れるぅ～……」

「〝太ってる〟は余計です。反省してください」

「ちきしょう……。なんなんだよ、あのヒヨコはよぉ……」

ぐすん、と涙目になっているサトラちゃんからぷいっと目を逸らし、ぴのこは最後にシロナちゃんの（尻の）前に立つ。

するとと彼女は開口一番声を張り上げて言った。

「ご、ごめんなさい！　もう二度とこのようなことはいたしません！　心から謝罪もいたします！　ですからどうか許してくださいまし！」

「……」

——バシンッ！

「あいったーっ⁉　ちょ、なんで叩いたんですの⁉　反省していると言ったじゃありませんか⁉」

「お黙りなさい。あなたが本当に心の底から反省しているというのであれば、とっくにここから出られているはずです。ここはそういうお部屋なんですからね」

「は、はあっ⁉　な、なんなんですのそれ⁉」

「おじさま……じゃなかった。種付けモンスターさんの結界スキル——《○○しないと出られない部屋》です。今回課した条件は〝心から反省すること〟。つまりここから出たければ、自分の行いを悔い改めないといけないんです」

「「「——なっ⁉」」」

メスガキたちが揃って驚愕の表情を浮かべる。

そんな彼女たちに、ぴのこは一転して優しい声音で言った。

「でも安心してください。きちんと反省すればすぐに出られるということ。あなたたちはまだお若いんですからいくらだってやり直せます。なのでもうこんなことはやめましょう？　ねっ？」

ぱあっとぴのこが女神オーラを全開にしてメスガキたちを説得する。

散々ケツをしばきはしたが、できれば彼女も話し合いで更生して欲しいと思っているのだろう。

その気持ちは確かに分からなくはない。

が。

「うざっ！　このザコ鳥、マジうざっ！　ばーかばーか！」

「何が〝やめましょう〟だ、すかしやがって！　なんも知らねえくせに好き勝手言ってんじゃねえ！」

「まったくですわ！　聖職者のつもりか何か知りませんけど、私そういう偽善的なの大っ嫌いですの！」

　メスガキたちにはまったく聞き入れてもらえなかったようで、ぴのこは彼女たちの罵声を一身に浴びた後、ふっと黄昏れたような顔で言った。

「おじさま、私なんかもう未成年でも容赦なくプレスっておほればいいんじゃないかなって気がしてます……」

「うむ。俺もたまにそう思う時があるゆえ、あなたの気持ちはよく分かるぞ。だがせっかくあなたが更生させようとしたのだ。ならば俺がその意思を継ぐとしよう」

　──《店外デート》！　と俺が口にした瞬間、光の中から一人の裸エプロン美女が姿を現す。


「──ウッフ～ン♪」


「「「うおえっ⁉」」」

　そう、皆大好きオークの美魔女──マリリンさんである。

「ま、まさかエルフの人みたいにマリリンさんでわからせを……っ⁉　というか、何故裸エプロン……」

「ふ、それはこれから彼女が〝ママ〟になるからだ」

「えっ？」

「俺も経験があるゆえ知っている。こういう心が擦れた者たちはママの愛に包んでもらうのが一番だとな。ゆえにこれよりマリリンママによる〝赤ちゃんプレイ〟を行う！（ドーンッ）」

「えぇ……。私の意思全然継げてない……」

◇

そうして三人揃って一時間ほどマリリンママにおっぱいをもらったりおしめを替えられたりした結果――。

「「「申し訳ございませんでした……」」」


無事彼女たちの更生は終了した。

こうして結界の外に出られているのが何よりの証拠である。

まあ多少落ち込んでいるというか、ずーんっと死んだ目で膝を抱えてはいるが、お仕置きを受けたあとというのは誰しもしょんぼりするものだからな。

しばらくすれば元気になることだろう。

ともあれ、先ほどから少々気になっていたことをシロナちゃんに問う。

「ところで白髪の君はそれなりに裕福な出の娘さんに見えるのだが、何故このような盗人紛いのことをしている？　親への反抗か？」

「そ、それは……」

「べ、別になんだっていいじゃん！　あたしが誘ったんだからシロナのことはザコおじさんには関係な――」

「……アラ？」

「……関係ないと思いますので、それ以上の詮索はご遠慮いただけますと幸いです……」

「いや、どんだけマリリンさんトラウマになってるんですか……。いきなり営業職みたいな口調になりましたよ……」

「うむ、さすがは俺たちのマリリンさんだ。やはりママの愛は偉大ということだろう」

「私の知ってるママの愛とは大分違うんですけどね……」

そうぴのこが黄昏れたような顔になる中、マリリンさんは至極満足そうにオークの里へと戻っていったのだった。

◇

「なるほど。奴隷として娼館で働いている母君を助けたい、か」

「ええ、そうですわ……」

その後、改めて理由を聞いた俺たちに彼女が語ったのは、没落した家の借金返済のため、奴隷として娼館に売られてしまった母君を買い戻したいという話だった。

男の冒険者たちを主に狙っていたのは、そうすることで少しでも娼館に向かう確率を下げるためだという。

「まあ確かにおじさま、一目で娼館行きそうなタイプだって分かりますもんね……」

「ふ、滲み出る雄フェロモンを隠しきれなかったようだな」

「いや、滲み出ていたのはスケベ臭の方ですよ……」

ぴのこに半眼で突っ込まれる中、クロエちゃんたちが声を張り上げて言った。

「っていうか、もういいでしょ⁉　せめてシロナだけでも解放してあげてよ！」

「あ、アタシからも頼むぜ！　アタシらは別に親がいねえからいいけどよ、おばさんにはシロナしかいねえんだ！　だから頼むよ、おっさん！」

「そ、そんなのダメですわ⁉　あなたたち二人だけに責任を押しつけるわけには参りません！　むしろ自警団に突き出すのならば私を突き出してくださいまし！」

「「シロナ！」」

「嫌ですわ⁉」

頑なに首を横に振り続けるシロナちゃんに、クロエちゃんたちも複雑そうな顔をする。

そんな中、ぴのこが「あのー……」と控えめに言った。

「たぶんあなたたちは勘違いをされていると思うんですけど、別にこのおじさまはあなたたちを自警団に突き出したりはしませんよ？」

「「「……えっ？」」」

「うむ。確かに君たちがやってきたことは決して褒められるようなことではない。が、すでに罰はマリリンさんによって与えられているからな。ならばあとの償いは各々でしていくがよい。そのために俺たちが君たちの力となろう」

「え、えっと、それはつまりお母さまを助けてくださるということですか……？」

「無論だ。奴隷など創作物の中だけで十分――現実世界で許されるのは女王さまの僕《しもべ》だけだからな」

「それはその、ありがとうございます……。ですが私は……」

すっとシロナちゃんが伏し目がちに自身の首輪に触れる。

少々大きめなので単なるおしゃれアイテムかと思っていたのだが、どうやら彼女もまた奴隷の烙印を押されているらしい。

「それは君を逃がさないようにするためのものか？」

「ええ、そうですわ……。これを付けることを条件に、お母さまを最優先に買い取ることのできる権利を承諾させましたの……。街から出ようとしたり、無理矢理外そうとしたりすると、この首輪が私を絞め殺すようになっていますわ……。ですからお気持ちは大変嬉しいのですが、きっとお金以外の手段で私たちを助けることはできないと思います……」

「ふむ。一応聞くが、それは対象を〝絞め殺す〟だけなのだな？」

「え、ええ、そうですけれど……」

「そうか。ならば案ずることはない。俺に任せるがよい」

「えっ？」

「――《時間停止》」

ふおんっ、と呆けた顔のまま、シロナちゃんを含めた周囲の時間が止まる。

そんな中、俺は光り輝く右手の五指――エクストラスキル《ゴールドフィンガー》で彼女の首輪に触れながら言った。

「こんな幼子にまで奴隷の首輪を付けるような者が、本当に〝母を返す〟という約束を守ると思うか？　ぴのこよ」

「いえ、守らないでしょうね。もしかしたらお母さまの方にも似たようなことを言ってるんじゃないでしょうか？　シロナさんを見る限りかなり気品もありますし、そのお母さまともなれば稼ぎ頭になっていてもおかしくはないと思いますからね」

「ああ、そうだろうな。そしてシロナちゃんたちのやっていることは、体のいい小遣い稼ぎくらいに思っているのだろう。彼女を娼婦にするまでの繋ぎとしてな」

「ええ、そうですね……」

なんともやりきれない表情を見せるぴのこに、俺は「だが！」と首輪を握り潰して言った。

「そんな外道をまかり通らせるほど、このゲンジ落ちぶれてはおらぬ！　待っているがいい、娼館の主よ！　男だろうが女だろうが男優怒濤のプレスで貴様のケツを引き裂いてくれるわ！」

――ふおんっ。

そうして再び動き出した世界で、俺は微笑みながら言った。

「ほら、これで君はもう自由だ」

「えっ？　……えっ⁉　ど、どうして私の首輪が外れていますの⁉」

「え、嘘⁉　だ、だってシロナの首輪は特別な呪法で作られた絶対外れない首輪だって……」

「お、おい、おっさん⁉　あんた、一体何をしたんだよ⁉」

驚愕の表情で問うてくるサトラちゃんに、ひしゃげた首輪の残骸を見せて言った。

「別に大したことではない。ただ目に見えぬ速度で握り潰しただけだ」

「に、握り潰したって……。う、嘘だろ……っ⁉　そ、そんな芸当聞いたことねえぞ……っ⁉」

「ほ、本当に大丈夫なの？　首に違和感とかはない？」

「ええ、大丈夫ですわ。どうやらこの方は本当に私を救ってくださったみたいです」

嬉しそうな笑みを向けてくれるシロナちゃんに、俺もまた口元に笑みを浮かべて言ったのだった。

「ふ、当然だ。君のような可憐な子にあのような無骨な首輪など似合わぬ。無論、母君も必ず助けるゆえ、俺を信じて待っているがよい」

――トゥンク。

「……はい。ゲンジおじさま……（ぽっ）」

「「……ゲンジおじさま？」」

◇

「……で、どうするんですか？　あれ」

ぴのこが半眼を向けた先では、今まさにシロナちゃんが他の二人に説得されている最中だった。

「お、お願いだから目を覚まして、シロナ！　確かになんかわけ分かんないスキルで助けてくれたけど、あたしの色仕掛けに引っかかるようなザコおじさんだよ⁉　絶対えっちなことされるに決まってるって！」

「ですが私このような気持ちは初めてでして……。それにゲンジおじさまとでしたらそういうことも……きゃっ♪」

「いや、〝きゃっ♪〟じゃねえよ⁉　乙女か⁉　まあ乙女なんだけどよ⁉　つーか、おめえならどう考えたってもっとイケてるやつを見つけられるだろうが⁉　なんであんなデブちんがいいんだよ⁉」

「え、だってとっても素敵じゃありませんか……。あの逞しいお身体も、凛々しいお顔も、まるで物語の中の英雄のようですわ……（ぽっ）」

「「ええ……」」

揃って白目を剥きそうになっているクロエちゃんたちを微笑ましげに見やりつつ、「案ずるな」と腕を組んで言った。

「恐らくは一時的に吊り橋効果のような状態になっているのだろう。今まで助けてくれる大人がいなかったがゆえ、俺が救世主のように見えているに過ぎん」

「まあそう言われてみればそうかもですけど……。でももし本気だったらどうするんです？」

「無論、その時は一人の男として真剣に考えるつもりだ。確かに年端はいかぬが、それでも女性であることに変わりはないからな。その恋心を無下にすることはできぬよ」

「おじさま、そういうところだけは無駄に誠実ですよね……」

「ああ。ここだけの話、俺の初恋は幼稚園の頃、隣に住んでいた三つ編みおさげのＪＫでな。ほぼネグレクト状態だった俺の面倒をよく見てくれていたのだ。それゆえ、すっかり恋心を抱いてしまったのだが、彼女はそんな俺の気持ちを決して馬鹿にはせず、〝大人になってもまだ私のことを好きだったら結婚してあげる〟と指切りまでしてくれたのだ」

「あら、おじさまにもそんな方がいらっしゃったんですね。だからたとえ少女であったとしても、恋心にはきちんと誠実に向き合うことにしていると」

「うむ、そういうことだ。まあ問題はそのＪＫが後に上京してホストにハマった挙げ句、キャバ嬢となって十数年後俺に金の無心に来たことなのだが……今となってはよき思い出よ」

「いや、あの、それたぶん脳が破壊されてるだけで絶対よき思い出じゃないです……」

◇

ともあれ、善は急げということで俺たち（シロナちゃんたちもついてきた）はまだ娼館が開く前にこれに乗り込むことにした。

シロナちゃんの首輪が〝発動〟ではなく〝破壊〟されたことは向こうも気づいているだろうからな。

母君の安全のためにも急がねばなるまい。


「――頼もうッ！」

そうして件《くだん》の娼館に正面から乗り込んだ俺たちを待っていたのは、灰色のローブを身に纏い、フードで顔を隠している、恐らくは女性と思しき人物だった。

周囲に娼婦たちの姿がないところを見る限り、恐らくは俺たちが来ることを予期して奥に控えさせているのだろう。

彼女は俺たちの姿を確認するや、しわがれた声音で言った。

「やっぱり来たかい。あの首輪を破壊するとはなかなかやるじゃないか」

「あれは……〝バンシー〟です、おじさま！」

「ほう、その乳を吸った者には幸運が訪れるという老婆の姿をした妖精――いや、亜人か」

「ひゃっひゃっひゃ、そのとおりさね。なんなら吸ってみるかえ？　お前さんにこの醜き婆の垂れた乳を吸える勇気があるというのならねぇ」

ばさり、とフードを脱いだその顔は、大きな鷲鼻に歯の抜けた口元という実に魔女然としたものだったのだが、

「何を言っている？　垂れていようが乳は乳――吸わぬ理由がどこにある？」

「なん、だって……っ!?」

俺は腕を組み、泰然とそう告げてやった。

「ともあれだ。あなたがここの主だというのであれば、俺たちの用件は分かっているな？」

「あ、ああ、もちろんだとも。そこにいるシロナの母――ロシーヌを解放して欲しいのだろう？」

「いや、それだけではない。あなたにはここにいる全ての奴隷を解放し、奴隷稼業から足を洗ってもらいたい」

「ひゃっはっはっ！　そいつは聞けない相談だねぇ。あいつらはあたしが高い金を払って買った、言わば所有物だ。それを無条件で手放せだって？　そんな都合のいい話があるわけないだろう？」

「そうだな。それは確かにあなたの言うとおりだ。ゆえに二つほど聞きたいことがある。もし俺があなたの言い値でここにいる全ての娘たちを買ったとして、あなたはこの稼業から足を洗う気はあるのか？」

「そうだねぇ。あるかもしれないし、ないかもしれないねぇ」

「なるほど。ではもう一つだ。女性に尋ねるべきではないのは重々承知の上で問う。――あなたは今〝いくつ〟だ？」

俺の問いに、先ほどまで余裕の笑みを浮かべていた女性が顔を顰《しか》めて言った。

「……何故それを今問う必要があるんだい？」

「無論、大事なことだからだ。ゆえに答えてはくれぬか？　バンシーの娘よ」

「ふぇっふぇっふぇっ、よもやこのあたしが小娘扱いされるとはねぇ。でもまあいいさね。そんなに知りたいなら教えてやるよ。実年齢という意味ならあたしは恐らくお前さんよりも一回りは下――〝二十五〟くらいじゃないかねぇ？」

『――なっ⁉』

その場にいた全員が驚愕に目を見開く。

当然だろう。

どう見ても齢八十は超えていそうな老婆が、その実二十代半ばのお姉さんだったのだから。

「やはりそうか。ならばさぞかし周囲の女たちが眩しく見えていたことだろうな」

「はっ、同情かい？　余計なお世話だね。お前さんにあたしらバンシーの気持ちなんざ分かりゃしないよ」

「え、あの、どういうことですか……？」

困惑しながら問うてくるぴのこに、俺は神妙に腕を組んで言った。

「バンシーとは老いが早いのではなく、生まれながらに醜き老女の姿を持つ亜人。ゆえに恐らくは性交ではない、何か特定の条件下でのみ自然に〝発生〟するのだろう」

「え、ええ、確かにおじさまの仰るとおりです。なので分類的には〝妖精〟に近い存在だと言われています」

「うむ。だが、それはすなわちそういう存在として〝固定〟されているということ。ゆえに女性であるにもかかわらず、〝若さ〟や〝美しさ〟といったものとは悲しきかな無縁なのだ。しかし世の中には若く見目麗しい女たちがたくさんいる。となれば、これを羨まぬはずがあるまい」

「でもそれは……」

「ああ、仕方のないことだ。が、それで済ませるにはあまりにも不遇――女性に生まれながら若さを楽しむこともできなければ、美しさを磨くこともできず、さらには子を産むことさえできぬのだ。当然、自暴自棄にもなろう。ゆえに彼女は見目麗しい者たちが汚されていく様を見ることでその溜飲を下げることにしたのだ」

「そ、そんなこと……」

「ふぇっふぇっふぇっ、それの一体何が悪いって言うんだい？　あたしはただ自分の金で買った奴隷たちを働かせてるだけさ。衣食住だってきちんと与えてやってるし、身請けの話がありゃ奴隷の身分からも解放してやっている。その見返りに自分の欲求を満たして一体何が悪いって言うんだい？」

「確かにそれで救われている者たちもいるのだろう。だが〝奴隷〟というもの自体、元来あってはならぬものだ。ゆえに俺はこの世の全ての奴隷を解放するつもりだ」

「はっ、若造の考えそうなことさね。理想だけ並べて現実を何も見ちゃいない。そんなことは不可能だよ」

「不可能ではない。それを可能とする力を持つ者がここにいる。――そう、この世界最強の〝種付けおじさん〟だ」

「種付けおじさん、だって……っ⁉」

泰然と腕を組んで告げる俺に、バンシーの娘は愕然と目を見開いた後、嘲笑うように言った。

「……そうかい。ならお前さんがただの口だけ男だってことをあたしが暴いてやるよ。お前さん、さっき言ったね？　この醜き婆の垂れた乳であろうと構わず吸ってみせると」

「無論だ。乳に貴賤などありはしない。ゆえに俺に吸えぬ乳など存在せぬ」

「ひゃっひゃっひゃっ！　これを見てもまだそんなことが言えるのかい！」

ばさりっ、とバンシーの娘がローブを脱ぎ捨て、彼女の肢体が露わになる。

『――うおえっ⁉』

それを見たぴのこたちが一斉に嘔吐《えず》く中、「ほう……」と彼女の身体を見やって言った。

「なかなかよい下着の趣味ではないか。だが些か攻めすぎな気もするぞ」

「……世辞はよすんだね。似合っていないのはあたしが一番よく分かってるよ」

そうつまらなそうに言ったバンシーの娘が身につけていたのは、いわゆる透け透けのセクシーランジェリーであった。

あれだけ分厚いローブに身を包んでいれば下着を見られることもないからな。

せめて下着だけは誰にも馬鹿にされずにおしゃれをしたかったのだろう。

なんとも悲しき種族よ……、と俺が人知れず胸を痛めていると、バンシーの娘がブラを外し、ぽろりと床につきそうな長さの乳（大きめのニップレス付き）を俺たちの前に晒す。

「な、なんですか、あの伸びきったおっぱいは⁉」

ぷるぷると青ざめた顔でぴのこが恐怖する中、バンシーの娘は不気味な笑みを浮かべながら乳を振り回して言った。

「ふぇっふぇっふぇ、これでもまだこの婆の乳を吸おうと思えるのかえ？」

――ぶんっ！　ぶんっ！　ぶんっ！

「お、おじさま、あの鎖鎌のような挙動はまさか……っ⁉」

「離れていろ、ぴのこ。あれに巻き込まれたらただでは済まぬぞ」

「わ、分かりました……」

ぱたぱたとぴのこが安全圏に離れた後、俺はバンシーの娘を見やって声を張り上げる。

「ふ、よもや再びまみえようとは思わなんだぞ――〝宍戸《ししど》某《なにがし》〟！」

「カアッ！」

「ぬっ⁉」

――どがしゃっ！

その瞬間、高速で飛んできた乳が床板を砕き、破片が辺りに散乱する。

躱さなければ深手は免れなかっただろう。

だがいくら鎖鎌のように遠心力を加えたとはいえ、ただの乳にこれだけの威力を出せる硬さがあるとは思えない。

ゆえに俺は鋭くバンシーの娘を見据えて言った。

「その乳を覆っているものはただのニップレスではないな？」

「ご名答。こいつはミスリル製のニップレスさ。お前さんの言ったように、あたしらバンシーの乳を吸った者には幸運が訪れる。だからそれ目当てで近づいてくるやつらがあとを絶ちゃしないんだよ」

「なるほど。それゆえにその無骨で冷たいニップレスで乳を覆ったというわけか」

「いや、こいつはまた別の理由さね。あたしだって昔は善意で幸運を授けようとするくらいにはピュアガールだったさ。けどね、どいつもこいつもまるで排泄物にでも口をつけるかのような顔をして、結局誰も吸えやしないんだよ。こんな惨めな話があるかい？　だからあたしは二度と乳を吸わせないよう、こいつで乳を覆ったんだ」

「そうか。ならばあなたのその心の壁――この俺が粉々に砕いてくれようぞ！」

どぱんっ！　と《送り狼の鎧》を弾き飛ばし、パンツ一丁で彼女と対峙する。

「……一体なんのつもりだい？　こいつの威力はさっきの一撃でよく分かったはずだろう？」

「そ、そうですよ、おじさま!?　どうして鎧を脱いだんですか!?　ま、まさか《時間停止》のスキルを……っ!?」

「いや、あれは使わぬ。それではこの娘を救うことはできぬからな」

「……救う？　救うだって？　お前さん、今このあたしを〝救う〟と言ったかい？」

「ああ」

こくりと頷いた瞬間、バンシーの娘が堰を切ったように声を荒らげて言った。

「ふざけんじゃないよッ！　たかが人間の小僧如きに――あたしの一体何が救えるって言うんだッ！」

――ぶうんっ！

「おじさま!?」

ぴのこの悲痛な叫びが辺りに響く中、怒りに任せて放たれた豪速の双乳が俺を襲う。

が。


――がしっ！


『――なっ!?』

俺はそれを光り輝く両手でそれぞれ受け止め、べきばきと身体を肥大化させながら言った。

「……何を救えるか、だと？　そんなものは決まっている――あなたの〝心〟と〝身体〟をだッ！」

ばきんっ！　とミスリル製のニップレスが俺の五指によって粉々に砕け散る。

「ひゃあっ⁉」

その衝撃で尻餅を突いたバンシーの娘のもとへと、俺は筋骨隆々の男優となってゆっくりと歩みを進めていく。


「——お、お待ちください！」


『！』

そんな中、一人の美女が俺たちの間に割って入ってきた。

恐らくは騒ぎを聞きつけて店の奥から駆けてきたのだろう。

シルクのように艶やかな白髪と豊満な胸元が特徴の癒し系猫耳美女だ。

「お母さま！」

そう、シロナちゃんの母——ロシーヌさんである。

彼女は両腕を大きく広げ、背後にいるバンシーの娘を庇うように立ち塞がったのだ。

そして彼女は懇願するように言った。

「どうか、オーナーさまを許して差し上げてください……。この方はあなたが思っているような人ではありません……」

「ど、どうしてその人を庇うのですか、お母さま⁉　お母さまはその人に奴隷にされているのですよ⁉」

「ええ、確かにそのとおりです……。ですが彼女に買われていなければ私《わたくし》は……いえ、私たちはもっと酷い目に遭っていたのです、シロナ……」

「そ、それってどういう……」

「やはりそういうことか。どうりであのバンシーの娘からは殺気の類を一切感じなかったわけだ」

「ど、どういうことですか……？」

困惑したような表情のぴのこに、未だ尻餅を突いているバンシーの娘を見やって言った。

「彼女が自分で言っていただろう？　奴隷たちにはきちんと仕事と衣食住を与え、身請けを受けたら解放していると。それはつまり彼女なりのやり方で奴隷たちを〝守っていた〟ということなのだ」

「ま、守っていたって……。で、でしたらシロナさんの首輪の件はどう説明するんですか⁉　お母さんの買い戻しの件も⁉」

「あれらもまた同じだ。本来奴隷の首輪はそれを取り付けた本人にしか外せぬ。つまり誰の所有物であるかが一目で分かるようになっているのだ。他の者たちが迂闊に手を出せんようにな。買い戻しの件も、恐らくは今まで払った分を貯めてあるのではないかと俺は考えている。借金を返し終えたあとのためにな」

「じゃ、じゃあ全部シロナさんを思ってのことだったと……？」

「というよりは、むしろ親子を思ってのことだろう。そしてそれを知っていたからこそロシーヌさんは俺を止めたのだ。――そうだろう？　ロシーヌさん」

「仰るとおりです……。オーナーさまは仰いました……。肩代わりした借金分さえ働けば自由にすると……。ですから私は自らの意思で娼婦になったのです……」

「そんな……。ど、どうして仰ってくださらなかったのですか⁉　そうしてくだされば私も――」

「……娼婦となって働いたとでも言うのかい？　まったく馬鹿な娘だね。それでロシーヌが喜ぶとでも思っているのかい？」

「そ、それは……」

なんとも口惜しげに言い淀むシロナちゃんに小さく嘆息した後、バンシーの娘はよいせと腰を上げて言った。

「やれやれ、ここいらが潮時かね。出ていきたけりゃ好きにしな。心配せずとも他の娘たちにも同じことを言っておいてやるよ。それがあんたの望みなんだろう？」

「そうだな。多少事情は変わったが、俺の目的が奴隷の解放であることに違いはない。が、それだけで終わらせるつもりはない」

「――っ⁉」

ざっと再び歩みを進め始めた俺をロシーヌさんが止めようとするが、「案ずるな」と微笑んで言った。

「別に彼女に危害を加えようというわけではない。むしろその逆だ」

「えっ？」

どういうことかと目を丸くする彼女の横を通り過ぎ、バンシーの娘の前に立つ。

「……なんだい？　まだ何か用でも――ひっ⁉」

すると彼女は俺の下腹部を見やって驚きつつも顔を赤らめて言った。

「な、なんでそんな大きく……」

「無論、あなたの下着姿に欲情しているからだ」

『――なっ⁉』

「ちょ、おじさま⁉」

驚愕の表情を浮かべているぴのこたちを手で制した後、俺は身体中から雄フェロモンを迸《ほとばし》らせて言ったのだった。

「哀れなバンシーの娘よ、あなたの悲しみはこの俺が全て忘れさせてやる。その純潔の身に女の喜びをたっぷりと教え込んでな」

「な、何言ってるんだい⁉　そ、そんなことできるもんか⁉　若造風情が調子に乗るんじゃないよ⁉」

「調子になど乗ってはおらぬ。娼館の中で男女が下着姿で向き合っているのだ。ならば始めることなど一つしかあるまい。――そう、俺はあなたを〝指名〟しているのだ。分かったらさっさと先にシャワーを浴びてこぬかッ！（クワッ）」

「は、はい……（ぽっ）」

『えぇ……』

「素敵です、ゲンジおじさま……」

◇

そうして俺はバンシーの娘に腰が抜けるほどの激しいプレスを叩き込んでやった。

ぴのこ曰く、その衝撃は娼館全体を揺らすほどのものだったらしい。

当然、それだけのプレスに老いた肉体が耐えられるはずもないため、俺は治癒スキル――《母胎回帰》をかけながら彼女に怒濤のプレスをしてやったのである。

その結果――。

「え、オーナーさま……？」

「……なんだい。あんまりじろじろ見るんじゃないよ……」

ざわざわとロシーヌさんを含めた娼婦たちが唖然とする中、バンシーの娘ことカヒラがその艶やかな黒髪の先端を恥ずかしそうに指でくるくるする。

「いやいやいや……」

驚いているのはぴのこたちも同じだった。

何故ならそこにいたのは紛れもない美女だったからだ。

容姿の端麗さは言わずもがな、豊満な胸元にきゅっと上がった肉付きのよい尻と、まるでコルセットで締めたかのようにくびれた腰。

そう、これがプレス後のカヒラの姿だったのである。

「あ、あの、おじさま……？　こ、これは一体どういうことですか……？」

「無論、《母胎回帰》の力だ」

「い、いやいやいやいや⁉　〝無論〟じゃないですよ⁉　《母胎回帰》にそんな力なかったじゃないですか⁉　なんでがっつり若返っちゃってるんですか⁉」

「まあ落ち着け。俺は以前言ったはずだ。たとえ100歳のばあさまであろうと現役復帰かつ危険日にさせる凄いスキルだと」

「いや、まあ確かに言ってましたけど……。でもそれは〝おばあさんでも妊娠できるようにする〟ってことじゃないんですか……？　若返りとかそういうことではなく……」

「ああ、その認識で間違いはない。事実、俺もそうだと思っていたからな。だが此度はそこに〝ある特別な要素〟が加わったのだ」

「ある特別な要素って……まさかっ⁉」

「そう、バンシーの与える〝幸運〟だ。俺が彼女の乳を吸い尽くしたことで、その幸運が俺にもたらされたのだ」

「……なるほど。吸い尽くしたうんぬんに関してはちょっと聞かなかったことにするとして、だから《母胎回帰》がパワーアップして本当に現役復帰してしまったと……。でもそんな理《ことわり》を歪めるほどの幸運なんて垂れたおっぱいを吸ったくらいの代償で得られるはずないんですけど……」

「ああ、そうだろうな。だからバンシーたちは皆ああいう風貌をしているのだろう。代償自体を〝自らが引き受けている〟がゆえにな。カヒラも言っていたが、元来はそうやって他人のために尽くせるとても優しい種族なのだ。そう思えば彼女たちの乳を吸うことになんら抵抗などありはしまい」

「まあ、確かに事情を知っていればそうかもですね。でもこの状況はどちらかと言うとカヒラさんの方に幸運が訪れたように思えるんですけど……」

ちらり、とカヒラを見やるぴのこに、俺は「そうだな」と口元を和らげて言ったのだった。

「恐らくはこれが俺の望む幸運――つまりは〝幸せ〟というやつだったのだろう。たまには幸運を与える側が幸せにならねば不公平というものだからな」

「そうですね。その意見には私も賛成です」

「ふ、そうだろうとも。ただまあ一つ心残りがあると言えば、彼女があの姿になったのが、俺が散々プレスして皆のもとに行く直前だったということなのだがな」

「あの、おじさま本当に幸運授かってます……？」

ともあれ、こうして此度の一件は幕を閉じた。

ロシーヌさんに関してはカヒラから解放すると言われたのだが、助けてもらった恩がある以上、きちんと借金を返済するまでは働きたいということで娼館に残ることにしたらしい。

シロナちゃんもロシーヌさんの決意を大事にしたいようで、彼女は彼女なりに別のやり方で返済の手伝いをしていくという。

もちろんクロエちゃんとサトラちゃんも協力してくれるそうだ。

ならば俺から言うことは何もあるまい。

正直、ロシーヌさんをママにできなかったことは残念だが、これ以上食い下がるのは野暮というもの。

カヒラも若返ったことでかなり前向きになったからな。

皆以前よりも明るい雰囲気で働いていけることだろう。

というわけで俺たちは娼館の皆に別れを告げ、妖狐族の里に向けてユニコーンこと〝処女厨〟を飛ばしていた。

「さて、少々回り道になってはしまったが、当初の予定通り妖狐族のウィークポイントもロシーヌさんたちに教えてもらえたからな。ならばあとは里に出向いて男の娘をＴＳさせるだけよ」

「そうですね。本当にそれで解決できるかどうかはさておき、とにもかくにもまずはその巫女さんがどういう状況にあるのかを知らないとですね」

「うむ。ウィクトリアの話では最悪処刑されるかもしれぬとのことだからな。急がねばなるまい」

「ええ。ところで先ほどから気になっていたんですけど、どうして今回は処女厨さんを喚んだんですか？　いつもは大体《送り狼の鎧》というか柴犬さんなのに……」

小首を傾げるぴのこの問いに、俺は遙か前方を見やったまま言った。

「無論、処女厨ならば男の娘の居場所を探知することができるからだ」

「え、そうなんですか⁉　処女厨さんが好きなのは生娘だけなんじゃ……」

「いや、そう思われがちなのだが、実は男の娘でもいけるのだ。なんなら女装子でもいけたりするぞ」

「えぇ……。もう可愛ければなんでもいいんじゃないですか……。なんかもう私はがっかりですよ……」

と、そんなやり取りをしつつ、それから街道をひたすら北へと進み、ついに俺たちの目指していた山岳地帯が目前に迫ってくる。

先ほどすれ違った行商人の話だと、妖狐族の里はここからさらに半日ほど進んだ山の中腹辺りにあるという。

「やっとここまで来ましたね。ウィクトリアさまのお話を聞いてから結構経っていますし、例の巫女さんが無事だといいんですけど……」

「そうだな。投獄された時期を考えればすでに十日以上は牢で過ごしている計算になる。さすがにそれだけ経てば、里の中でも何かしらの結論が出されていてもおかしくはないだろう。急がねばなるまい」

「そうですね。処女厨さんにはもう少しだけ頑張ってもらわないと」

「ああ。というわけで頼むぞ、処女厨」

ぽんっ、と処女厨の首を優しく撫でていた時のことだ。


「──ブルッ⁉　ヒヒーン！」


「ぬおっ⁉」「きゃあっ⁉」

突如処女厨が街道を外れ、鬱蒼と茂った森の中へと飛び込んでいったではないか。

「どうした処女厨⁉　何故里に向かわぬ⁉」

俺の呼びかけにもまったく応じず、処女厨はただ「ブルルッ！」と一心不乱に森の中を駆け続けていた。

「もしかして例の男の娘さんがこの先にいるのでは……？」

「……ふむ。確かにその可能性はあるやもしれぬ。しかしこの慌てよう……もしや男の娘の身に何かあったのではなかろうな……」

「ええっ⁉　そ、そんな……っ⁉」

まさか本当に間に合わなかったとでもいうのだろうか。

さすがの《母胎回帰》でも死者を蘇らせることは不可能だ。

たとえカヒラに協力してもらったとしても難しいだろう。

ゆえになんとか無事でいてくれるよう心からそう願っていると、

「ヒヒーン！」

「ぬおおおおっ⁉」

「ひいいいいいっ⁉」

今度は処女厨が急ブレーキをかけ、ぽーんっと俺たちの身体が宙に放り出される。

──ざっぱーん！

次いで俺たちを襲ったのは冷涼な水の感触だった。

どうやら泉のようなものへと飛び込んだらしい。

「つべたーっ⁉」

当然、ぴのこが絶叫を上げる中、俺も「ぬう……」と気怠げに上体を起こしていたのだが、

「──きゃあああああああああああああああああああああああああああっ⁉」

「「──っ⁉」」

それらの声を掻き消すかのように女性の悲鳴が辺りに響き渡る。

何ごとかと揃って声のした方を見やった先にいたのは、確かに女性だった。

水に濡れたプラチナの髪をその色白の肌に張り付かせ、今にもこぼれ落ちそうな胸元を両腕で覆いながら、彼女は怯えたような目でこちらを見やっていたのだ。

「……むっ？」

だが、ただの女性ではなかった。

確かに上半身は人の女性だったのだが、下半身がどう見ても馬のそれなのである。

そう、〝ケンタウロス〟だ。

恐らくはここで水浴びをしていたのだろう。

「……っ」

キッと憤りを孕んだ目で女性が睨みつけてくる中、俺は早々に後ろを向いて言った。

「……すまぬ。まさかここで水浴びをしているとは思わなかったのだ。事故とはいえ、うら若き乙女の肌を見てしまった以上、できる限りの償いはしよう。どうか許して欲しい」

「……いえ、別にそこまでしていただかなくとも結構です。こんなところまで人が来るはずないと高をくくったのは私《わたくし》自身ですので」

「そう言ってもらえると助かる。とにかくすまなかった。俺は冒険者のゲンジだ。訳あって妖狐族の里を目指していたのだが、愛馬が急に方向を変えてしまってな。恐らくはあなたの魅力に惹かれたのだろう」

「そうでしたか。それはお互い災難でしたわね。私はケンタウロス族の戦騎士《シュヴァリエ》で名を――きゃあっ⁉　お、おやめなさい⁉　そ、そのようなことをしてはいけません⁉」

「ぬっ⁉　どうした⁉」

再び上がった悲鳴に一体何があったのかと振り返った俺たちが目にしたのは、

「――ブルルッ！　ブルッ、ブルルウッ！」

血走った目で女性との交尾を目論んでいる処女厨の姿だった。

「……なるほど。あれ目的で大爆走してたってわけですね……」

「ふむ。まあ確かにやつからすれば、可愛い男の娘より巨乳の馬娘の方がいいだろうからな。仕方あるまい」

「ちょ、冷静に分析していないで助けてくださいまし⁉　この子はあなたの愛馬なのでしょう⁉」

「ぬ、これは失礼した。――戻れ、処女厨！」

「――ブルッ⁉　ブルルッ⁉　ヒヒーン⁉　ヒヒーン……」

ずずずと処女厨が水面に現れた術式の中へと沈んでいく。

その鳴き声はどこか悲しそうで、最後まで女性に前脚を伸ばし続けていたのだった。

「なんかもう、あの処女厨さんには早いとこお嫁さんを見つけてあげた方がいい気がします……。大分溜まってるというか、脳が破壊されてそうなので……」

「そうだな。この一件が終わり次第、やつのママ探しをするとしよう」

◇

その後、軽鎧のような装備に身を包んだ女性が恭しく頭を下げて言った。

「改めてご挨拶を。私はケンタウロス族の誉れ高き戦騎士――ギネヴィア。以後お見知りおきをお願いしますわ」

「ああ、こちらこそよろしく頼む。しかし〝ギネヴィア〟とはまたよい名だな。ならば俺はさしずめ〝ランスロット〟と言ったところか」

「え、どの面下げてそんなたわ言を……？」

「無論、この面だが？（ドーンッ）」

「あの、前から思ってたんですけど、その度々顔が劇画調になるの一体なんなんですか……」

「ふ、しいて言えば癖のようなものよ」

癖……、と白目を剥きそうになっているぴのこに、ギネヴィアさんが「？」と不思議そうな顔をする。

「ああ、すみません……。ちょっとおじさまが変なことを仰るので……」

「ふふ、あなたたちはとても仲がよろしいのですね。羨ましいですわ」

「まあそれなりに付き合いも長いですからね……。ともあれ、私はお供のぴのこです。よろしくお願いします、ギネヴィアさん」

「ええ、こちらこそです。それであなたたちは妖狐族の里に用があるのでしたわよね？　ならば悪いことは言いません。今あそこへ行くのはおよしなさい」

「え、どうしてですか？」

小首を傾げるぴのこに、ギネヴィアさんは肩を竦めて言った。

「それがなんとも困ったお話でして、里の封印術を維持していた〝巫女〟と呼ばれる方の不始末により、遥か古の時代に女神によって封印されたという妖狐族の始祖（?）のような方が復活して、暴虐の限りを尽くしているそうですわ」

「なんだと？　それはまことか?」

「ええ。おかげで私たちケンタウロス族も厳戒態勢を余儀なくされていますの」

「ふむ、そういうことであればなおのこと急がねばなるまい。しかし遥か古の時代に妖狐族の始祖を封印した女神、か……」

　ちらり、とぴのこを見やれば、彼女も同じ結論に至ったようだった。

「ええ、恐らくはウィクトリアさまでしょうね。ちなみにその始祖さんはどうして封印されたんですか?」

「詳しくは私も知らないのですけれど、なんでも〝我こそが最強だ〟と神々に戦いを挑んだとか挑まなかったとか。で、結局負けて〝出直してこい〟とばかりに冥府の底に叩き落とされたと聞いていますわ」

「なるほど。実にウィクトリアらしいな。恐らくその始祖とやらにはまだまだ伸びしろがあったのだろう」

「でしょうね……。なんかもうあの人、私の中で完全に戦闘狂のやべえやつですし……」

　ふっと黄昏れたような顔で遠くを見やるぴのこに、ギネヴィアさんが不思議そうに言った。

「あら、なんだかお知り合いのような口ぶりで話すのですね。もしかして〝ワルキューレ〟の方々とお会いしたことでもあるのですか?」

「いや、別にそういうわけではないのだが、女神には少々縁があってな。とはいえ、〝ワルキューレ〟か。確か死者の魂を運ぶ者たちだった気がするが……」

「ええ、おじさまの認識だとそうですね。ここでは天界と下界との連絡役と言いますか、勇者や聖女に神託を授けたりしています。要は〝天使〟みたいなものだとでも思っていただけたらと」

「なるほど。ではプレスリストに追加しておかねばなるまい」

「いや、〝では〟の意味がまったく分かんないんですけど……。てか、〝プレスリスト〟ってなんですか……」

◇

ともあれ、乱心した処女厨に代わり、俺たちはギネヴィアさんの背に乗って里への道を急いでいた。

柴犬がいるから大丈夫だとは告げたのだが、処女厨の暴走は自分のせいでもあると頑なに譲らず、ならばとその律儀さに甘えることにしたのだ。

「しかしあなたたちも物好きな人たちですわね。里の者たちですら逃げ出す始末だというのに、わざわざ火中に飛び込もうとするだなんて」

「当然だ。そこに助けを求める者がいるのであれば、火中だろうとお取り込み中だろうと迷わず飛び込む――俺はそういうおじさまだからな。まあおかげで今までに三度ほど通報されはしたが」

「そりゃお取り込み中に飛び込むからですよ……。というか、なんで飛び込んだんですか……」

「無論、〝もうやめて〟だの〝助けて〟だの〝犯される〟だのという声が唐突に聞こえてきたからだ。てっきり暴行されそうなのかと思い、慌ててその部屋へと飛び込んだところ、そういうプレイ中だったらしくてな。〝紛らわしいからホテルでやれ〟と告げて帰った数日後の朝――家に警察が来た」

「もう～……。ただでさえ通報されそうな感じなんですから気をつけてくださいよ～……」

はあ……、と大きく嘆息するぴのこに、俺は「ああ」と頷いて続ける。

「俺もそう思ってはいるのだが、万が一にも本当に暴行されかけていたら取り返しがつかぬだろう？　ゆえに身体が勝手に動いてしまうのだ」

「おじさまはどうしてそう……はあ」

「ふふ、あなたはとても勇敢な方なのですね」

「え、勇敢なんですかこれ……？」

「ええ。自らの不利益を一切恐れず、ただ誰かを救うためだけに行動する――頭では分かっていてもなかなかできることではありません。それはむしろ誇るべきことですわ」

「いや、まあそうかもですけど……」

「ふふ、あなたのような方が我が種族の男たちにもいてくだされればよかったのですけれどね……」

「「？」」

どこか憂いを帯びた表情で遠くを見やるギネヴィアさんの姿に、俺は次のママの気配をびんびんに感じていたのだった。

◇

そうして日も沈みかけた頃、俺たちは妖狐族の里へと到着した。

ギネヴィアさんからは始祖とやらが〝暴虐の限りを尽くしている〟と聞いていたので、てっきり里も壊滅状態に陥っているのではないかと思っていたのだが、ぱっと見は無傷のように思えた。

ただ民たちの表情は暗く、皆何かに怯えているというのは確かだった。


「――ちょっとあんた⁉」


「「「!」」」

そんな中、突如割烹着のようなものを身に着けた豊満ボディのケモ耳マダムが驚いたように声をかけてきた。

「なんでこんな時にここに来たんだい⁉　始祖さまに見つかる前にさっさと帰りな！」

「え、えっと……」

どうやらギネヴィアさんに対して言っているらしい。

何か彼女がいると不味い理由でもあるのだろうか。

「ふむ、すまぬが我らもまだ状況を把握できてはおらぬのだ。よければ話を聞かせてはもらえぬだろうか？」

「ああもう仕方ないねぇ！　ちょっとこっちに来な！」

マダムに言われるがまま平屋の陰へと連れていかれた俺たちに、彼女はちらりと大通りの先
──ドーム状の結界らしきものに覆われた大社のような建物を見やって言った。

「あそこに大きなお社が見えるだろう？　あれはあたしらの巫女さまがお祈りを捧げる場所なんだけどさ、今は復活した始祖さまが里の若い娘たちを連れ込んで、何やらいかがわしいことをしているみたいなんだよ」

「……いかがわしいこと、だと？　もしやその始祖とやらは男なのか？（ゴゴゴゴゴッ）」

「いんや、男勝りではあるけど女性の方さ。でもどうやら若い生娘がお好みらしくてねぇ」

「……そうか」

「いや、なんでちょっと嬉しそうなんですか……。百合だと分かった途端これですよもう～

……」

「まあそう言ってくれるな。男というのは百合と黒ギャルに無駄に敏感なのだ」

「なんですかその偏見は……。百合はまだしも黒ギャルは完全におじさまの趣味じゃないですか
……」

はあ……、とぴのこが疲れたように嘆息する中、俺は腕を組んで言った。

「ともあれ、聞いたとおりだ、ギネヴィアさん。その始祖とやらが若い娘を好む以上、あなたが狙われる可能性は非常に高い。ゆえにここまでで大丈夫だ。あなたは早々にこの里から立ち去るがよい」

「あら、随分とつれないことを仰るのですね。ここまで来た以上、私たちは一蓮托生も同じ。な

らば誉れ高きケンタウロス族が戦騎士の力——とくとご覧に入れて差し上げますわ！」

ぶんっ！　とランスを得意気に振るギネヴィアさんに、ふっと口元に笑みを浮かべて言った。

「その気高き精神まことに天晴れなり。さすがは我が未来のママよ」

「……未来のママ？　一体なんのことですの？」

「あ、気にしないでください。このおじさまちょっと脳が破壊されていますので……」

「ふ、ともあれだ。その前に一つマダムに聞きたいことがある」

「なんだい？　スリーサイズかい？」

「うむ。それも先ほどから気にはなっている」

「え、そうなんですか……？（引き気味に）」

「無論だ。が、今は巫女の安否についての方が先決なのでな。投獄されたという話は聞いているのだが、よもやすでに処刑されたなどということはあるまいな？」

「まさか。さすがのあたしたちでも巫女さまを処刑したりはしないよ。ただ性別を偽っていたのはやっぱり皆許せなかったみたいでね……。今も牢に閉じ込められているはずさ……」

「そうなんですね……。でもとりあえず無事みたいでよかったです」

「そうだな。ギネヴィアさんに急いでもらった甲斐があったというものだ」

本当に感謝する、と俺が頭を下げると、ギネヴィアさんは微笑んで言った。

「いえ、お役に立てたのならよかったですわ」

「うむ。それでマダムよ、その者に面会することは可能か？」

「ああ、今ならたぶん大丈夫なんじゃないかい？　通常ならまず無理だろうけど、今は皆それどころじゃないからね」

「ふむ、災い転じてなんとやらというやつだな。できれば案内を頼みたいのだが……」

「ああ、分かったよ。ならちょいとあたしについといで」

◇

そうして俺たちはマダムに案内され、里の外れにあった一軒の平屋へと足を踏み入れる。

その中にずらりと並んでいたのは、どこか和風の様相を思わせる木製の牢屋群だった。

江戸時代辺りの牢などが近しい感じだろうか。

マダムが看守と思しき男性に事情を話すと、本当にあっさりと許可が下りてしまった。

やはり皆、始祖とやらのことで余裕がないのだろう。

マダムに重々礼を述べた後、巫女が捕らえられているという最奥の牢へと歩みを進める。

その道すがらのことだ。

ふとギネヴィアさんが俺たちにこう尋ねてきた。

「ところで今さらですけれど、あなたたちの用件というのはその巫女とやらを助けることですの？　誰かから依頼されたとか？」

「ふむ。そういえば、あなたにはまだ具体的な内容を伝えてはいなかったな。確かに俺たちの目的は巫女を助けることだが、それは別に〝里から逃がす〟という意味ではない。彼が巫女を続けられるようにすることが俺たちの目的なのだ」

「巫女を続けられるようにって……。ですが巫女はその名のとおり〝女性〟しか務められないのでは……？」

困惑したようなギネヴィアさんの問いに、「ああ、そのとおりだ」と頷いて言った。

「ゆえに俺たちはその巫女――つまりは〝男の娘〟を〝女〟にしにきたのだ」

「えっ？」

一体どういうことなのかとギネヴィアさんが目を丸くする中、俺たちは目的の牢の前へと辿り着く。

その中で俯きながら行儀よく正座をしていたのは、巫女装束に身を包んだショートカットの小柄なケモ耳美少女……いや、ケモ耳美少年であった。

「え、どう見ても女の子じゃないですか⁉　これで本当に男の娘なんです⁉」

「うむ、間違いなく男の娘だ。《パネルマジック》でも〝男の娘〟と表示されているからな」

「いや、なんで〝男の娘〟で表示されてるんですか……。いきなり信憑性が怪しくなったんですけど……」

そうぴのこに半眼を向けられる中、件の男の娘が困惑したように言った。

「あの、どなたでしょうか……？　ボクに何かご用でも……？」

「ああ、すまない。俺は冒険者のゲンジ。そしてこっちはお供のぴのこと、ケンタウロス族のギネヴィアさんだ。あなたを助けるためにここに来た。よければあなたの名を教えてはくれないだろうか？」

「えっと、ボクは妖狐族のエトといいます……。でもどうしてあなたたちがボクを助けに

「……？」

「まあ話すと長くなるのだが、とある女神に啓示を受けたのだ。あなたを助け、再び巫女としてのお役目を続けられるようにして欲しいとな」

そう床に片膝を突いて告げると、エトちゃんはふっと自嘲の笑みを浮かべて言った。

「そうですか……。でもそれはきっと無理だと思います……。巫女のお役目は女性にしかできないものですから……」

「ああ、知っている。だがあなたはそれをずっとやり続けてきたのだろう？　そして今までそれでなんの問題もなかったはずだ」

「ええ、確かにゲンジさんの仰るとおりです……。でも男だとバレてしまった以上、皆さんがそれを許してくれるはずありません……。事実ボクはこうして皆さんのお怒りを受けてしまった上、その動揺を律することができず、始祖さまの封印も解けてしまいましたから……」

しゅんっと悲しそうな顔で俯くエトちゃんに、ぴのこが「あ、あの……」と控えめに問いかける。

「そもそもエトさんは、どうして性別を偽ってまで巫女のお役目をしていたんですか……？」

「……実はボクの亡き母は巫女の血を引く最後の一人だったらしいのですが、なかなか子どもができづらかったみたいで、やっとできた子がボクだったんです……。でもボクはご覧のとおり男だったので……」

「「「……」」」

ご覧のとおり……？　と三人揃って首を傾げる中、エトちゃんは続ける。

「恐らくこれ以上子どもを作ることはできないと判断した母が里の安寧のため、ボクを女として育てることを決めたんだと思います……。封印術を維持すること自体に性別は関係ありませんので……」

「なるほど。現状から察するに、恐らくは始祖とやらが主に女を好んでいたがゆえ、その守り手を女とすることで災いなどを減らそうとしたのだろう」

「ええ、たぶんそうだと思います……。でも結局こうして皆さんに男であることがバレてしまい、ボクのせいで皆さんは始祖さまのお怒りを買うことになってしまいました……。ボクは母の期待に応えられなかったんです……っ」

涙ながらにそう語るエトちゃんだが、俺は首を横に振って言った。

「それは違うぞ、エトちゃん」

「……えっ？」

「あなたは十分重圧に耐え、母君の……いや、皆の期待に応えてきた。里が今まで平和だったのが何よりの証拠だ。確かに性別がバレてしまったのは不運なことだったのやもしれぬ。だがそのおかげで俺たちは今こうして巡り会うことができたのだ。最強の始祖とやらを倒せる千載一遇のチャンスにな」

「始祖さまを、倒す……っ⁉」

至極驚いたような顔をするエトちゃんに、ふっと微笑んで言った。

「ああ、そうだ。そしてあなたはもう一つ勘違いをしているぞ、エトちゃん」

「……勘違い、ですか？」

「ああ。母君は別に里の安寧を考えてあなたを女として育てたわけではない。もちろんそれもあったのだろうが、何よりも第一に考えていたのは、せっかく産まれた我が子が皆から疎まれないようにするためだ」

「ボクが、疎まれないように……？」

「そうだ。待望の子が男であれば、恐らく皆から辛く当たられるだろうと考えた母君は、あえてあなたを女とすることで祝福してもらえるようにしたのだ。いずれ分かることだったとしても、あなたが産まれてきたことを不幸なことにさせないためにな」

「そんな……。でもそれならなおのことボクのせいで皆さんが……」

「案ずるな。先ほども言っただろう？　むしろあなたのおかげで俺たちはこのチャンスに巡り会うことができたのだと。あなたでなければダメだったのだ——俺たちが今この場に立つためにはな」

そう言ってゆっくりと腰を上げた俺は、木製の格子をそれぞれ鷲掴みする。

するとギネヴィアさんが首を横に振って言った。

「無駄ですわ。その格子は一見するとただの木材のように見えますけれど、妖狐族が〝ご神木〟と呼ぶ特別な大樹から切り出されていると聞いたことがありますの。そこに独自の術式を組み込んでいる以上、その強度はもはやオリハルコン並み。ゆえに物理攻撃はおろか、魔法の類も全て弾かれてしまいますわ」

「そうか。分かった」

こくりと小さく頷いた後、俺はべきばきと身体を肥大化させる。

「「……えっ？」」

そしてギネヴィアさんとエトちゃんが唖然とする中、

「──ぬああああああああああああああああああああああッ！」

──どがっしゃっ！

「「──なっ⁉」」

光り輝く両手の五指で格子を粉々に砕いたのだった。

「でしょうね……。私はそうすると思ってましたよ……」

「無論だ。さあ、ゆくぞ、愛らしき男の娘よ。この最強の〝種付けおじさん〟──ゲンジが必ずや始祖とやらをママにしてくれようぞ」

「ゲンジさん……。でもボクは……」

「案ずるな。あなたはこの俺が必ず守ってみせる──命に替えてもだ。ゆえに信じて我が手を取るがよい。さあ」

「……はい」

ぽっ、と頬を桜色に染めながら、エトちゃんが俺の手を優しく握ってくれる。

と。

「──お、おい、あんた一体何をしてるんだ⁉」

「「「「！」」」」

その瞬間、看守の男性が慌てた様子で駆け寄ってきた。

ゆえに俺はエトちゃんを後ろに下げ、ずいっと男性の前に立って言った。

「見て分からぬか？　里のために尽力してきた健気な巫女を救い出しているのだ」

「い、いや、救い出してるって……。てか、あんたなんかでっかくなってねえか……？」

「気のせいだ。それよりあなたに一つ聞きたいことがある。この子を見てどう思う？」

「ど、どう思うと言われても……」

「本当に巫女として相応しくないと思うか？　もしこの子に告白されたらどんな気持ちになる？」

「えっ⁉」

「ちょ、ちょっとゲンジさん⁉」

困惑したように両手を胸の前で握るエトちゃんに、ふっと口元に笑みを浮かべて言った。

「いいから彼を少し見つめてやってくれ。それで全て解決するはずだ」

「で、でも……」

――ちらりっ。

「――うっ⁉　か、可愛い……」

「ふ、やはりあなたには素質があるようだな。ゆめその気持ちを忘れぬことだ。さすれば今度女装子娼館に連れていってやろう」

「へ、へい、是非……」

ぽんっ、と男性の肩を軽く叩いて告げた後、俺たちはその横を通り過ぎていく。

すると、ぴのこが半眼でツッコミを入れてきた。

「いや、なんで今のやり取りで見逃してもらえたんですか……。まさか〝これが男の娘の力だ〟とか言いませんよね……？」

「ふ、確かにそれもある。が、あの男は元々エトちゃんがここに閉じ込められていることを不憫に思っていたのだろう」

「「えっ？」」

「あら、そうなんですの？」

「ああ。ここの牢は些か綺麗すぎるからな。ぱっと見でも頻繁に清掃を行っているのがよく分かる。それにエトちゃんの血色も悪くはない。食事にも十分気を遣われている証拠だ。そして何よりマダムの口添えがあったとはいえ、外部の者である俺たちを易々と通らせすぎだ。あれは恐らく誰かが助けてくれることを願ってのことなのではないかと俺は思っている」

「なるほど。言われてみれば確かにそうですわね。……それにしてもあなた、一体何者なんですの？　先ほどの結界破壊もさることながら、その人並み外れた洞察力……。それがあなたの仰る〝種付けおじさん〟とやらの力だとでも？」

「無論だ。〝種付けおじさん〟とは最強の者に与えられる称号であり、またその生き様のようなもの。〝英雄色を好む〟とは、まさに種付けおじさんのために作られた言葉だと言っても過言ではないのだ」

「英雄色を好む……。つまりあなたはその、そちらの方も旺盛だと……？」

「然り。三日三晩、百人近いオークの娘たちを相手にしたこともあるぞ」

「え、凄い……。そんなに……」

「いや、なんでちょっと期待したような顔してるんですか……。え、むっつりですか……？」

「ち、違います!?　しょ、少々思うところがあっただけで、私は決してむっつりなどではありません！」

「「……」」

「そ、そんな目で見ないでくださいまし!?　ほ、本当に違うんですぅ～!?」

「ふっ」

ギネヴィアさんのむっつり疑惑についてはさておき。

そうして平屋の外に出た俺たち（俺は元のデブに戻り済み）だったが、問題はここからである。

「さて、個人的にはこのまま正面突破といきたいところだが、中にいるのは始祖の娘だけではないからな。迂闊なことはできまい」

「そうですね。女性好きとはいえ、捕らわれている人たちを傷つけない保証はありませんし……。しかも妖狐族は《時間停止》が効かないんですよね……」

うーん、と困ったようにぴのこが腕を組む。

そう、キツネはイヌ科なので《時間停止》の対象にはならないのである。

「ああ。ゆえに始祖の娘が出てきたところを狙うしかないわけだが、問題は彼女をどうやって外に出すかだな。恐らく食事は里の者たちが運んでいるのだろう」

「であれば私が囮になりますわ。ぴのこさんも仰っていたように、その始祖の方は若い女性がお好きなのでしょう？　でしたらここは私が適任です」

「え、でも危険じゃないですか……？」

「心配はいりませんわ。先にも申し上げたように、私はケンタウロス族の誉れ高き戦騎士です。むしろ戦うことが私たちの使命なのですから」

それに、とギネヴィアさんは俺を見やって言った。

「仮に万が一のことがあったとしても、きっとあなたが守ってくださるのでしょう？」

「ふ、当然だ。だが〝きっと〟ではないぞ、ギネヴィアさん」

「えっ？」

「——〝必ず〟だ。俺は必ずあなたを守ってみせようぞ」

「ゲンジさん……（ぽっ）」


「——あ、あの！」


「「「？」」」

そんな中、ふとエトちゃんが声を張り上げて言った。

「ぼ、ボクもギネヴィアさんと一緒に囮になります！」

「な、何を仰っていますの⁉　あなたをそんな危険な目に遭わせるわけにはいきませんわ！」

「そ、そうですよ！　ギネヴィアさんは戦士ですからまだしも、エトさんには危険すぎます！」

「で、でも……」

「ふむ。何故そうしたいと思ったのか聞かせてくれぬか？」

そう優しく促すと、エトちゃんは両手を胸の前で握ったまま絞り出すように言った。

「……それは、ボクが〝巫女〟だからです。確かに皆さんには〝偽物〟だと言われました……。でもボクはお母さんの血を引く唯一の巫女なんです……っ。だからボクはお母さんのように最後まで立派に巫女の使命を全うしたい……っ。どんなに危険でも、最後まで巫女として在りたいんです……っ」

「「エトさん……」」

「そうか。あなたのその無垢なる願い――このゲンジ確かに受け取った。始祖の娘も自らを封じてきた巫女の血族が現れたとなれば看過できぬだろうからな。――というわけだ、ギネヴィアさん。すまぬが協力してはくれまいか？」

「ええ、もちろんですわ。この方もまた戦士ということ。であれば共に戦場に立つことになんら異論はありません。私たちと一緒に戦いましょう、エトさん」

「ゲンジさん、ギネヴィアさん、本当にありがとうございます……っ」

涙ぐみながら深々と頭を下げるエトちゃんに、俺たちも揃って頷いたのだった。

◇

そんな三人＋一羽の姿を、使い魔――〝管狐《くだぎつね》〟の目を通して覗き見る者がいた。

燭台の灯りが照らす薄暗い部屋の中、淡褐色の肌に金色の瞳を輝かせながら、〝彼女〟は未だお楽しみ中の娘を片手に不敵な笑みを浮かべる。

「カッカッカッ、見られておるとも知らずに馬鹿な者どもじゃ。この儂があの女の匂いに気づかぬはずなかろうて。はてさて、どやつがあの女の息がかかった者かのう。馬の娘か、それとも豚の方か。巫女でないのは確かじゃが、可能性的には馬の娘じゃな。あれはなかなかの器量よしじゃ。巫女とともに食ろうてやるのも悪くはない」

ぺろりと舌舐めずりした後、〝彼女〟はゲンジの方にも目を向ける。

「しかしなんじゃあの醜い豚は。使い魔まで肥えておるではないか。まさに怠惰の極み——あの女の一番嫌いなタイプじゃな。となればやはり馬の娘で確定か。まあそうじゃろうとは思っておったが……うん？」

その時だ。

ふと何者かの気配に気づいた〝彼女〟は、管狐の目を通してその出所を探る。

すると。

「……なんじゃ？　何故あの豚はこちらをじっと見つめておる？　まさか儂の監視に気づいたとでもいうのか……？　はっ、まさかな。どうせ食いものか女のことでも考えておったのじゃろうて」

どうでもよいわ、と鼻で笑った後、〝彼女〟は大きく口元を歪めてこう独りごちたのだった。

「そんなことより早く我がもとに来るがよい、馬の娘と巫女よ。この儂がおぬしらを丁重に〝もてなして〟くれようぞ」

◇

一方その頃。

「どうしたんですか？　おじさま」

「いや、なんでもない。モテる男は辛いという話だ」

「えぇ……。何故いきなりそんな自惚《うぬぼ》れを……」

ぴのこが若干引く中、俺は先を行くギネヴィアさんたちに続くように歩みを進めながら言った。

「まあそれはさておきだ。実は最近新たなスキルを覚えてな。あなたにも見てもらおうと思っていたのだ」

「あ、そうなんですね。どんなスキルなんですか？」

「うむ。これだ」

――《たねつけメモリアル》、と俺が口にすると、目の前にアルバム帳のような分厚い本が現れ、ぱらっと自動でページが開かれる。

「《たねつけメモリアル》……（白目）」

そこに記載されていたのは今までに出会ったママたちの名とデフォルメされた顔、そして顔の横で鼓動のような動作を繰り返す爆弾マークだった。

「なんか見たことあるやつだなぁ……。これあれですよね？　爆弾が爆発したら皆さんの好感度が一斉に下がる的な……」

「まあ似たようなものだ。此度の一件でなかなか会えていないママたちがいるからな。どうしているかと気になっていたところ、このスキルに目覚めたのだ」

「なるほど……。でもあれ？　なんでカヒラさんにまでついてるんですか？　ちょっと前にあれだけ満足させてあげたのに……」

「うむ。ゆえにこれは好感度の不満を表すものではないのだ」

「え、じゃあなんの爆弾なんですか？」

不思議そうに小首を傾げるぴのこに、俺はふっと笑みを浮かべて言ったのだった。

「無論、〝欲求不満〟の方の爆弾だ。カヒラは危険日真っ只中だからな。ムラムラしているのだろう」

「そうですか……。なんかもうそんな爆弾、さっさと爆発すればいいんじゃないかなって感じですよ私は……」

◇

そうしてゲンジたちが物陰に身を潜める中、ギネヴィアたちは大社の前へと辿り着く。

もちろん事前に人払いは済ませてあるので、ここにいるのは彼女たちだけである。

そんな中、ギネヴィアがぶんっとランスを振り、結界に包まれた大社に向けて声を張り上げる。

「お聞きなさい、始祖とやら！　私はケンタウロス族の誉れ高き戦騎士――ギネヴィア！　あなたが里の娘たちに不埒な真似をしていると聞き、成敗するため今代の巫女――エトとともに参上いたしましたわ！　大人しくお縄にお付きなさいな！」

　すると次の瞬間、結界がゆらゆらと揺れ、まるで煙のように消失する。

「「！」」

　そしてぎいっと大社の扉が開き、中から一人の人物が姿を現した。

「「……えっ？」」

　だが、その姿にギネヴィアたちは揃って目を見開く。

　何故なら、そこにいたのはあどけない顔立ちをした十歳くらいの少女だったからだ。

　妖狐族には珍しい黒髪に淡褐色肌の美少女である。

　ギネヴィアたちが唖然とする中、少女はどこか怯えたような表情でとてとてとこちらに近づいて来たかと思うと、勢いよく土下座して言った。


「――ご、ごめんなさいなのじゃ！」


「「えっ？」」

「わ、儂はちょっと悪戯をしてやろうと思っただけで、別に里の者たちを傷つけるつもりはなかったのじゃ！　じゃからどうか許しておくれ！　痛いのは嫌なのじゃ！」

「「……」」

　必死にそう訴えてくる少女の姿に、ギネヴィアたちも困惑したように顔を見合わせる。

　確かに誰かが傷つけられたという話は聞いていないのだが、ならば一体何故里の娘たちを連れていったのか。

　未だ警戒したまま、ギネヴィアはそれを少女に問う。

「では一つ教えてくださいまし。私たちはあなたが里の若い娘を連れ込んで不埒な真似をしていると聞きました。それは一体どういうことですの？　それもあなたの言う〝悪戯〟だとでも？」

「ち、違うのじゃ！　儂はただ甘えたかっただけなのじゃ！　千年以上も亡者どもと戯れておれば、人肌が恋しくなるのは仕方なかろうて⁉　じゃから娘たちの乳に顔を埋めたり、頭を撫でたりしてもらいたかっただけなのじゃ！」

「……なるほど。それが里の者たちからはいかがわしいように思われたというわけですか……。では連れていった娘たちは皆無事なのですね？」

「も、もちろんじゃ！　なんなら今すぐ全員解放しても構わん！　じゃから痛いのはやめておくれ！」

　ぷるぷると震えながら土下座で懇願してくる少女の姿に、ギネヴィアはランスを下げながら小さく嘆息して言った。

「……分かりましたわ。とりあえず顔を上げてくださいまし。心から反省しているというのであれば、別に痛い目になど遭わせはいたしません。ただし里の皆さんを怖がらせたのは事実なのですから、そこはきちんと謝罪していただきますわよ？」

「も、もちろんじゃ！　……儂を許してくれるのかえ？」

　不安そうに問うてくる少女に、エトは右手を差し伸べながら微笑む。

「はい、もちろんです。ボクと一緒に皆さんに謝りに行きましょう？」

「おお、すまんのう……。おぬしらは本当に優しき娘たちじゃ……。本当に、優しき娘たちじゃ……っ」

そうして少女の伸ばした右手がエトの手に触れようとした瞬間――。


「――待ていッ！」


「「――っ⁉」」

突如辺りに聞き覚えのある男の声が響いたのだった。

◇

「……げ、ゲンジさん⁉　な、何故そのような高いところに……っ⁉　というか、何故裸に……っ⁉」

大社の屋根に立つ俺（パン一）に、ギネヴィアさんが驚いたように目を丸くする。

それはエトちゃんも同じで、唖然として固まりつつもほのかに顔を紅潮させていた。

そんな中、始祖の少女が困惑したように眉根を寄せて言った。

「何故あの豚があんなところに……？」

「無論、その方が〝かっこいい〟からだ」

「いや、そんな理由でこんなところに登らんでください……」

ぴのこに半眼を向けられる中、「まあ冗談はさておきだ」と相変わらず腕を組んだまま言った。

「始祖の娘よ、いい加減その胡散臭い姿と小芝居はやめたらどうだ？」

「……なんのことじゃ？　おぬしが何を言っておるのかさっぱり分からぬ。変な言いがかりはやめてもらいたいものじゃな」

「そうか。ではハッキリと言ってやる。――お前のような〝のじゃロリババア〟がいるか」

「……なんじゃと？」

ドーンッ！　と指を差して断言する俺に、始祖の少女があからさまに不快感を露わにする。

「お前は先ほどこう言ったな？　ただ甘えたかっただけだと。娘たちの乳に顔を埋めたり、頭を撫でてもらいたかっただけなのだと」

「ああ、言ったとも。それが一体なんじゃと言う？」

「ならば聞こうか、始祖の娘よ。お前がもし本当に甘えたかっただけだと言うのであれば、この社の中で生気を吸い尽くされていた裸の娘たちをどう説明する？　そしてその身体に残った大量のキスマークもな」

「「えっ⁉」」

どういうことかとギネヴィアさんたちが少女を見やる中、彼女は俺から視線を外さずに言った。

「……まさかおぬし、それを確認するためだけにわざわざこの者らを囮にしたのか？　いや、そもそも初めからグルか？」

「然り。お前は俺には興味がなさそうだったからな。おかげで全員無事救出することができた。どうせただの醜いデブだとでも思っていたのだろう？」

「……なるほど。万が一にもあり得ぬとは思っておったが、まさかおぬしがあの女の手先じゃったとはのう。こいつはしてやられたわ」

ククッと笑みを浮かべながら、少女の身体が急激に成長していく。

「「――なっ⁉」」

そうして唖然とするギネヴィアさんたちの前に現れたのは、見た目二十代半ばくらいのグラマラスな美女だった。

強気な表情のほか、頭髪や尻尾の中に赤毛が混じっているのが特徴的だ。

「なるほど。それがお前の真の姿というわけか」

「そうじゃ。我が名はクダラ。思わず見惚れてしまいそうになるじゃろう？　醜き豚とはいえ、この儂を出し抜いた褒美じゃ。せめて我が艶姿を目に焼きつけながら死ぬがよい」

「ふ、それは願ってもないことだな。だがお前は一つ勘違いをしているぞ、麗しき始祖の娘よ。俺は別にウィクトリアの手先などではない」

「……何っ？　ならばおぬしは一体なんじゃと言う？」

その問いに、俺は泰然と彼女を見下ろして告げた。

「俺の名はゲンジ。いずれそのウィクトリアにすら種付けプレスする、世界最強の〝種付けおじさん〟よ」

「世界最強の、種付けおじさんじゃと……っ⁉」

「そうだ。そしてお前はこれからその〝ママ〟となるのだ」

「な、何を言っておる……っ⁉」

愕然と言葉を失っている様子のクダラに、ふっと笑みを浮かべて言った。

「皆まで言わねば分からぬか」

「……はっ、舐めるでないわ。要は愚かにもこの儂を我がものにしたいということじゃろう？　そして子を孕ませたいと」

「概ね正解だ。が、一つ重要なことが抜けているぞ」

「……重要なこと、じゃと？」

「そうだ。それを今からお前に教えてやる。――ゆえに受けるがいいッ！　我が秘拳をッ！」

だんっ！　と屋根を蹴ってクダラに飛びかかった俺は、振りかぶっていた右拳を彼女に突き出しながら吼えた。

「これぞ対妖狐族必中術式――《狐の嫁入り》ッ！」

――ごうっ！

「ふん、そんな見え見えの攻撃など――ぬっ⁉　いや、これは幻術か⁉　ならば防御術式を……ぐうっ⁉」

◇

おぎゃーおぎゃー、と赤子の泣き声が室内に響く中、クダラは駆け足で声の方へと急ぐ。

おしめは先ほど取り替えたばかりなので、恐らくはお腹が減っているのだろう。

よしよしとゆりかごの中から赤子を抱きかかえたクダラは、そのまま椅子に腰を下ろし、赤子にお乳を与える。
クダラによく似た可愛らしい黒髪の女の子だ。
きっと将来は彼女に負けず劣らずの美女へと成長することだろう。
その日が来るのを今から楽しみにしつつ、クダラは赤子にお乳を与え続ける。
「それにしてもよくお乳を飲む子じゃのう」
ふふっと笑いながら、クダラは赤子のほっぺをぷにぷにと突っつく。
よもや赤子がこんなにも愛らしいものだとは思わなかった。
そしてこの多幸感は一体なんなのだろうか。
これが〝家族を持つ〟ということなのだろうか。
いや、きっとそうに違いない。
だってこんなにも幸せなのだから。
「！」
そういえば、とクダラは辺りを見渡す。
彼女の愛しき婿の姿が見えなかったからだ。
一体どこに行ったのだろうかとその姿を探していると、ふいに彼の声が響いた。

「――俺はここだ」

「なんじゃや、そんなところにおったのかえ？」

そう、婿はすでにクダラの胸の中にいたのである。

まるで赤子のような恰好をしているが、正直そんなことはどうでもいい。

「まったく、婿さまは甘えん坊じゃのう。ほれ、いつものようにお乳を吸うがよいぞ」

「うむ。いただこう」

「あっ……♡」

そうしてクダラは彼――ゲンジにもたんまりとお乳をあげたのだった。

――ＨＡＰＰＹ　ＥＮＤ。

◇

「ぐわあああああああああああああああああああああああああっ!?」

じたばたと石畳の上を転がりながら悶絶しているクダラの姿に、ぴのこが困惑したように言った。

「あの、なんかめちゃくちゃ苦しんでるんですけど、さっきのってそんなにやばいスキルだったんですか……？」

「いや、ただ俺と赤子との幸せな新婚生活を体験させるだけのスキルなはずだが……」

「そうなんですの？　その割には苦しみようが尋常ではないと言いますか……。正直、あのまま息絶えてしまいそうなのですけれど……」

「ふむ。もしかしたら心が少々擦れているがゆえ、ああいう幸せな情景に拒否感を示しているのやもしれぬ」

「……なるほど。確かに始祖さまは今まで闇属性に包まれているような感じでしたので、いわゆる光属性系の攻撃には弱いのかもしれませんね」

「うむ、その可能性が高いだろう。まあ幻術ゆえ、死ぬようなものではないのだが、それでも弱体化できたのであれば僥倖だ。とはいえ、まだまだ油断はできぬ。ゆえにあなたたちは少し下がっていてくれ」

「分かりましたわ」「分かりました」

ギネヴィアさんたちを後ろへと下げる中、クダラが肩で息をしながら上体を起こす。

どうやら幻術の効果が切れたらしい。

彼女はまるで悪夢でも見たかのような顔で絞り出すように言った。

「き、貴様、よくもあんなおぞましいものを見せてくれたな……っ」

「何を言っている？　俺が見せたのは幸せな家族の様相だ。断じておぞましいものなどではない」

「黙れこの乳吸いデブ！　何が幸せな家族の様相じゃ⁉　ほとんど貴様が儂の乳を吸っとる情景じゃろうが⁉」

「えぇ……。ちょっとおじさまぁ……」

「落ち着け、ぴのこ。それは別になんらおかしきことではない。ただママに甘えているだけのこと。元々俺が求めていたことに他ならぬ」

「まあ、言われてみれば確かにそうですけど……」

「うむ。ゆえに問題はない」

「たわけ！　問題しかないじゃろうが⁉　せっかく我が子の愛らしさに心癒やされていたというに、貴様のせいで全部台無しじゃわい！」

怒りに満ちた顔で声を荒らげてくるクダラに、ふっと不敵に笑って言った。

「そうか。子を愛しく感じたか。それは何よりだ。であればすでにお前は我が術中――ママの階段を上り始めておるわ」

「なん、じゃと……っ⁉」

一体どういうことかと言わんばかりの表情を見せるクダラを指差し、俺は言った。

「お前に放った秘拳――《狐の嫁入り》は対始祖用に覚醒した幻術スキルだ。その効果はお前も味わったとおり、俺と赤子との幸せな新婚生活を体験するというもの。だがそれは表向きの効果に過ぎぬ」

「表向きの効果、じゃと……っ⁉」

「そうだ。この《狐の嫁入り》の真の力は対象の〝母性〟を刺激し、増幅させることにある。お前が幻術の中の我が子を愛おしく思ったようにな」

「はっ、何を馬鹿なことを。それは儂が元々母性的じゃったというだけの話。貴様の術の影響など微塵も受けてはおらぬわ」

そう吐き捨てるように言うクダラに、俺は腕を組んで言った。

「そうか。ではそんなお前にいいことを教えてやろう。幻術内に現れた子は、俺がお前に種付けした際に生まれるであろう赤子を限りなく現実に近いレベルで再現している。つまりあの子に会うためには俺のプレスを受け入れるしかないというわけだ」

「ふん、戯れ言を。誰が貴様など受け入れるものか。死んでもお断りじゃ」

「ふ、その強がりがいつまで続くか見物だな」

「……何っ？」

「言っただろう？　このスキルは〝母性を刺激し、増幅する〟と。それは何も幻を見ている間だけの話ではない。今この瞬間もお前の母性は増幅し続けているのだ。やがてあの子のママとなるためにな。そしてあの子のママになるということは、すなわち俺のママになるということ。ゆえに告げたのだ――お前はすでに〝ママの階段を上り始めている〟とな」

「なん、じゃと……っ⁉」

「そう、《狐の嫁入り》とは単なるスキル名にあらず。すでに確定した未来の事象。あの一撃を受けた瞬間、お前はもう嫁入りしていたのだ」

「――なっ⁉」

　愕然とクダラが後退る中、ぴのこがドン引きしたような顔で言った。

「いや、あの、つまりそれって食らった人が幻術の中の赤さんと猛烈に会いたくなるから、結果的におじさまのプレスを求めてママにされるってことですよね……？」

「うむ。そういうことだ」

「いや、怖っ⁉　なんですかその強制ママ化スキルは⁉」

「案ずるな。その名のとおり妖狐族にしか通じぬ秘拳だ」

「つ、つまりこれでエトさんを……っ⁉」

「？」

不思議そうに小首を傾げているエトちゃんを尻目に、俺は「いや」と首を横に振って言った。

「これはあくまで母性を増幅するためのものだからな。仮に増幅したとて今のエトちゃんを救うことはできぬ。ゆえにこいつはあの始祖の娘のためだけに覚醒したスキルだ」

「むしろなんで覚醒したんですかそんなもの……」

「無論、そうしなければあの娘は今後さらに多くの生娘たちを食い散らかすことになるからだ。妖狐族だけでなく、他の種族の娘たちもまとめてな。である以上、それを未然に防ぐのが光の種付けおじさんたる俺の務め。〝百合〟とは互いに想い合っているからこそ成り立つもの。決して強制であってはならぬのだ」

そう泰然と告げる俺に、クダラが口惜しげに唇を噛み締めて言った。

「くっ、小賢しい真似を……っ。じゃがそういうことなら話は早い……っ。要は貴様を先に消せばよいだけの話じゃからな……っ。増幅される母性とやらはそのあとにでも適当に対処法を考えればよいわ……っ」

ざわり、とクダラの雰囲気が一転して変わる。

この尋常ではない威圧感……さすがはウィクトリアに戦いを挑むだけのことはある。

しかもそれから千年の時を冥府――つまりは修羅界のような場所で過ごしてきたのだ。

となれば、ここからが本番と言ったところだろう。

さて、どう出る？　と睨みを利かせる中、クダラは両手で忍者のような印を結んで言った。

「〝冥府〟というのは言わば〝蠱毒〟のようなものでのう。女神たちでも手に余るようなやつらが古今東西、生者死者問わず集められておる。当然、そこに〝老い〟の概念はなく、ただ食うか食われるかの強者だけが生き延びる無間地獄よ。ゆえにこやつを調伏するのは儂とて骨の折れる作業じゃったわけじゃが……貴様が悪いのじゃぞ、豚男。――この儂を本気にさせた貴様がな！」

怨ッ！　とクダラが吼えると、彼女の足もとから黒いオーラのようなものが噴き出し、同時に九つの尾を持つ金毛の巨獣が這い出てきた。

「――グギャアアアアアアアアアアアアアアアアアアアアアアアアアアアアアアアッッ‼」

そう、〝九尾の狐〟だ。

確かに似たような魔物がいるとは聞いていたが、よもやここまで忠実なものが出てくるとはな。

「あ、あれは〝ナインテイルヴァジュラ〟です！　でもあんな大きい個体見たことが……っ⁉」

「当然じゃ。こいつは冥府の魔物じゃからのう。そこら辺のヴァジュラとは格が違うわ」

不敵な笑みを浮かべながらナインテイルヴァジュラ（以下九尾）の頭に乗るクダラに、「なるほど」と頷いて言った。

「それがお前の〝とっておき〟というわけか。ならばこちらも〝とっておき〟を見せてやろう。九尾に並ぶ我が祖国最強の化け物をな」

「ま、まさか〝八岐大蛇〟を……っ⁉」

驚いたようにぴのこが目を見開く中、俺は勢いよく両手で地面を叩きながら術式を発動させた。

「――出でよ、《蛸壺》ッ！」

――ぶうんっ！


「や、やはり八岐大蛇を……って、うん？」

あれ、蛸壺……？　とぴのこが小首を傾げる中、ずずずと地面に描かれた術式から姿を現したのは、ヤドカリの如く壺を背負った巨大ダコだった。

「こやつはまさか……っ⁉」

そのでかさはクダラの喚び出した九尾並みで、互いに主を頭の上（俺たちは壺の上）に乗せ、牙を剥き出しにして威嚇し合う様はまさに怪獣映画そのものであった。

そんな中、ぴのこが困惑したように言った。

「え、ちょ、なんですかこれ……？　八岐大蛇さんはいずこに……？」

「残念ながらこいつは八岐大蛇ではない。種付けおじさんたる俺の誇る〝春画獣《しゅんがじゅう》〟が一柱――〝蛸壺〟だ」

「いや、だからその蛸壺さんがなんだって話ですよ⁉　〝九尾に並ぶ我が祖国最強の化け物〟じゃなかったんですか⁉」

「うむ。そう思って八岐大蛇をモチーフとした春画獣――〝やまらのおろち〟を喚び出そうとしたのだが、さすがに婦女子たちに見せられるようなビジュアルではなかったのでな。直前で可愛らしい蛸壺に変えたのだ。とはいえ、こいつもまた最強――案ずることなど何もない」

「いや、そもそもその〝春画獣〟ってなんなんですか……」

半眼のぴのこに、俺は腕を組んで言った。

「無論、春画――つまりは昔のエロ同人誌に残る淫獣の数々だ。ちなみに先ほどの〝やまらのおろち〟は蛇の首の代わりに八本のおちんちんが生えているというやべえやつだ」

「最低ですよ……。誰ですかそんなしょうもない絵を描いたのは……」

がっくりと肩を落とすぴのこだが、ギネヴィアさんたちからの評価はまったく違うものだった。

「え、あなた〝クラーケン〟まで喚び出すことができましたの⁉　そんなまさか……っ⁉」

「す、凄いです、ゲンジさん！　ボク、〝クラーケン〟なんて初めて見ました！」

「えぇ……。蛸壺さん、クラーケン扱いされてる……（白目）」

「ふ、まあそういうこともあるだろう。よかったな、蛸壺」

「キュ〜！」

しかもそこそこ可愛い鳴き声……、とぴのこは相変わらず白目を剥き続けていた。

「ともあれ、待たせたな、クダラよ。こいつが俺の〝とっておき〟だ」

「……なるほど。よもや〝海魔の王〟とまで呼ばれるクラーケンを従えておるとは思わなんだぞ。さすがはあの女を孕ませようというだけのことはある」

「ふん、当然だ」

「まあ厳密にはクラーケンじゃなくてただのエロダコなんですけどね……」

ふっとぴのこが黄昏れたような顔になる中、クダラが「じゃが！」と声を張り上げて言った。

「陸に上がった海魔など、もはやまな板の上の鯉も同じ！　喚び出す相手を間違えたようじゃのう、種付けの！」

「種付けの……」

「ふ、それはどうかな？　お前こそ我が蛸壺の恐ろしさを知るがよい」

「ぬかせッ！　廻《めぐ》り還る九天《くてん》の大火――《クリムゾングランドフレア》ッ！」

「グギャアアアアアアアアアアアアアアアアアアアアアアアアアアアアッ！」

ごごうっ！　と九つの尾に宿った炎が螺旋の咆吼となって俺たちを襲う。

「ちょ、おじさまこれやばいやつですよ⁉」

「案ずるな。――蛸壺」

「キュウウウウウウウウウウウウウウウウウウウウウウウウウウウウッ！」

「「「――なっ⁉」」」

だがその瞬間、蛸壺がもの凄い勢いで周囲の空気ごと九尾の炎を吸い込み、クダラをはじめとした皆の目が揃って丸くなる。

そして全ての炎を吸い尽くした蛸壺は「ゲフウッ」と満足そうにゲップしていた。

「な、なんじゃと……っ⁉　我が全霊の魔力を込めた《クリムゾングランドフレア》を食ろうたというのか……っ⁉」

「当然だ。この蛸壺の《バキューム》に吸い込めぬものなどありはしない。そして〝バキューム〟とは〝真空〟の意。ゆえにたとえ九尾の大火であろうと恐るるに足らぬわ」

「くっ……。ならばこれならどうじゃ！」

グギャアアアアアアアアアアアアアアアアアッ！　と九尾がその鋭い歯牙の大顎で蛸壺の頭を

噛み砕くべく迫ってくる。

が。

――ぎゅるりっ。

「ギガアアアアアアアアアアアアアアアアッ⁉」

「ぬうっ⁉　こ、これは……っ⁉」

蛸壺の八本足に絡め取られ、九尾の身体が宙に浮く。

信じられないといった表情を見せるクダラを見上げ、俺は言った。

「迂闊なり、始祖の娘。陸上ゆえ、近づき、速度で翻弄すればなんとかなるとでも思ったのか？

――笑止。タコというのはな、その身体のおよそ九割が筋肉でできているのだ。しかも骨格がないゆえに可動域も無限大――そのような組み技の化け物に接近戦で勝てるはずなかろう。まさにぬるぬる触手プレイ状態よ」

「おのれ……っ」

「す、凄いです、おじさま！　蛸壺さんめちゃくちゃ強いじゃないですか！」

「うむ。だから言っただろう？　こいつは〝最強〟だと」

「ええ、確かにです！　もしかして他の春画獣さんたちも……？」

「ああ。猫又ならぬ〝ねこまら〟なる淫獣がいるぞ」

「いや、それ絶対さっきの〝やまらのおろち〟描いてる人と同じでしょ……」

「ほう、よく分かったな。ちなみにこの人の弟子が、かの有名なエイとお取り込み中の春画を描いた人だぞ」

「えぇ……。弟子ぃ……」

「ともあれだ。これでお前の九尾はもう使えまい。そろそろ降参したらどうだ？」

　腕を組みながらクダラを見上げると、彼女はクックッとおかしそうに笑って言った。

「それは随分と面白い冗談じゃのう、種付けの。所詮こやつは我が使い魔に過ぎぬ。貴様のような豚に、この儂が直々に手を下すまでもないと思ってのことじゃったが、やはり腐ってもクラーケンの主――そう簡単にはいかぬようじゃな」

「ふむ。ならばどうする？　この俺と差しでやるか？」

「そうじゃな。それも悪くはない。じゃが――」

「ぬっ⁉」「えっ⁉」

　その瞬間、俺たちが目にしたのは、すでに懐に入り込んでいるクダラの姿だった。

　――どぱんっ！

「おじさま⁉」

　そして彼女は寸勁のような一撃を俺の胴に叩き込んで言った。

「儂と貴様では力の差がありすぎる。ほれ、一撃で絶命してしまったではないか。あれだけ大口を叩いておった割にはなんとも呆気ない幕切れじゃのう」

　ふんっ、とつまらなそうに鼻で笑うクダラだったのだが、

「――確かに俺とお前では力の差がありすぎるようだな」

「――なっ⁉」

鍛えられし男優の腹筋の前では全てが無意味であった。

「な、何故生きておる⁉　今のは確かに致命の一撃だったはずじゃ⁉　……いや、待て⁉　貴様、なんじゃその姿は⁉」

「これは俺の誇る最強の身体強化スキル――《男優転身》。その強靭な肉体はミスリル銀ですら容易にへし折る硬度へと至る。確かにお前の一撃はお通じがよくなりそうなものではあった。が、ただそれだけのことだ。どうにもお前は相手の力量を見誤る癖があるらしいな。なるほど、それではウィクトリアに勝てぬはずだ」

「なんじゃと⁉　貴様、儂を愚弄する気か⁉」

「愚弄ではない。純然たる事実だ。少なくともウィクトリアは俺の見た目で手を抜くような真似は一切しなかった。むしろ新たなる可能性すら感じていたくらいだ。常識を常識と思わぬ発想力――それがなければ彼女に一矢報いることなど到底できはせぬ」

「知ったような口を利きおってからに……っ。まるで貴様にはそれができるかのような口ぶりではないか……っ」

憤りに満ちた顔でそう問うてくるクダラに、「無論だ」と頷いて言った。

「それを今からお前に教えてやる。これから俺が使うのは一般的なマッサージ術――だがそれを受けたが最後、お前は完全に俺のママとなるだろう」

「はっ、面白い！　ならば受けて立とうではないか！　あの女のためにとっておいた我が最強の闘技でな！」

四つん這いになり、べきばきとクダラが肉食獣が如く筋肉を肥大化させていく中、俺はぴのこに言った。

「というわけだ、ぴのこよ。少々荒っぽい戦いになるゆえ、あなたは柴犬とともにギネヴィアさんたちの側にいてくれ」

「……いえ、私もおじさまと一緒に戦わせてください。正直、何もできないかもしれませんけど、それでもその、私〝勝利の女神〟と同じ名前ですし……。験担ぎくらいにはなるんじゃないかなと……」

どこか恥ずかしそうにそう視線を逸らすぴのこに、ふっと口元に笑みを浮かべて言った。

「そうか。ならばパンツの中にでも隠れているがよい。そこならば振り落とされる心配もなかろう」

「……あの、やっぱり皆さんのところに行ってもいいですかね？」

◇

そうして柴犬だけを護衛としてギネヴィアさんたちのもとへと向かわせた俺（ぴのこは後頭部に掴まっている）は、「コオオオオッ」と円を描くように構えながら言った。

「これより繰り出すは破邪顕正の秘拳――《即堕ちリンパ拳》。ママとなる覚悟ができたのならばかかってくるがよい」

「ほざけッ！」

だんっ！　と壺を蹴り、クダラが猛然と飛びかかってくる。

「アタアッ！」

その速度は月下のフェンリララにも匹敵するほどのもので、俺も迎え撃つかの如く右の拳を放つ。

――ざんっ！

そうして互いの一撃が交差した後、ぶしゅっと血飛沫が舞ったのは俺の方だった。

彼女の爪が右頬を斬り裂いたのだ。

「おじさま⁉」「「ゲンジさん⁉」」

ぴのこたちの悲痛な叫びが響く中、クダラは血のついた右手の指先をぺろりと舐めながら振り返る。

「カッカカッ、そんなのろまな拳では蚊も殺せぬわ。何が破邪顕正の秘拳じゃ。当たらぬ秘拳などもはや秘拳にあらず。ただの愚鈍な拳よ」

得意気にそう語るクダラに、俺はまるでブルース・リーの如く頬の血を親指で拭って言った。

「ふむ。お前には俺の拳が当たっていないように見えたのか？」

「……何っ？」

「自分の乳をよく見てみるがいい。随分と張っているように見えるぞ？」

「な、なんじゃこれは⁉　何故儂の乳がこんなにも張って……くあっ⁉」

堪らず両乳を抱えながらクダラが膝を突く。

そして彼女は顔を赤くしながら俺を睨みつけ、声を荒らげた。

「き、貴様、一体儂に何をした⁉」

「ただのマッサージだ。もっとも、一突きでリンパの流れが加速度的に増すマッサージだがな」

「リンパ、じゃと……っ⁉」

「そうだ。〝リンパ〟とは体内のろ過システムのようなもの。ゆえにこの流れをよくすることは肉体の活性化へと繋がる。女性であればホルモン分泌量の増加による美肌効果などが期待できるだろう」

「そ、それがこの乳の張りと一体なんの関係があると言う⁉」

「分からぬか？　女性ホルモンの分泌量が増えるということは、すなわち女性機能も活発化するということ。そして俺はその起因となる一撃をお前の乳の性感帯──〝スペンス乳腺〟目がけて放った。となればその機能は著しく向上し、やがてお前は母乳を噴き出す快感に打ち震えながらママとなることだろう」

「なん、じゃと……っ⁉」

愕然と目を見開くクダラだったが、ぴのこは半眼で言った。

「いや、あの、それってつまりさっきパンチした時、どさくさに紛れておっぱい突っついてたってことですよね……？」

「違うぞ、ぴのこ。〝あくまで施術の一環です〟」

「……」

ともあれ、未だ両腕で乳を押さえながらクダラが声を荒らげる。

「ふ、ふざけるな⁉　こんな戦い方があって堪るか⁉」

「だから言ったはずだ。常識を常識と思わぬ発想力が必要だと。確かにお前は強い。獣のような俊敏性と、それを最大限活かせるポテンシャルから繰り出される一撃は、たとえ鍛え抜かれた男優の肉体であってもはね除けることができなかった。それは大いに誇るべきだ」

だが、と俺は首を横に振って続ける。

「お前の戦い方は未だ常識の範疇を出てはおらぬ。ゆえに徒手空拳から武器術まで、ほぼ全ての武を収めているであろうウィクトリアには到底通じぬだろう。それはお前も分かっているはずだ」

「ぐっ……」

「それが生娘たちの生気で得た力ならばなおのこと精進が足りぬ。そして俺はそんな望まぬ百合を強行したお前を絶対に許すわけにはいかんのでな。このまま大人しくママとなり、娘たちにも謝罪してもらうぞ」

ゴゴゴゴゴッ、と種付けオーラを全開にしてクダラのもとに向かう俺に、彼女は何を思ったのかククッと笑みを浮かべて言った。

「……なるほど。貴様の言いたいことはよく分かった。常識を常識と思わぬ発想力か。確かにそのとおりじゃ。貴様のおかげで身に染みたわ」

ゆらり、と乳を隠したまま立ち上がったクダラに俺たちが眉根を寄せていると、彼女はクワッと両目を見開いて吼えた。

「――つまりはこういうことじゃろう！」

――ばさりっ！

「ぬっ⁉　おっぱい⁉」

その瞬間、突如目の前に淡褐色の美しき生乳が現れ、思わず動きを封じられる。

通常であれば生乳を見せられた程度で怯む俺ではないのだが、なんとクダラは乳を前面に押し出しながら高速で突っ込んできたのである。

となれば当然、両手でこれを受け止めるのが男の務めなのだろうが、あまりにも急に乳が目の前に現れたため、このまま乳に顔を埋めるべきなのではないかというもう一つの選択肢が生じてしまったのだ。

――バシンッ！

「ぐおあっ⁉」

「おじさま⁉」

その結果、一瞬判断が遅れた俺に食らわされたのは、まさかの乳ビンタであった。

「カッカッカッ！　種付け敗れたり！」

そうして俺を出し抜いたクダラは高笑いを響かせながら両手で印を結ぶ。

すると触手責めでメスの顔になっていた九尾がぼんっと煙のように消え、

――どぱんっ！

「「「――っ⁉」」」

代わりに大社の屋根を吹き飛ばしながら、亡者の如き白い手が無数に迫ってきた。

恐らくは大社の中の封印術式から伸びているのだろう。

「ぬうっ！」

「――きゃあっ⁉」

「ぬおおっ⁉」

ゆえに俺はそれに呑まれる直前、後頭部に掴まっていたぴのこを安全圏へと放り投げる。

「おじさまあああああああああっ⁉」

そうしてぴのこの悲痛な声が響く中、俺は亡者たちに呑まれ、冥府へと引きずり込まれてしまったのだった。

「カッカッカッ！　抜かったな、種付けの！　次は貴様が千年封じられる番じゃ！」

◇

「キュ～……」

ずずずと主を失ったことで蛸壺が地面に描かれた術式の中へと消えていく。

それを見て勝利を確信したクダラは、残った者たちに余裕の笑みを向けながら言った。

「さて、頼りの豚が消え去った今、もはやおぬしらに勝ち目はない。大人しく我が軍門に降ることじゃな。さすれば悪いようにはせぬ」

「お断りですわ！　私はケンタウロス族の誉れ高き戦騎士――ギネヴィア！　絶対に最後まで諦めません！」

そうランスを構えながら告げるギネヴィアに、クダラはククッと嬉しそうに笑って言った。

「ええのう。気の強い娘は大好物じゃ。おぬしはあとでゆるりと楽しむとしよう。まずは――」

「――ひゃうっ⁉」

「こっちの娘からじゃな」

「エトさん⁉」

一瞬でエトの背後へと回り込んだクダラは、その華奢な身体を抱き、ぐいっと顔を自らの方へと向けさせる。

「この、エトさんを放しなさい！」

当然、ギネヴィアがランスを構えながら突っ込んでこようとする。

が。

「近づけばこの娘を殺すぞ？」

「うぐっ⁉」

「――なっ⁉　そ、そんなの卑怯ですわ！」

「カッカッカッ！　卑怯で結構！　そも戦場で正々堂々など戦を知らぬ青二才のやることよ。事実、おぬしは手も足も出ておらぬではないか。もし儂に仲間がおったのならば、その場で犯されるか首を刎ねられておるわ」

「ぐっ……！」

至極悔しそうに唇を噛み締めるギネヴィアに、クダラがなんとも言えぬ優越感を覚えていると、

「――ぴのこパンチ！」

突如物陰からぴのこが飛び出してきた。

が。

「邪魔じゃ」

――べちんっ。

「あうちっ⁉」

「『ぴのこさん⁉』」

彼女は為す術なくクダラのでこぴんを食らい、ぽてりと大の字で目を回していた。

「さて、これで邪魔者は全ていなくなったわけじゃが……待たせたのう、巫女の娘よ。おぬしの一族には随分と世話になったからのう。存分に楽しませてもらうぞ」

「ん～っ⁉」

「エトさん⁉」

エトの唇を奪いながら、クダラはその瑞々しい生気を吸い取っていく。

だがそこで少々違和感を覚えたクダラは唇を離し、「……なんじゃ？」と眉根を寄せる。

「……？」

どうにも他の女たちとは生気の質が違うのである。

やはり巫女ゆえ、相性があまりよくないのだろうか。

「まあよいわ。こっちを刺激すればそれもよくなるじゃろうて」

にやにやと愉悦の笑みを浮かべながらエトの袴の中――その下腹部へと手を伸ばしたクダラだったが、

「……うん？　なんじゃこれは……？」

そこでも謎の違和感を覚え、小首を傾げる。

「や、やめてください～……。そ、そこはダメです～……」

「ええい、黙っておれ！　儂は今忙しいんじゃ！」

何やら身悶えしている様子のエトにそう一喝しつつ、クダラは違和感の正体を探り続けていたのだが、そこではたと気づく。

「ま、まさかおぬし……っ⁉」

と。


「――そうだ。エトちゃんは女ではない――〝男の娘〟だ」


「「「――っ⁉」」」

その瞬間、クダラの背後に突如筋骨隆々の男優が姿を現したのだった。

◇

「おじさま！」「ゲンジさん！」

ぴのこたちが安堵したように声を張り上げる中、クダラが信じられないといった表情で言った。

「な、何故貴様がここにおる……っ⁉　儂は確実に貴様を冥府へと叩き落としたはずじゃぞ……っ⁉」

「ああ、確かに俺は亡者どもによって封印術式の向こう側へと引きずり込まれた。あの荒廃した世界が恐らくはその冥府とやらなのだろう。だが俺にはお気にの嬢のもとへと一瞬で転移できるスキル――《即姫》がある。ゆえに戻ってこられたのだ」

「ば、馬鹿な⁉　そんなことあり得るはずがない⁉　空間転移スキル如きで断絶された世界を跨ぐことなど絶対に不可能じゃ⁉　でなければ儂が千年も封じられておるはずなかろう⁉　何故じゃ⁉　何故貴様は戻ってこられた⁉　……そうか！　あの女が力を貸したのじゃな⁉　そうじゃろう⁉」

捲し立てるように言葉を紡ぐクダラに、俺は首を横に振って言った。

「否。ウィクトリアの力など借りてはおらぬ。そもそも彼女ならば、この状況を自ら乗り越えさせようとするはずだからな。手を貸すことなど絶対にあり得ぬ」

「な、ならば何故貴様はここにおる⁉　何故冥府から戻ってこられたのじゃ⁉」

「無論、〝愛ゆえに〟だ」

「愛、じゃと……っ⁉」

「そう、〝愛〟だ。この世界には俺の愛する者たちがたくさんいる。ゆえに彼女たちを守るためならば、俺はたとえ三千世界の果てからでも必ずや駆けつけてみせよう」

「おじさま……」「ゲンジさん……」

じーん、と胸打たれている様子の女子たちに無言で頷いた後、再びクダラに向き直って言った。

「とはいえ、確かに《即姫》だけで戻ってくるのは不可能だ。どうやらお前がエトちゃんの代わりに封印術式を維持していたみたいだからな」

「当然じゃ！　ゆえに儂は何度も聞いておろう⁉　何故〝封印された世界から戻ってくることができたのか〟と⁉」

「無論、それは我が〝エクストラスキル〟の力だ」

「エクストラスキル、じゃと……っ⁉　まさか貴様、すでに神の領域に……っ⁉」

「然り。エクストラスキル《観音開き》――慈悲深き菩薩の掌の前では、たとえどんな封印術も寝所で恥じらう生娘が如くただ足を開くのみよ」

「な、何を、言っておる……っ⁉」

「本当に何を言ってるんでしょうね……。しかもあんな真顔で……」

ぴのこがそう白目を剥く中、俺はクダラを指差して言った。

「さて、幕引きだ、始祖の娘よ。我が未来のママ――エトちゃんに手を出した報いを受けるがよい」

「お、おい、ちょっと待て⁉　ママも何もこやつは〝男〟じゃぞ⁉」

「何を言っている。エトちゃんは男ではない――〝男の娘〟だ」

ゴゴゴゴッ、と再び種付けオーラを全開に迫る俺に、さすがのクダラも気圧されたのだろう。

「じょ、冗談ではないわ⁉　こんな頭のおかしいやつらになぞ付き合ってられるか⁉」

だんっ！　と地を蹴り、脱兎の如く逃走を図ろうとしたので、

「――捕らえろ」

――がしっ！

「――くあっ⁉　な、なんじゃこの鎖は⁉　ひ、引きずられる⁉」

俺は彼女を結界内へと引きずり込むことにした。

「結界スキル――《〇〇しないと出られない部屋》だ。お前をここで逃がせばまた生娘たちが被害に遭うのでな。悪いがこのままママ堕ちしてもらうぞ」

「ふ、ふざけるな⁉　この儂が貴様の子など孕んで堪るか⁉　こんな拘束など……っ」

――ぎちぎちっ。

「無駄だ。今の疲弊したお前にその四肢の拘束を解くことはできぬ。因果応報――お前が俺を冥府へと引きずり込んだように、俺もまたお前を結界内へと引きずり込もう。そしてお前は我がママとなるのだ」

「ふ、ふざけるな……っ。この儂が……っ。この程度の拘束になど……っ」

ぎりっと歯を食い縛りながら踏ん張るクダラの前へと立った俺は、ゆらりと流水の如き構えをとる。

「ま、まさか貴様……っ⁉」

それで全てを察したのだろう。

クダラは焦燥感を滲ませながら、こう懇願してきた。

「わ、分かった！　儂の負けじゃ！　里の者たちにも謝罪するし、二度と娘たちにも手は出さぬと誓う！　じゃ、じゃからそれだけはやめておくれ！」

「ふむ。ならば致し方あるまい」

「……ふう」

ほっと胸を撫で下ろしている様子のクダラに、

「その話はママになったあとにでも聞かせてもらおうか」

「んなあっ⁉」

俺は全エネルギーを両手の指先に集中させながらそう告げた。

そして。

「ホアッタアッ！」

「んほおおおおおおおおおおおおおおおおおおおおおおおおおおおっ♡♡」

――ぷしゃあっ！

《即堕ちリンパ拳》を両乳の中央に叩き込まれたクダラは、ダブルピースかつ母乳を噴射しながら《〇〇しないと出られない部屋》へと消えていったのだった。

――しゅうんっ。

「やれやれ、最後まで往生際の悪い娘だったな」

しゅ～、と元のデブに戻りながら嘆息する俺に、ぴのこが半眼を向けながら飛んでくる。

「そりゃそうですよ……。強制的にママにされるんですから……。でもまあそうしないと確かに被害者続出でしたし、仕方ないかもですけどね……」

「うむ。だが別段強制というわけではない。確かに母性は増幅しているが、それでも〝母〟であることより〝女〟であることを選ぶ者もいるからな。あの娘の言ったように、元々それなりに母性的だったのだろう。ただ驕りが過ぎた――それだけのことだ」

「そうですね……。健全なマッサージで大人しくなるといいんですけど……」

「まあそこに関しては安心するがよい。後ほど俺がさらにリンパ拳の奥義を叩き込んでおこう」

「なんでしょうね……。このまったく安心できないのに安心感しかない矛盾は……」

はあ……、とぴのこが嘆息する中、俺はこちらに向けて駆けてくるギネヴィアさんたちを見やりながら言ったのだった。

「ともあれ、問題はここからだ。クダラを倒したことで里の封印術式は開きっぱなしだからな。これを正常に戻し、守っていくためにも巫女の存在は必須――ゆえにエトちゃんを里の者たちに認めさせせねばならぬ」

「そうですね。結局どういう方法でエトさんをＴＳ（？）させるんですか？」

「無論、古来より男が女になる方法など決まっている。――そう、〝メス堕ち〟だ」

「メス、堕ち……っ⁉」

◇

「というわけで、俺があなたにしてやれる方法がそれだ。未だスキルが覚醒しているわけではないのだが、恐らくできるだろうという確信はある。あとはあなたが受け入れてくれるかどうかだ、エトちゃん」

「えっと、それってつまりボクがゲンジさんのお嫁さんになるってことですよね……？」

両手を胸の前でぐっと握りながら問うてくるエトちゃんに、「うむ。そういうことだ」と頷いて続ける。

「無論、強制ではないゆえ、気が進まないのであれば正直に言って欲しい。俺が尊重したいのはあくまでエトちゃん自身の意思だからな」

「ゲンジさん……」

「案ずるな。たとえどんな選択をしたとて、俺たちは必ずそれを尊重しよう。誰も責めたりなどはせぬ。他の方法も探せばあるだろうからな。ゆえに教えてくれ、エトちゃん――あなたが一番幸せになれると思うことを」

そう微笑みながら促すと、エトちゃんはしばらく無言で考えた後、ぽつりと呟くように言った。

「……ボクは、ゲンジさんが好きです。優しくて、強くて、かっこいいゲンジさんが大好きです……。だから女の子になって、ゲンジさんのお嫁さんになれたらどんなに嬉しいかって思います……。でもボクはお母さんからもらったこの身体も捨てたくはないんです……。わがまま、ですよね……」

えへへ……、と自嘲の笑みを浮かべるエトちゃんに、俺は首を横に振って言った。

「いや、そんなことはない。母君がやっとの思いで授かり、お腹を痛めて産んだ身体だ。そう易々と手放せるものではないだろう。それは決してわがままなどではない」

「ありがとうございます……。ゲンジさんはやっぱり優しいですね……」

「ふ、いい男だからな」

「それを自分で言わなきゃいい男なんですけどね……」

「ええ、まったくですわ」

揃って肩を竦めるぴのことギネヴィアさんを微笑ましげに見やった後、再びエトちゃんに向き直って言った。

「分かった。ならば生まれ持った男の特徴を残したまま女にもする――それならばどうだろうか？」

「え、そんなことできるんですか⁉」

「ああ、恐らくな。というより、俺はそういう特徴を持つ者をよく知っているのでな。ほぼ確実にできるだろう。そしてその方がむしろ里の者たちを説き伏せやすいはずだ。まさに一石二鳥と言えよう」

「す、凄い！　凄いです、ゲンジさん！」

「ふ、そうだろうとも」

「でもゲンジさんは本当にいいんですか……？　その、ボクが完全な女の子じゃなくても……」

控えめにそう問うてくるエトちゃんに、ふっと口元に笑みを浮かべて言った。

「何を言っている。俺は元々男の娘のエトちゃんをママにしたいと思ったのだ。である以上、そのような些事になどこだわったりはせぬよ」

「ゲンジさん……」

うるうると涙ぐむエトちゃんの頭を優しく撫でながら、俺は言ったのだった。

「では改めて聞こう、エトちゃん。――俺のママになってくれるな？」

「……はい。ボクをゲンジさんのお嫁さんにしてください……」

「うむ。承知した」

「エトさん、よかったですわ……（涙を拭いながら）」

「ええ、確かによかったんですけど、冷静に考えてみたらどえらい話ですよね……（白目）」

◇

そうして俺は一度カヒラの娼館へと《即姫》で飛び、預かってもらっていた里の娘たちを回収後、再び妖狐族の里へと戻ってくる。

そして長《おさ》と思しき老年の女性に事情を話して娘たちの引き渡しを行った後、数日以内に此度の顛末《てんまつ》を皆の前で説明することを約束した。

というわけで俺たちはエトちゃんのお屋敷へと移動し、まずはそこでクダラの〝ママ堕ち〟を行うことになった。


「は、はへぇ……お、おっぱい、とまらにゃい……」

とはいえ、最後の一撃が思いのほか効いていたらしく、《〇〇しないと出られない部屋》から出してやった時には全身母乳塗れになっていたのだが……。

「ふむ。大分ママになりつつあるようだな」

だが、と俺は布団の上で満身創痍になっているクダラの両乳を鷲掴みする。

「あひいっ♡」

「本番はこれからだ、始祖の娘よ。お前の母性を完全に目覚めさせてやる」

「ひああっ♡　や、やめ、そんな激しく吸ったら……くああっ♡」

いかにも吸ってくれと言わんばかりに充血していた乳首にしゃぶりつき、その初々しき母乳を十二分に堪能する。

前世でも母乳風俗なるものに行ったことはあったが、どうやら風味などは人も亜人も大差はないらしい。

「……ふう。微かな甘みが美味な実によき乳だ。これならば我らの子も喜んで腹を満たそう」

「な、何を言っておる……っ。貴様との子など、まっぴらごめんじゃと……あっ♡」

「ふむ。その割には随分と股ぐらを濡らしているようだが……」

くちゅり、と秘部に触れてやれば、何もしていないのに愛蜜が溢れてきた。

「ち、違っ……そ、それは貴様が怪しい術を使ったからで……んああっ♡」

「どうした？　あっという間に指が呑み込まれてしまったぞ？」

「く、ふぅ……っ。そ、そこは、だめぇ……っ♡」

ぎゅっと俺の頭を抱え込みながら、クダラが快楽に身悶えする。

「ふわあっ♡　ま、またそんな、赤子みたいに……はあんっ♡」

ゆえに俺は再び彼女の乳に吸いつき、これを堪能しながら秘部に刺激を与える。

「んあああああああああああああああああああああああああっ♡♡」

――ぷしゃあっ！

するとクダラはあっという間に達してしまった。

元々リンパ拳と健全なマッサージ器具のおかげで身体の感度もかなり上がっていたからな。

達しやすくなっていたのだろう。

「どうだ？　そろそろ赤子のように甘える俺が愛おしくなってきたのではないか？」

「ざ、戯れ言を……っ。わ、儂を犯したければさっさと犯すがよいわ……っ。じゃが覚えておけ、俗物……っ。儂は貴様になど、絶対に屈したりはせぬからな……っ」

「ふむ、そうか。であればもう少し素直にさせてやるとしよう」

「な、何を……んおおおおおおおおおおおおおおおおおおっ♡♡」

その瞬間、クダラがおほ声を上げながら大股で腰を反らし、ぷしゃっと母乳とともに秘部から透明な液体を噴き出しながら絶頂する。

最も敏感な秘部の突起を直接リンパ拳で刺激してやったからだ。

無論、快楽を与えるためだけに突いたわけではない。

「はあ、はあ……な、何故こんなにも子宮が切なく……く、ぅ……」

そう、俺の狙いは彼女の子宮を疼かせることにあったのだ。

「どうした？　腹でも痛いのか？　どれ、見せてみろ」

「ち、違っ……!?　ま、待つのじゃ!?　そ、そこは今敏感で……くあああっ♡」

クダラの制止を無視し、俺は淫靡な香り漂う下腹部へと顔を埋め、秘部に舌を這わせる。

リンパ拳の影響か、それとも元より濡れやすい体質なのかは分からないが、溺れそうなほど大量の愛蜜が止め処なく溢れてきていた。

「や、やめ……あっ♡　そ、そんな激しく……ん、んんんんんんんんんんんっ♡♡」

――ぷしゃあっ！

がくがくと身体を震わせながら、クダラが三度目の絶頂を迎える。

すでに母乳の噴射がデフォになってきているご様子だ。

「はあ、はあ……」

そうしてぐったりと呼吸を整えているクダラの眼前に、俺ははち切れんばかりに怒張した剛直を差し出して言った。

「食い千切りたければ好きにするがよい。時が経てば我が奥義の効果も薄れるからな。だがもしお前がこれを受け入れるというのであれば、さらなる快楽とともに全霊を以てお前を愛し続けると誓おう。ゆえに強制はせぬ。あくまで決めるのはお前自身だ、クダラよ」

「はあ、はあ……」

と。

――はむっ。

「んぐ……じゅるっ……」

「ふ、いい子だ」

辿々しくも丹念に剛直を口淫し始めたクダラの小さな頭を優しく撫でた後、

「んっ⁉　――んんーっ♡」

彼女の下腹部に再び顔を埋め、ぐるりとその身体を自分の上に乗せる。

「んっ……じゅぽっ……んぐ……ん、あっ♡　ま、待て、それ以上は……ああっ♡」

そしてクダラが達する寸前で口を離した俺は、「そろそろよいだろう」とその時が来たことを彼女に告げてやる。

するとクダラは上体を起こしながらこちらを向き、怒張した剛直を自らの蜜壷にあてがって言った。

「か、勘違いするでないぞ……？　あくまで儂は赤子が欲しいだけであって、貴様のことなどなんとも思ってはおらんのじゃからな……？」

「ああ、それでも構わぬ。たとえお前が俺を愛しておらずとも、お前が俺のママである以上、命を賭してこれを守り続けるが我が使命。ゆえに安心して子を産み育てるがよい」

「……ふん、馬鹿な男じゃ」

「ふ、性分なのでな」

そう笑みを浮かべながら告げると、クダラは再び鼻で笑って言った。

「やられっぱなしは性に合わぬ……。さっさと貴様をイかせて恥を掻かせてくれるわ……」

「ふむ。ならば俺も手を貸すとしよう」

「えっ？　ちょ、ちょっと待っ――」

――ずにゅりっ。

「んおおおおおおおおおおおおおおおおおおおおおおおおおおおおっ♡♡」

その瞬間、クダラがおほ声を上げながら激しく絶頂する。

彼女は忘れていたかもしれないが、すでに感度ＭＡＸのところに寸止め焦らしからのマジカルチ○ポ挿入である。

当然、一突きでアへ顔くらいにはなるだろう。

「ん、おっ♡　おふっ♡　や、待って……あっ♡　そ、そんなに動かしたら……ん、おほっ♡ま、またイって……イ、ひぎぃ♡」

「ぬう、凄まじい締め付けだ……っ、よかろう……っ。ならば存分に我が子種をくれてやる……っ。さあ、我が子を孕むがよいッ！」

――どぱんっ！

その瞬間、俺はクダラの中に大量の精を解き放ち、彼女もまた体液を上下から噴き出しながら盛大に果てる。

「あへえええええええええええええええええええええっ♡♡」

「おっと」

そうして糸の切れた人形のように倒れ込んできたクダラを優しく抱き止めてやると、彼女は呼吸を整えながら熱っぽい顔で俺を見上げてきた。

「……んちゅっ……れろ……」

ゆえにその唇を奪い、貪るように舌を絡ませ合う。

口では散々言っていたが、ちゃんと俺の首元に腕を回してきているのだから愛い娘である。

「んあぁっ♡　な、なんでこんなに……き、気持ちいいのじゃあ……っ」

「ふ、それは俺たちの相性がよいからであろう。お前の愛蜜で一物がふやけそうだぞ」

「そ、そのようなこと、あんっ♡　い、言うでない……あっ♡　こ、これ凄いぃ……っ♡」

ぎゅっと四肢を使って抱きついてくるクダラの桃尻を鷲掴みし、幾度も腰をぶつけ合う。

その度に彼女の愛蜜が布団に飛び散り、シーツのシミが広がっていった。

「くうううううううううううううううううううううっ♡♡」

「ぬう……っ」

そんな中、またもやクダラが絶頂し、俺の精を搾り取っていく。

すでに彼女の中は俺の子種で満たされているが、やっと素直になってきたところである。

ならばここからが本当の子作り――つまりは種付けの始まりだ。

「あっ……」

ゆえに俺はクダラを仰向けで寝かせ、その上に覆い被さって言った。

「へばるのはまだ早いぞ。これから夜通しでお前に種付けするのだからな」

「ふ、ふん、この色狂いめ……っ。そんなに儂の身体が欲しいのかえ……？」

「当然だ。この瑞々しき身体の虜にならぬ男など存在せぬ。たとえ百度抱いたとて飽くことなどあり得ぬ」

「な、ならば仕方ないのう……。おぬしの気が済むまで堪能すればよいわ……」

「ああ、そのつもりだ。――愛しているぞ、クダラ」

「んなっ⁉　そ、そういうことを軽々しく口にするでないわ、このたわけ……んっ、ちゅう……

れろっ……」

　再び貪るように口づけを交わしながら、ずにゅりと剛直を蜜壷に沈めていく。

「ふわあっ♡　あ、熱い……んああっ♡　あ、熱くて硬いのが……お、奥まで届いて……ん、おほおおおおおおおおっ♡」

「どうだ、クダラよ……っ。我が愛は、お前に届いているか……っ」

「と、届いておる……あっ♡　わ、儂もおぬしが、や、はあんっ♡　こ、この上なく、い、愛おしくて堪らぬ……あ、あああああああああああああああっ♡」

「よかろう……っ。ならばこの開きかけた子宮をさらにこじ開け、我が子種を一片残らず注ぎ込んでくれるわ……っ。さあ――我が子を孕めいッ！」

　――どぱんっ！

「んおおおおおおおおおおおおおおおおおおおおおおおっ♡　い、イグイグイグうううううううううううううううううううううっ♡♡」

　ぷしゃあっ！　と母乳やらなんやらを撒き散らしながら、クダラは本日一番の絶頂を迎えたのだった。

◇

　そうしてその後も怒濤のプレスでがっつりとクダラに種付けし、彼女のママ堕ちは完了した。

　朝チュン時、「不覚じゃ……っ。この儂がこんな男に……っ」と冷静になったらしいクダラが頭を抱えていたのだが、優しく抱き寄せてやるとそのまま唇を重ねてきたので、恐らくはツンデレというやつなのであろう。

まことに愛い娘である。

「さて、ではそろそろ参ろうか」

「……はい」

ともあれ、次はエトちゃんの番である。

こくり、と恥ずかしそうに頷いたエトちゃんは白い寝間着に身を包んでいた。

もちろん万が一にもその瞬間を里の者たちに見られるわけにはいかないので、彼のメス堕ちに関してはこの中庭に喚び出した《MM馬車号》の中で行うつもりだ。

さすがにここならば問題はないだろう。

「なんでもいいんですけど、絵面的には完全に悪徳領主に差し出された、いたいけな村娘みたいな感じですよね……」

そう半眼で告げた後、ぴのこは続けて言った。

「でもその、本当に男性が女性と同じ性的絶頂的な快楽を得ることなんてできるんですか……？」

「無論だ。以前俺がお相手したニューハーフさんの話をしたと思うが、彼女はそれを得続けた結果、本物の男を求めるようになってしまったのだからな。立派なメス堕ちと言えよう。今回はそれを〝種付けおじさん〟の尺度で行う。さすれば、そのメス堕ちはただのメス堕ちで終わるはずあるまい」

「そうですね……。おじさまの場合、本当にただで終わらないことしかないのでもう驚きませんよ、私は……（遠い目）」

「うむ。ゆえに期待して待っているがいい――このバージンロードの先でな」

「あの、お尻の処女奪ってメス堕ちさせる道筋のことを〝バージンロード〟とか言うのやめてください……。ブライダル業界がダッシュで殴ってくるレベルですわ……」

◇

ともあれ、そうしておじさまとエトさんは《MM馬車号》の中へと入っていきました。

もちろん完全防音なので声などは聞こえませんでしたが、透過スポットから覗かせていただいた際に見えたのは、なんかもうとにかく凄い光景でした……。

ちょっと皆さんにはお見せできないだろうなぁというくらいどえらい光景だったんです……。

何せ、あんなにも清楚で大人しそうな感じだったエトさんが、まるで感度三千倍にでもなってしまったかのように、〝あへー〟だの〝おほー〟だの〝んぎー〟だのという感じで一晩中喘ぎ続けていたのですから……。

確かにあれはメスですよ、メス……。

お取り込み中もずっと目の中ハートにしちゃってましたしね……。

しかも自ら腰を振るわ、ちゅーするわでぴのこちゃんドン引きもいいところですよ、ええ……。

そう、純粋だった頃のエトさんはもういないのです……。

まったくいやらしいったらありゃしませんわ……はあ……。

「と、ところでぴのこさん、これは私も見学できたりとかはしませんの……？　も、もちろんエトさんの身を案じてのことなのですけれど……（そわそわ）」

そしてギネヴィアさん……。

あなたは一体何を考えていらっしゃるんですか……。

◇

翌朝。

俺たちはエトちゃんが男ではないことを説明すべく、長を通じて妖狐族たちを里の広場へと集めてもらっていた。

だがその顔は皆疑念に満ちた感じであり、いくら里を守るためにクダラに立ち向かったとはいえ、許容してもらえるような雰囲気ではなかった。

そしてそれは長も同じであり、むしろ何故このような場を設けたのかと疑問に思っているようだった。

そんな中、俺は少々声を張り上げて言った。

「あなたたちも知ってのとおり、封印されし始祖ことクダラは今代の巫女――エトちゃんと俺たちが成敗した。ゆえにもう二度とあなたたちの生活が脅かされることはないだろう」

『おお！』

それを聞いた民たちが揃って喜びの表情を見せる中、「だが」と半壊した大社に視線を移して続ける。

「冥府と繋がっている里の封印術式は未だにそのままだ。これだけは今後も巫女がそのお役目を続けていかねばならぬだろう。そこであなたたちに一つ伝えねばならぬことがある。それはもちろん彼女のことだ」

そう言ってエトちゃんを見やりながら、俺は言った。

「実は彼女にはとある〝秘密〟があってな。その一部が露わになったことにより、あなたたちは彼女を〝男〟だと勘違いしてしまったのだ」

『――っ⁉』

どういうことだと民たちがざわつく中、ふいにばさりと羽音が辺りに響く。

『――なっ⁉』

同時に後光を輝かせながら虚空に姿を現したのは、純白の翼を広げたおっぱい五倍盛りの女神だった。


「――ここからは私が説明しましょう」


そう、《VRニケ》である。

彼女は慈しみの目を民たちに向けながら言った。

「私はニケ。この世界を統べる神々の一柱です。妖狐族の長よ、あなたはエトの身体に男性の特徴があることを理由に彼女を男性だと判断しましたね？」

「え、ええ、そうです。たまたまエトの湯浴みに遭遇してしまった里の娘から報告を受けまして……。我々長老会も後に確認させていただきましたが、確かにエトの下腹部には男性のそれが備わっておりました。失礼ながら、あれは勘違いなどではなかったと思っております」

「ええ、確かに。それは紛れもない事実です」

『――っ⁉』

民たちが再びざわつく中、長が確認するようにニケに問う。

「で、ではやはりエトは男だと……？」

「いえ、それは正しくありません。何故ならあなたたちはまだ彼女の身体の全てを見てはいないからです」

「そ、それは一体どういう……」

困惑した様子の長に慈愛の視線を向けた後、ニケはこちらを振り向いて言った。

「――ギネヴィア、お願いします」

「御心のままに」

丁寧に頭を下げた後、ギネヴィアさんがエトちゃんと長を含めた長老会の女性たちを近くの平屋へと連れていく。

この里に初めて着いた際、俺たちに忠告してくれたマダムの家である。

事前に協力してもらえないかと頼んだところ、快く承諾してくれたのだ。

『こ、これは……っ⁉』

それからほどなくして、マダムの家から驚きの声が上がる。

そして長は困惑したように駆けてきてニケに言った。

「ど、どういうことでございますか、女神さま⁉　何故エトの身体には〝男女両方の特徴〟が備わっているのです⁉」

『──なっ⁉』

その言葉に民たちの目が揃って丸くなる。

そんな彼らにニケは微笑んで言った。

「そうなのです。彼女……とここでは言わせてもらいますが、の身体には男女両方の特徴が備わっています。そう、彼女は我ら神々と同じ〝両性具有〟なのです」

「両性、具有……っ⁉」

まさか……、と一同が揃って言葉を失う中、ぴのこが小声で言った。

（というか、これで本当に大丈夫なんですか……？）

（ああ、恐らくな。エトちゃんの望みを叶えるにはこれしかなかったのだ。両性具有──つまりは〝ふたなり〟にするしかな。そして俺の世界では神や天使などの神聖な存在がそう描かれていることが間々あった。であれば、それを最大限活かした方が説得力もあろう）

（まあ確かにそうかもですけど……）

と。

「つ、つまり女神さまはその……〝ついて〟いらっしゃるのですか……？」

（……えっ？）

唐突な長の問いに、文字通りぴのこの目が点になる。
そして彼女はゆっくりとこちらを見やってきたので、全てを察したようにこくりと頷いた後、

「——はい、ついてます」

（ちょっとおおおおおおおおおおおおおおおおおっ⁉）
ニケにそう微笑ませたのだが、ぴのこからは猛然と抗議されたのだった。

【三話】熱き漢たちの戦い

こうして女神ニケ（おっぱい五倍盛り・竿有り）のありがたいお言葉により、エトちゃんは無事神に近い神聖な存在として民たちに崇められることになり、その使い魔的な感じでクダラ（のじゃロリ状態）が付き従うことになった。

民たちには女神が力を奪ったことでロリ状態になったということにしてあるので、恐らくは怖がられることもないだろう。

きちんと土下座謝罪もしているからな。

これからはエトちゃんとともに里に尽くしていくことで償っていって欲しいものである。

まあ問題は件の強制百合プレイで目覚めてしまった娘たちがそこそこいるということなのだが……。

「ともあれ、俺たちは次のママを探しに旅に出るゆえ、寂しくなったらいつでも呼ぶがよい。たとえどこにいようとすぐさま駆けつけよう」

「はい、分かりました」

「ふん、別に貴様になど会いとうもないがな」

ぷいっとそっぽを向きながら言うクダラに、俺はふっと口元に笑みを浮かべて言った。

「やれやれ、愛いやつよのう」

「う、〝愛い〟とか言うでないわ、このたわけが！　言っておくがな、儂は儂の赤子に会いとうだけであって別に貴様のことなどなんとも思っとらんのじゃからな！」

真っ赤な顔でそう告げた後、クダラが再びぷいっとそっぽを向く。

そんな彼女の姿を微笑ましげに見やった後、「ではさらばだ」と俺はギネヴィアさんの背に跨がりながら妖狐族の里をあとにしたのだった。

◇

そうして俺たちが向かっていたのは、港街のミューンではなくケンタウロス族の里だった。

というのも、此度の戦いを見たギネヴィアさんから〝是非、里に招待したい〟とお誘いを受けたのである。

ならば断る理由などどこにもなく、俺たちは再び彼女の背に乗せてもらい、里への道を急いでいたのだが、

――りーんごーん♪


「「！」」

その最中のこと、突如聞き覚えのある鐘の音が響き渡り、ギネヴィアさんを含めた世界の全てが停止する。

そして羽音とともに姿を現したのは、ぴちぴちのドスケベスーツに身を包んだ怜悧な面持ちの

淡褐色肌美女と、相変わらずデコデコの翼が特徴の黒ギャルだった。

そう、天界最強の女神――ウィクトリアと、その部下であるゆぃぽんさんだ。

「うぃ、ウィクトリアさま!? それに黒ギャルさんも!?」

驚くぴのこに、「うぇーい♪ ぴのちゃみ、おひさー♪」とゆぃぽんさんがテンションアゲアゲで手を振る。

ゆえに俺はギネヴィアさんの背から降りて言った。

「久しいな、二人とも。壮健であったか？」

「モチモチ！ ねー？ 姫ちゃみー」

「ああ。お前たちも元気そうで何よりだ」

「というか、ウィクトリアさま、なんか日焼けしてません……？」

「まあな。約束通り日サロに連れていかれたのだ」

「いや、ホントに行ったんですか……」

そうぴのこが顔を引き攣らせる中、「ともあれだ」とウィクトリアが腕を組んで言った。

「此度の件、実に見事であった。まさか〝メス堕ち〟なる手法で男の娘を両性具有にするとはな。さすがの私も思わず吹き出してしまったぞ」

「ふ、それは何よりだ」

「なんか冷静に言ってるけど、マジあたしが引くくらい大爆笑だったかんね？ まあ可愛かったからめっちゃ連写しといたんだけど」

「そうか。では後ほど俺の携帯にその可愛いのを送ってくれ――全部だ」

「りょ〜」

「いや、おじさま携帯持ってないでしょ……って、それより今回はどうされたんですか？　もしかしてわざわざ労いのお言葉をかけに来てくださったとか……？」

「まあそのようなところだ。一応私が課した試練だからな。それなりに無理難題を言い渡したつもりではあったのだが、こうも見事にこなされてしまっては褒美の一つでも取らせねばなるまいと出張った次第だ」

「褒美……」

「ほう。つまりは〝ちゅー〟か」

「いや、なんでですか……」

「なんだ、そんなことでいいのか？」

「えっ⁉　ちょ、ウィクトリアさま⁉」

「無論だ。いずれママとなる女の口づけともなれば、今後の旅の大いなる活力となろう」

「そうか。――だそうだ。してやれ、ゆぃぽん」

「いや、なんであたし⁉」

がーんっ、とショックを受けるゆぃぽんさんに、ウィクトリアは小首を傾げて言った。

「当然だろう？　私はやつにとって優勝賞品のようなものだ。であれば同じママとして狙われているお前がするのが道理だ」

「え、これパワハラじゃない？　あたし、今すんごいパワハラ食らってない？」

「ふ、案ずるな。俺にとってはあなたもウィクトリアと同じくらい魅力的な女性だ。初めて会った時から美しいと思っていたからな」

「え、おじさん……？（キュンッ）」

「騙されてますよ……。そうやって気づいた時にはもうママになってるんです……」

「――はっ⁉　やば、マジ今ガチでちゅーくらいならとか思っちゃったじゃん……。このおじさんやばー……。やっぱちんちんちん大きい人はやばいわー……」

「いや、ちんちん大きいのは関係ないですよ……」

「……ふっ」

「そして〝大きい〟とか言われて喜ばんでください……」

半眼のぴのこに再びふっと笑みを浮かべていると、ウィクトリアが「ふむ」と嘆息して言った。

「仕方あるまい。褒美に関しては追々ということにしておこう。このままではゆぃぽん自身が褒美になりかねんからな」

「いや、あたしそんなお尻軽くないし⁉」

「ふ、案ずるな。それも重々承知している」

「えっ？」

「あなたは一見すると軟派なように思えるが、その実一本芯の通った母性的で優しい女性だからな。きっとよきお嫁さんになるのだろう」

「やだ、おじさんあたしのことちょー分かってんじゃん……。好き……（キュンッ）」

「え、チョロインですか……？（半眼）」

ぴのこがそう呆れたような目を向ける中、ウィクトリアが俺を見やって言った。

「ともあれだ。お前は私の課した難題を無事乗り越え、着実に力をつけ始めている。であれば、あとは己が思うままに世界を回るがいい。そしていずれか魔王を倒し、我が前に立ってみせろ」

「無論だ。ゆえに今のうちからシャワーを浴びておくがよい。プレストーリーは突然始まるものだからな」

「なんかラブストーリーが突然始まるような感じで言うのやめて欲しいなぁ……」

「ふ、いいだろう。いつ何時お前に抱かれてもいいようにしておいてやる。せいぜい無駄にならぬようにすることだな。——行くぞ、ゆぃぽん」

「りょ～。んじゃ二人ともまたね～♪」

ふりふりと手を振りながら、ゆぃぽんさんはウィクトリアとともに虚空に開けた光の中へと消えていったのだった。

——ふおんっ。

「……ふう。いきなり現れるからびっくりしましたよ……って、ギネヴィアさんが遥か遠くに⁉　ちょ、ギネヴィアさーん⁉」

「ふむ、そういえばケンタウロス族の里に向かっている途中だったな」

◇

ともあれ、なんとかギネヴィアさんを呼び戻した俺たちは、「あら、いつの間に降りましたの？」と小首を傾げる彼女に再び跨がり、里への道を急ぐ。

「しかしケンタウロス族の里か。きっとあなたのような勇ましき娘たちがたくさんいるのだろうな」

「ふふ、よく分かりましたわね。仰るとおり里には私と同じ〝戦騎士〟と呼ばれる戦士たちが揃っていますわ。分かりやすく言えば〝騎兵〟ですわね」

「ふむ。しかも誰も乗せずに騎兵以上の役割を全うできるのだから感服する。まさに〝人馬一体〟とはあなたたちのためにあるような言葉だな」

「お褒めに与り光栄ですわ。ただ最近は少々問題がございまして……」

「問題？」

どこか歯切れの悪そうなギネヴィアさんに俺たちが揃って小首を傾げていると、彼女は「……ええ」と頷いて言った。

「実は私たちケンタウロスは男女の戦力差というものがほとんどない種族でして、気性の荒さと言いますか、要はどれだけ強い精神力があるかが戦士としての明暗を分けるのです」

「へえ、そうなんですね。ということは、ギネヴィアさんみたいに勇敢な方は、里の中でもかなり上位の方にランクインされているのでは？」

「まあ自分で言うのもなんですが、確かに上の方だという自覚はありますわ。ただ問題はその上の方を全て〝女性〟が占めているということなんですの」

「ふむ。〝女性が強い〟というよりは〝強くなりすぎてしまった〟というわけか」

「ええ、そうです……。いつの頃からか、女性の戦騎士の数が男性の戦騎士の数を上回るようになってしまいまして、今となってはそのほとんどを女性が占めることになってしまいましたの

「……」

「え、じゃあ男の人たちは一体何をしているんですか？」

「戦闘以外の全て、でしょうか……。家事だったり農業だったり運送だったりと、とにかく戦闘は女性に任せ、という感じです……。しかもそれに伴って色事にもすっかり奥手になってしまったようでして、とにかく〝受け〟の姿勢なんです……」

「ほう、〝受け〟の男か」

「たぶんおじさまが思ってるようなやつではないんで大人しくしていてください……」

ぴのこにそう半眼を向けられる中、ギネヴィアさんがどこか恥ずかしそうに続ける。

「それとその、これはゲンジさんが〝種付けおじさん〟という特殊な方だからこそお話しすることであって、決して私がはしたないということではないのですが……。いわゆる夜の生活の方にも不満が続出しておりまして……」

「ほう、それは聞き捨てならんな。つまりあまり積極的ではないと？」

「ええ、まあ……。私も相談を受けた身ですので詳しくは分からないのですが、なんでも積極性に欠ける上、時間も短く、さらにはその……あちらの方も小さいと……」

「ちょっとギネヴィアさぁん……」

「ち、違いますぅ⁉　そういうお話を本当に聞いたんですぅ⁉」

「にしたって〝小さい〟とか普通言いますぅ……？」

「し、仕方ないじゃありませんか⁉　皆さん揃いも揃ってそう仰るんですから⁉」

真っ赤な顔でそう声を張り上げるギネヴィアさんに、俺は「よかろう」と腕を組んで言ったのだった。

「ならば男たちは俺が一つ上の男にしてやるとしよう。これでも俺はありとあらゆる長茎術を修めている益荒男だからな」

「いや、なんでそんなもの修めてるんですか……」

◇

そんなこんなで丸一日ほどかけ、俺たちはケンタウロス族の里へと辿り着いたのだが、

「……むっ？」

「なんだか騒がしいご様子ですね」

「おかしいですわね。一応先に伝書を送っておいたはずなのですが……」

辺りを包むなんとも物々しい雰囲気に揃って困惑していた。

そんな中、ギネヴィアさんが同じ戦騎士と思しき女性に声をかける。

「もし、一体何がありましたの？」

「ああ、ギネヴィア！　それが大変なの！　いきなり高位魔族のやつらが〝傘下に入れ〟って言ってきてさ！　長がそいつらと一騎討ちするって！」

「なんですって⁉　長は今どこにいますの⁉」

「戦の準備を整えて広場に向かってるはずだよ！　あたしは先に行ってるからギネヴィアも急いで！」

「ええ、分かりましたわ！」

　こくり、と大きく頷いた後、ギネヴィアさんは俺たちに言ったのだった。

「申し訳ありませんが、火急の事態ゆえ少々お付き合いいただきますわ」

「無論だ。俺たちのことは気にせず飛ばしてくれ」

「右に同じです」

「ええ、感謝いたしますわ！」

◇

「――ぐへえっ⁉」

「「「――っ⁉」」」

　そうして広場に到着した俺たち（ギネヴィアさんから降りた）が目にしたのは、全身に古傷の残る歴戦の勇士感漂う女戦士が、ゴブリンと思しき大柄の亜人を弾き飛ばしている光景だった。

　恐らくはあれがギネヴィアさんの言うケンタウロス族の長だろう。

　そして相手の方は――。

「あれは……〝ゴブリンロード〟です、おじさま！」

「ふむ、つまりはゴブリンどもの親玉か。あちらもかなりの使い手に見えるが……」

　ぶんっ！　と自慢の戦斧を振りかぶり、ゴブリンロードが憤りに顔を歪ませながら吼える。

「このクソ女があッ！」

が。

「はあっ！」

――どごおっ！

「げはあっ⁉」

冷静に斧の軌道を見切った長のランスがやつの横っ面を苛烈に殴り飛ばす。

『アニキ⁉』

そして尻餅を突いたゴブリンロードに、長はランスの切っ先を突きつけて言った。

「私の勝ちだ、小鬼の英雄。帰ったらその身の程知らずの魔王とやらに伝えておけ。我らケンタウロス族は何人の指図も受けんとな」

「ぐっ……。このクソアマぁ……っ」

他のゴブリンたちが駆け寄る中、悔しげに長を睨みつけていたゴブリンロードだったのだが、

「――下がれ、グィリー。これ以上俺の前に無様な姿を晒す気か？」

『――っ⁉』

突如その背後から全身を漆黒の甲冑で覆い尽くした大男が姿を現し、「い、いえ……」と顔色を青くしていた。

「な、なんですか、あの見るからにやばそうな人は⁉」

「ふむ。《パネルマジック》が阻害されているな。あれは相当のつわものだぞ」

「で、ですが長ならばきっと！」

そう祈るような顔でギネヴィアさんが広場を見やる中、件の長が言った。

「やはり出てくるか、〝オーガ族〟」

「当然だ。我が主を侮辱した以上、貴様の死は確定している。ゆえにその首をもらうぞ」

ずしんっ、と舗装された地面を陥没させながら長のもとへと向かう大男に、長もまた低く体勢を落としてランスに雷を纏わせる。

そして。

「砕け散れッ！　――《エクレールバリスタ》ッ！」

どぱんっ！　と音を置き去りにするほどの雷光の一撃が大男の心臓を確実に捉えたのだが、

「――なんと脆弱な一撃か」


『――なっ⁉』

やつは直前でランスの切っ先を掴み、僅か数ミリ手前で止めていたではないか。

しかも。

「――憤ッ！」

――ごうっ！

「ぐわあっ⁉」

『長っ⁉』

掌底の闘気だけで長を弾き飛ばし、彼女は背後にあった建物の二階部分に叩きつけられ、そのまま地面へと落下する。

ぴくりとも動かないところを見るに、恐らくは気を失ってしまったのだろう。

「よくも長を！」

「我らケンタウロスを舐めるな！」

「長の仇！」

そんな長の姿に激高した女戦騎士たちが揃って大男に飛びかかるも、

「去ねいッ！」

――どごおっ！

「「「きゃあっ⁉」」」

彼女たちもまた、裏拳の一撃で吹き飛ばされてしまった。

『……う、うわああああああああああああああああああああっ⁉』

堪らず里の男たちが逃げ出す中、大男は「……なんと不甲斐ない」とつまらなそうにその様子を見やった後、未だ気を失っている長にトドメを刺すべく、再び手のひらに闘気を集中させる。

「くっ、かくなる上はこの私が……っ！」

「だ、ダメですよ、ギネヴィアさん⁉　あのやばそうな人は今までの相手とは格が違いすぎますって！　あれはおじさまに任せましょう！　ねっ⁉（ぐいっと頭上の両耳を引っ張りながら）」

「で、ですが⁉」

「ほら、おじさまからも何か言ってあげてください！　って、あれ⁉　おじさまいない⁉　え、柴犬さん⁉　おじさまはいずこに⁉」

「クウ～ン……」

と。

「さらばだ、勇敢なるケンタウロスの戦士よ。――憤ッ！」

ごうっ！　と再度大男の掌底が放たれる。

『お、長ああああああああああああああっ⁉』

ギネヴィアさんをはじめとした女戦騎士たちの悲痛な声が響く中、どぱんっと衝撃波が巻き起こり、辺りに粉塵が舞う。

誰もが最悪の事態を想定したことだろう。

が。


「――刮目せいッ！　男たちよッ！」


『――なっ⁉』

そこで仁王立ちしていたのは、長の盾となり、代わりに掌圧を受けたことで全身血だらけになりながら腕を組む一人の益荒男（パンツ一丁）であった。

そう、俺である。

「ほう？　少しは気骨のある男がいたようだな。オーク……いや、人間か。名を聞こう」

「俺の名はゲンジ。愛する女のためならば、たとえ命すら擲《なげう》つ覚悟を持つ世界最強の〝種付けおじさん〟だ」

「……種付けおじさん、だと？」

わざわざ《送り狼の鎧》を脱いでまで大男の攻撃を受けた俺に、当然ぴのこが怒髪天を衝く表情で飛んでくる。

「ちょ、何してるんですかおじさま⁉　いくらおじさまが強いからって、あんな攻撃を防具も着けずに受けたら普通に死んじゃうんですよ⁉　分かってるんですか⁉」

「……すまぬな。あなたのお怒りはごもっともだ。が、あの一撃だけは意地でも受けねばならなかったのだ」

「ど、どうして……」

至極困惑している様子のぴのこにふっと微笑んだ後、唖然としていた周囲の男たちに向けて声を張り上げる。

「見ているか、ケンタウロスの男たちよ！　貴殿らがこの場から逃げることを俺は別段責めはせぬ！　だがそれは愛する者を未だ持たぬ者にのみ許されし行い！　もし貴殿らに一人でも愛する者がいるというのならば、せめてその盾となる勇気くらいは秘めておくのが男たる者の務め！　武器は要らぬ！　防具も要らぬ！　ただこの身一つと立ち向かう勇気さえあれば、女子《おんなこ》どもを逃がす一時くらいは稼げよう！」

『！』

「ほう？　ただそれを腑抜けどもに説くためだけに我が掌を受けたと？」

「然り。そして俺は倒れず長を守り抜いた。であれば、あとは生き延びた者たちが彼女を安全な場所まで運ぶだろう」

「なるほど。久しく見ぬ真のもののふよ。ならばこちらも名乗らざるは不義というもの。冥土の土産にとくと覚えておくがいい、種の者よ。——我が名はダムド。オーガ族最強の戦士にして魔王直下〝六大高位魔族〟が一人よ」

「ろ、六大高位魔族……」

「そうか。では覚えておこう、ダムドとやら。ただし冥土に行くのはお前の方だがな」

「……何っ？」

どういうことかとダムドが眉根を寄せる中、俺の身体がべきばきと肥大化する。

そして現れた鍛え上げられし男優の姿に、ダムドは驚きつつも嬉しそうに言った。

「ほう……この凄まじい闘気……。そうか、貴様だな？　手負いとはいえ黒竜を滅し、エンペラーまでも倒した人間の男というのは」

「そうだ。やつは俺の大切なものを傷つけたがゆえ冥土送りにしてやった。そしてお前もこれからそうなる」

コオオオオオッ、と流れるように構えを取る俺に、ダムドはクククッと笑って言った。

「よもやこのような場所でまみえようとは思わなかったぞ、種の者よ。貴様のことは我が主から聞いている。なんでも不可思議な闘技を使うそうではないか」

「ほう、耳の早いことだな。——然り。俺の拳はお前のリンパに直接作用する。ゆえに快楽に悶えて死ぬか、それとも配下どもを引き連れて二度とこの地を踏まぬかのどちらかを選ぶがいい」

と。

「――打ってみろ」

「……なんだと？」

「〝打ってみろ〟と言ったのだ。その自慢の拳とやらをな」

ゆらり、とオーラを迸らせながら告げるダムドに、さすがの俺も少々警戒する。

それはぴのこも同じだったようで、彼女は心配そうに言った。

「お、おじさま、これ絶対罠ですよ……。私、なんだか凄く嫌な予感がします……」

「ああ、分かっている。だがここで退くわけにはいかぬのだ。俺の敗北はすなわちこの里の蹂躙を意味するのだからな」

「で、ですが……」

「案ずるな。リンパの拳は無敵だ」

「いや、北〇の拳みたいに言うのやめてください……」

いつも通り半眼でツッコミを入れてくれるぴのこにふっと微笑んだ後、彼女を下がらせて言った。

「――よかろう。ならば我が《即堕ちリンパ拳》の真髄――その身でとくと味わうがいいッ！」

だんっ！　と地を蹴り、無防備に突っ立っているダムドの左胸へと渾身の一撃を叩き込む。

「アタアッ！」

――どぱんっ！

狙いは完璧――たとえ分厚い鎧に覆われていようと、鎧通しが如く突きの衝撃は間違いなくやつの乳のど真ん中を捉えたはずだ。

が。

「――何っ⁉」

「クックックッ、どうした？　これが貴様の言う〝無敵の拳〟とやらか？　そよ風かと思ったぞ」

何故かやつは平然としており、ダブルピースする素振りすら見せなかった。

「おじさま⁉」

「馬鹿な……っ⁉　俺の拳は確かにお前の性感帯を捉えたはず……っ⁉　何故リンパ拳が効かぬ……っ⁉」

どういうことだと眉根を寄せる俺だったが、そこではたとあることに気づく。

「――ぬっ⁉　この甲冑……いや、これは甲冑ではない⁉　〝貞操帯〟か⁉　ならば貴様はまさか……〝童の者〟⁉」

「ほう、よくぞこの俺の身体の秘密に気づいたものだ」

「ど、どういうことですか⁉」

困惑したように問うてくるぴのこに、俺は唇を噛み締めて言った。

「この男は、〝童貞〟だ……っ」

「え、あ、はあ……。えっと、それは別によろしいのでは……？」

「ああ、確かにただの童貞ならば然したる問題はない……っ。だがこの男は違う……っ。全身からオーラが如き童貞臭を漂わせるほどの禁欲を課した者……っ。言わばモンスター童貞……いや、〝童貞モンスター〟だ……っ」

「ど、童貞モンスター……？」

「そうだ……っ。恐らくはこの〝オーガ〟と呼ばれる種族――その性欲はゴブリンやオーク並みと見た……っ」

「た、確かにオーガ族は小鬼――つまりはゴブリン族の流れを汲む種族なので、精力もゴブリン並みだとは聞いたことがありますが……」

「やはりそうか……っ。であればゴブリンロードを従えていたのも頷ける……っ。つまりこいつはその溢れ出す性欲の全てを禁じ、武へと注ぎ込んだ者……っ。禁欲の果てに武の境地へと至った者なのだ……っ」

「そ、そんなことが……」

ぷるぷるとぴのこが顔を青くする中、ダムドが笑みを浮かべて言う。

「そう、そしてこの甲冑は我が主より直々に賜りしもの。禁欲如きでは境地に辿り着けぬと腐っていた俺の壁を、いとも容易く破壊してくれた最高の贈りものだ。何故なら己が内より溢れ出す性欲の全てを闘気へと変換してくれるのだからな。ゆえに貴様が与えた快楽は即座に我が力となった。――このようになッ！」

「ぬっ⁉　――ぐおあっ⁉」

「おじさま⁉」

ごうっ！　と先の一撃よりも遥かに強力な掌圧が俺を苛烈に弾き飛ばす。

だが俺はそれをずざざと踏ん張ることで耐え、「……なるほど」と構え直して告げた。

「ならばお前の禁欲伝説には俺がここで終止符を打とう。そして身を以て教えてやる――女の肌の温もりというものをな」

「ほう、この俺の禁欲を終わらせるか。そんなことが貴様にできるとでも？」

「無論だ。確かにお前に俺のリンパ拳は通じぬ。だがお前は自分で言っていたな？　俺が与えた快楽が即座に己が力に変わると。それはつまりリンパ拳が通じていなかったわけではない。通じていた上でその甲冑――つまりは〝貞操帯〟が快楽を吸収していただけにすぎん。ならば吸収しきれぬほどの快楽を与えてやればいいだけのことだ」

「ふん、戯れ言を。ならばその前に貴様の頭を砕いてくれるわッ！」

「おじさま⁉」「ゲンジさん⁉」

ぶんっ！　とダムドが闘気に覆われた全霊の右拳を放ってくる。

まともに受ければ宣言通り、頭どころか全身を砕かれるであろう必殺の剛撃だ。

が。

「ぬああああああああああああああッ！」

――どちゅりっ！

「ぬうっ⁉　これは油か⁉」

「否！　〝ローション〟だ！」

俺は防御スキル――《ローション》でそれをぬるりといなしながらやつの懐へと入り込む。

そしてクダラに使った時のように両手の指先に全エネルギーを集中させ、今度は同時に両の乳へとそれを叩き込んだ。

「アタアッ！」

――どぱんっ！

「無駄だ！　その程度で俺の禁欲を解くことなど――」

「まだだッ！」

「ぬうっ⁉」

「ホアアアアアアアアアアアアアアアアアアアッ！」

俺はさらに首、鎖骨、脇の下、腹、腰、腕の内側と考えうる限りの性感帯に高速で一撃を叩き込みまくる。

その速度はもはや目に追えるものではなく、ダムドも為す術なくリンパ拳を受け続ける。

「ぐおあああああああああああああああああっ⁉」

さすがのダムドと言えど、これだけの快楽を与えられてはダブルピースせざるを得まいと見え、歯を食い縛って耐えていたのだが、

「舐めるでないわあああああああああああああッ！」

「――ぐおおっ⁉」

どごうっ！　と己が闘気を爆発させ、俺を再度弾き飛ばす。

――ばきんっ！

「！」

だがその瞬間、貞操帯に亀裂が入った音が響き、俺はリンパ拳ではなく光り輝く五指を握り込

みながらずざざと踏ん張る。

「おのれ、欲塗れの人間風情が……っ。――ぬうっ⁉」

そしてすでに態勢を整えていた俺にダムドが目を見開く中、防御貫通の一撃をやつの胴に向けて放った。

「エクストラスキル――《破瓜》ッ！」

――どがしゃんっ！

「ぐおあっ⁉」

さすがにこれだけの体格差と筋量ゆえ、エンペラーの時のように風穴を開けることはできなかったが、それでもやつの纏っていた貞操帯が粉々に砕け散る。

「ぬう……っ」

そうしてずしんっと初めて地に片膝を突いたダムドの素顔は、雄々しき二本の角を額から生やした厳かな顔つきの男性だった。

身体も筋骨隆々で、まさに〝鬼神〟という感じだ。

「や、やりましたね、おじさま！　あとはリンパ拳でトドメです！」

安堵したようにぱたぱたと飛んでくるぴのこに、しかし俺は首を横に振って言った。

「いや、リンパ拳はもう使わぬ」

「え、どうしてですか⁉　も、もしかして今の一撃で決着がついたと……？」

「いや、それも違う。確かにやつの貞操帯は破壊したが、今は腹部に響いている《破瓜》の余波で少々動けなくなっているだけだ」

「な、ならどうしてリンパ拳を使わないんですか？　使えば勝てるのに……。アヘ顔にはなりますけど……」

「ああ、そうだな。だがここで俺がやらねばならぬことはそれではないのだ。里の男たちの胸に再び火を灯すためにはな」

「そ、それはどういう……」

困惑したようにぴのこが呟く中、「ゆえに」と未だ膝を突いているダムドを見下ろして言った。

「少々付き合ってもらうぞ、オーガの戦士よ。お前にとっても悪い話ではあるまい。正々堂々身体強化のみを用いた殴り合い――男の意地をかけた〝力比べ〟だ」

「！」

「――なっ⁉　ま、まさかこのゴリマッチョさんと正面から殴り合う気ですか⁉」

「無論だ。たとえ強化したとて、身体能力では遙かに劣る人間が一回り以上でかいオーガを殴り飛ばす――こんなに胸を熱くする光景はあるまい」

「い、いやいやいやいや⁉　たとえ鍛え抜かれた男優さんでもそんなの絶対無理ですよ⁉　じゃなきゃおじさまだって《ローション》とかいう、ちょっと頭があれなスキルで避けたりしなかったはずです⁉」

「そうだな。確かにあなたの言うとおりだ。が、男の子にはな、絶対に無理な戦いでも挑まねばならぬ時があるのだ」

「おじさま……」

心配そうに俺を見つめるぴのこにふっと微笑んでいると、《破瓜》のダメージが多少は回復したらしいダムドが腰を上げて言った。

「……よかろう。ならば俺も一人の武人として貴様の前に立とう、種の者よ。ただし我が拳に一切の情はなし。その使い魔の言うように受ければまず死は免れぬだろう。それでも構わぬと言うのだな？」

「然り。だが俺は別段死にゆくためにお前と戦うわけではない。その生き様を男たちの胸へと残し、そして何よりギネヴィアさんと添い遂げるためにお前と戦うのだ」

「えっ⁉　ちょ、ちょっとゲンジさん⁉　い、いきなり何を仰っていますの⁉」

真っ赤な顔で狼狽するギネヴィアさんに、ふっと笑みを浮かべながら言った。

「つまりはあなたを〝ママにしたい〟ということだ、麗しき戦騎士の娘よ」

「〜〜っ⁉」

「そういうわけだ、童の者よ。先にも言ったが、このゲンジ愛する女のためならば命すら擲つ覚悟──ゆえに死力を尽くしてかかってくるがよいッ！」

「応ッ！」

──どばんっ！

「ぬあああああああああああああああああッッ‼」

『──っ⁉』

そうして互いの拳が交錯する中、男優と童貞の意地をかけた漢の殴り合いが幕を開ける。

元々のダメージ量に体格差、そして今の拳同士の弾かれ具合から鑑みても、俺の方が不利なのは火を見るよりも明らかだろう。

だがそんなことは端から承知の上である。

「アタアッ！」

「ぐうっ⁉」

ごっ！　と再度繰り出した俺の右拳がダムドの顔面を捉えるも、やつはそれをものともせず同じく右拳で俺を殴りつける。

「どりゃあッ！」

――どごおっ！

「ぐぬぅ……っ」

ガードした左腕ごと身体がメキメキと悲鳴を上げる中、歯を食い縛って右のボディブローをやつの脇腹へと叩き込む。

「アトウッ！」

――どぱんっ！

「ぐはあっ⁉」

確実にあばらを何本かへし折るほどの一撃だったはずなのだが、

「……ぐ、ぬあああああああああああああッ！」

「ぬっ⁉　――ぐわあっ⁉」

どぐしゃっ！　と振り下ろされたダブルスレッジハンマーの剛撃が俺の身体を地面へと叩きつけ、衝撃でぼろぼろだったパンツも粉々に砕け散る。

「おじさま⁉」「ゲンジさん⁉」

ぴのこたちの悲痛な叫びが微かに耳朶《じだ》に届くも、俺の意識は朦朧としており、思わずそのまま眠気に全てを委ねてしまいそうになる。

が。


「──やっちまってくだせえ、ダムドさま！　そうすりゃ里の女どもは俺たちのもんだ！」

「！」


そこで聞こえたゴブリンロードの下卑た声に、消えかけていた意識がはっきりと覚醒する。

あんなゲスどもに──俺の愛する女たちを渡して堪るものかッ！


「これで仕舞いだッ！　砕け散れいッ！」

──どがんっ！


「おじさまあああああああああああああっ⁉」

「……死んだか。なかなか楽しめたぞ、種の……ぬっ⁉」

『──なっ⁉』

「ぬあああああああああああああああッ！」

俺はダムド渾身の踏みつけを歯を食い縛って耐え、全身から血を噴き出しながらそれを押し返していく。

そんな俺の鬼気迫る闘気にさすがのダムドも圧倒されたのだろう。

どういうことだと言わんばかりの表情で後退り、追撃の手も止まっていた。

そしてそれは周囲の者たちも同じであった。

あのゴブリンロードですら言葉を失っていたのだ。

その静寂を破るかのように俺は告げる。

「……これが最後の一撃だ、童の者よ。避けるのならばそれもまたよし。だが迎え撃つ気であればそれ相応の覚悟を持って拳を振るうがいい。でなければこの全霊の一撃――確実にお前の命を奪うぞ」

「……どうやらそのようだな。先ほどよりもさらに洗練されたこの気迫……。一体何が貴様をそこまで奮い立たせている？」

「無論、愛する女のため」

「……そうか。つまりこの戦いは〝欲を封じた者〟と〝欲を解放した者〟の戦いというわけだ。ならば俺も究極の一撃を以て己が最強を証明しよう」

かあああああああああああああッ！　と振りかぶった左腕の筋肉をさらに肥大化させていくダムドに、俺もまた右腕を腰まで引き、ぐっと拳を握る。

「なるほど。お前は元々〝左利き〟だったというわけか」

「然り！　ゆえにこれこそが我が最大最強にして究極の一撃――つまりは〝奥の手〟よ！」

「よかろう。ならばその究極の一撃――我が全霊の拳で打ち破ろう！」

そして。

「「――ぬあああああああああああああああああああああッッ‼」」

ほぼ同時に俺たちは互いの拳を相手に向けて放ったのだった。

◇

真っ先に響いたのは衝撃音だった。

『うああああああああああああああああああああっ⁉』

次いで衝撃波が巻き起こり、配下たちを含めた周囲の者たちが揃って悲鳴を上げる。

だがそんな中でもダムドは一切視線を逸らさず、ただ目の前の男を砕くべく拳を振るい続ける。

体格で勝り、筋量で勝り、さらには磨き上げた身体強化系スキルも全て注ぎ込んでダムドはこの一撃を放った。

魔王に授かった甲冑がなくとも、紛う方なき究極の一撃だったはずだ。

なのに。

「何故、砕けぬ……っ！」

ずしんっ！　とゲンジの両足が地面にめり込むも、やつの身体自体が潰れる素振りは一切見えず、むしろダムドの拳の方が押し返され始める。

「ぐ、ぬぅ……っ」

一体この男のどこにこれだけの力があるというのか。

何故これほどのダメージを負いながら先ほどよりも強い力でダムドの拳を押し返してくるのか。

これが欲を解放した者の力だとでも言うのか。

ならば禁欲とは、ダムドの課してきたこととは一体——。


「……迷いが、生じているな」


「何っ⁉」

「確かに禁欲の果てに辿り着く境地というものもあるのだろう……っ。だが性欲を禁ずるということはすなわち本能——つまりは〝生きるための力〟を封ずるも同じ……っ。共に生を掴まんとする現状で本能に殉じた俺に勝てるはずもあるまい……っ」

「笑止ッ！　たとえそうだったとしてもこの体格差を覆せるほどの力量にはならぬッ！　このまま押し潰してくれるわああああああああああああああああッ！」

ずずんっ！　とさらにゲンジの足が地面に沈み込む。

たとえどんなに強靱な体幹があったとしても、この不安定な足場では踏ん張りも利かないはず。ゆえに少しでも体勢が崩れた時が貴様の最期だッ！　と渾身の力でゲンジを押し潰さんとするダムドだったのだが、

「お前に一つ言い忘れていたことがある……っ」

「ぬっ⁉」

やつは相変わらず鋭い視線でダムドを見据えながら言った。

「俺のこの《男優転身》の真髄はフィジカルを爆発的に上げることではない……っ。それを〝段

階的に解放していく〞ことにあるのだ……っ」

「何を、言っている……っ⁉」

「お前が貞操帯で全身を覆うことで力を得たように、俺もまた全身を外部に曝け出すことでその潜在能力を最大限解放することができるということだ……っ」

「ま、まさか貴様……っ⁉」

「そう、つまり俺は――〝フルチン〟の時が最も強いッ！」

――ごきゃりっ！

「ぐおおっ⁉」

その瞬間、ダムドの拳が鈍い音を立てながらひしゃげる。

そして。

「ぬあああああああああああああああああああッ！」

「ぐ、ぅ……こ、公衆の面前で恥も外聞もなく陰部を晒すその気骨……見事だ、種付けおじさん……ぐおあっ⁉」

ダムドの左腕ごとその顔面に一撃が深々とめり込んだのだった。

◇

そうしてダムドの巨体を殴り飛ばした俺は、ずずんっと大の字で倒れたやつを見下ろしながら告げる。

「よく覚えておけ。これが種付けおじさんの力だ」

『おおおおおおおおおおおおおおおおおおおおおおっ！』

すると周囲のケンタウロスたちが男女問わず一斉に歓喜の声を上げた。

「おじさま！」「ゲンジさん！」

そんな中、ぴのこを頭の上に乗せたギネヴィアさんが駆け足で近づいてくる。

ゆえに俺はしゅ〜と元のデブに戻りながら彼女たちの方を振り返ったのだが、

「――ぬうっ⁉」

さすがにダメージが大きかったらしく、意図せず地に片膝を突いてしまった。

「だ、大丈夫ですか、おじさま⁉」

「……うむ。少々意地を張りすぎてしまったようだ……」

「まったくあなたという人は……。まさかあのような化け物と正面から殴り合うとは思いませんでしたわ。正直、肝が冷えましたが……でもその、とても勇敢で素敵でした……」

どこか恥ずかしそうに視線を逸らすギネヴィアさんに、ふっと笑みを浮かべて言った。

「ならば後ほどその胸の中で寝かせてもらえると助かる……。さすがに今回ばかりはしばしの休息が必要なようなのでな……」

「ま、まあ仕方ありませんわね。長や里を救ってくださった恩義もありますし、今回だけ特別にあなたの要望を受け入れましょう。ただし、その際はきちんと下着を身につけてくださいまし。それならば私も一肌脱いで差し上げますわ」

赤い顔でぷいっとそっぽを向きながらそう言ってくれるギネヴィアさんに、「うむ、承知した……」と微笑んでいると、ふいに背後から低い声が響いた。

「ぬ、ぐう……っ」

『──っ⁉』

そう、ダムドが身を起こし始めたのである。

「ダムドさま⁉」

当然、ゴブリンロードたちも駆け寄ってきたゆえ、ランスを構えようとするギネヴィアさんだったが、俺はそれを手で制す。

するとダムドはどこか憑き物が落ちたように言った。

「……俺の負けだ。煮るなり焼くなり好きにするがいい……」

「それは後ほどケンタウロスたちが裁定を下すだろう。だがその前に一つ聞きたいことがある、童の者よ。何故お前ほどの男が魔王とやらに付き従っている？　お前は単に己が武を極めたかっただけであろう？」

「確かに……。今思えば愚かなことだったのやもしれぬ……。甲冑を頂戴したことでさらなる高みに達したとはいえ、所詮それは俺の力ではなかったのだからな……」

そう自嘲の笑みを浮かべるダムドに、俺は首を横に振って言った。

「いや、そんなことはない。あの貞操帯はお前以外の者にとってはただの拘束具にしか過ぎぬのだからな。それを使いこなしていたのは紛れもなくお前自身の力だ。誇ることはあっても卑下することはなかろう」

「ふ、よもや敵である貴様に慰められようとは……」

「確かにお前が俺たちの敵であることに変わりはない。が、敵の中には〝好敵手〟という言葉も存在する。お前がそうなれるかどうかは分からぬが、もしその気があるのならばこのゲンジ、いつでも相手になろう。まあその前にケンタウロスたちに頭を下げるのが先だがな」

そう笑みを浮かべながら告げると、ダムドもまたふっと口元を緩めて言った。

「そうだな……。それもまた一興か……」

と、そんな穏やかな空気が辺りを包んでいた――その時だ。

――ずしゃっ！

「――がっ⁉」

『――っ⁉』

突如ダムドの背から血飛沫が舞い、やつの巨体がずずんっと地に伏す。

「童の者⁉」

一体何が起こったのかとその背中を見やれば、そこには今し方つけられたと思しき斬撃の痕が深々と残っていた。

そしてそれを刻んだであろう者が血の滴る戦斧を握りながら嘲笑する。

「ざまあねえな、ダムドさま！　いや、ダムド！　あんたの時代はここで終わりだ！」

「グィリー、貴様……っ」

「ヒャッヒャッヒャッヒャッ！　まさかこんな幸運が巡ってくるとは思わなかったぜ！　あのダムドが

人間風情に倒されるとはよぉ！　しかも聞きゃあ、そいつはエンペラーのやつも倒したっていうじゃねえか！　ならダムドを殺してそいつも殺しゃあ俺が次の六大高位魔族だぜ！」

「くっ、そんなことさせませんわ！」

ざっ！　と俺を庇うように前に出るギネヴィアさんに、グィリーと呼ばれたゴブリンロードが吼えながら飛びかかってくる。

「邪魔だクソ女ッ！　てめえ如きにこの俺の一撃が受けられるわけねえだろうがッ！」

「くっ……」

それでも……っ、とランスで防御姿勢をとるギネヴィアさんに、ゴブリンロードの戦斧が無情にも振り下ろされる。

――ばきんっ！

『――っ⁉』

そうして砕けたのは――ランスではなく戦斧の方だった。

「ヒャッヒャッヒャッ……って、あ、あれ？　なんで俺の斧が砕けて……ひいっ⁉」

「何を、している……っ」

ゴゴゴゴゴッ、と再び男優と化した俺が、その鋼の肉体でギネヴィアさんを庇ったからだ。

「ゲンジさん⁉」

「お、おじさま⁉　なんて無茶を……っ⁉」

確かに意識も途切れかけていたのだが、やつへの怒りが再び俺を立ち上がらせたのである。

「正々堂々戦い抜いた男を背後から不意打ちした挙げ句、俺の未来のママにまで手を上げようとするとは……っ。貴様のような外道になどもはや生かしておく価値もなし……っ。――失せろッ！」

どぱんっ！　とやつの股ぐらを全力で蹴り上げる。

「んぎょえええええええええええええええええええええええええええっ⁉」

当然、ゴブリンロードは色んなものを撒き散らしながら打ち上げ花火の如くぶっ飛んでいったのだが、やつを蹴り上げた瞬間、何故か里の男たちが一斉に内股になっていたのだった。

「……汚い花火だ」

「いや、ホントに汚すぎてドン引きなんですけど……（白目）」

◇

そうしてケンタウロスの里に訪れた危機は去り、いい加減限界を迎えていた俺はダムドの治療をギネヴィアさんに頼んだ後、そのまま彼女の胸の中で深い眠りへと就いた。

やはり女の胸の温もりはいい。

そこに顔を埋めているだけで全ての苦痛を癒やしてくれる気がするからだ。

いや、事実癒やしてくれているのだろう。

でなければたとえ治癒術をかけてもらったとて、こんなにも回復が早いはずあるまい。

ママの力とはなんと偉大なことか。

「そうは思わぬか？　ぴのこよ」

「はいはい、そうですね。で、おじさまはいつまでそうやってギネヴィアさんのおっぱいに甘えてるつもりですか？　ここはおっパブじゃないんですよ？」

呆れたように半眼を向けてくるぴのこに、俺は言われたとおりギネヴィアさんに頭を撫でられながら「ふむ」と神妙な面持ちで言った。

「それが困ったことに身体が動かなくてな。どうやら彼女の魅力にころりとやられてしまったらしい。まったく罪な女よ」

「ま、まあ恩人であることに変わりはありませんし、このくらいは誉れ高き戦騎士として当然のことですわ（なでなで）」

「その割には顔が完全にメスというか、ママなんですよねぇ……」

そうぴのこが至極胡乱な目をギネヴィアさんに向ける中、「ところで」と彼女に問う。

「ダムドの様子はどうなっている？　相変わらず長殿が面倒を見ているのか？」

「ええ、そうです。まあ今あの人を止められるのは長さんだけですからね。当然の措置かと」

「そうか。死なせるには惜しい男だからな。俺も後ほど見舞いに行ってやるとしよう。里の男たちの方はどうだ？」

「えっと、今は皆さん壊れた建物や道路の修繕などを優先的に行っている感じですかね？　ただその、一つ問題がありまして……」

「問題？　揃って筋トレでも始めたのか？」

あれだけ男臭い戦いを目の前で見せつけてやったのだ。

多少なりとも触発されている男たちがいてもおかしくはないと思うのだが……。

「いえ、それに関しては窓の外を見てもらった方が早いかと……」

「……ふむ」

そういうことであれば仕方あるまい。

名残惜しくもギネヴィアさんの胸から顔を離し、彼女が愛用している特大サイズのベッドから降りて窓の外を覗く。

すると。


『――きゃあああああああああ♪　ゲンジさあああああああああああん♪』


「！」

戦騎士と思しき女性たちが途端に黄色い声を上げ始めたではないか。

どうやらずっとギネヴィアさんの家の前で俺が出てくるのを待っていたらしい。

しばし、その光景を無言で眺めていた俺だったのだが、やがて「なるほど」と頷いて言ったのだった。

「こうしてわざわざ出向いてくれた以上、直接挨拶せぬは非礼というもの。すまぬが五時間……いや、十時間ほど席を外すのであとを頼む」

「いや、それ絶対挨拶じゃないですよね？」

◇

　ともあれ、周囲からのプレス目線をびんびんに感じる中、俺たちは長殿の家を訪れる。

　そこは大樹をくり貫いて造られた文字通りのツリーハウスで、集会場も兼ねているらしく、歴代の長たちは皆ここで暮らすのが習わしだという。

　通常であれば世話係のような者がいるらしいのだが、今代の長――レオデグラさんは〝自分のことは自分でやる〟を常としているようで、武芸のほか、家事全般も得意なのだとか。

　なんなら自らが仕留めたモンスターを集会場で皆に振る舞ったりもするらしい。

　そんな彼女に世話をされているのならば大丈夫だろうと思い、「手が離せんから勝手に上がれ」と声を張り上げるレオデグラさんのもとへと赴いてみれば、

「ふー、ふー……ほら、早く口を開けろ」

「い、いや、自分で食えるのだが……むぐっ⁉」

　ぬぽっとダムドの口に粥の載ったスプーンを突っ込んでいる最中だった。

　とりあえず二人とも元気そうで何よりである。

「というか、なんであのゴリマッチョさん、可愛らしいお花のパジャマ着てるんですか……？

しかも長さんのエプロンとペアルックですし……」

「うん？　ああ、こいつに合う衣服がなかったのでな。そういえばと以前このエプロンを作った際に生地が余っていたことを思い出したのだ。で、ぱぱっと作ってやった」

「なんですかその無駄に高い女子力は……」

「さすが長ですわ。私も見習いませんと」

うんうん、と誇らしげな様子のギネヴィアさんにぴのこが半眼を向ける中、ベッドの上のダムドに言った。

「ともあれ、息災そうで何よりだ、童の者よ。さすがの生命力と言ったところか」

「ふん、それはこちらの台詞だ、種の者よ。受けたダメージは貴様の方が大きかったはずなのだがな。存外丈夫なようだ」

「無論だ。種付けおじさんの回復力は並大抵ではないからな。そこにママの癒やしが加われば、このとおり全快よ」

「ふ、さすがは種のもむぐっ⁉」

「あの、ちょっと長さん……。今大事なこと喋ってるんで……」

「ああ、それは分かっているのだが……しかしせっかく作ったのだ。冷めてしまってはもったいないだろう？」

「いや、まあそうなんですけど……」

ずーんっ、と白目を剥きそうな様子のぴのこを微笑ましげに見やった後、レオデグラさんに言った。

「ところで長殿に一つ提案があるのだが、こいつをしばらくこの里で預かってはもらえぬだろうか？」

「「！」」

「な、何っ⁉　おい、貴様一体を何を言ってむぐっ⁉」

「ほう、それはまた面白い話だな。是非その真意を聞こうか」

「ああ、実はな――」

「いや、その前にゴリマッチョさんのお口にお粥突っ込みすぎて白目剥いちゃってるんですけど……。なんで連続で行っちゃったんですか……」

半眼のぴのこに言われて件のダムドを見やれば、やつは口にスプーンを突っ込んだままハムスターのような顔で失神していた。

やれやれ、果報者め。

「案ずるな。こいつはこう見えてなかなかに律儀な男だ。ゆえに長殿の愛がこもった手作り粥を吐き出したりはせぬさ」

「いや、そんな心配誰もしてないんですけど……。というか、別に愛はこもってないでしょうに……」

「ふむ、あなたにはそう見えるのか？」

「えっ？」

どういうことかとぴのこがレオデグラさんを見やると、彼女はどこか恥ずかしそうに「……知らんな」と目を逸らしていた。

「えぇ……。なにゆえ……」

再度白目を剥きそうな様子のぴのこに、俺は腕を組んで言った。

「無論、久しく見ぬ剛の者だからだ。しかも禁欲中とはいえ、性欲旺盛なオーガ族の上、この恵まれた体躯ともなれば夜の生活も実に満足のいくものとなろう。さらには根っからの武人気質ゆえ浮気の心配もない。まあ先に娼館に行った場合は色狂いになる可能性はあるがな」

「なるほど。ゆえにそうなる前に磨き上げた女子力で仕留めに入ったと。さすがは長ですわ」

「え、そこ感心するところなんですか……？」

ぴのこがそう顔を引き攣らせる中、レオデグラさんが「……ふん」とほのかに赤い顔で腕を組む。

「誉れ高きケンタウロスの戦士として生まれた以上、己を倒すほどの強き者を伴侶として迎えるのは当然のこと。無論、同族であるに越したことはないが、現状それは叶わんからな。ならばこういう選択肢もあろう」

「で、でもこのゴリマッチョさん、恐らく魔王軍の最高幹部なんですけど……」

「ああ、分かっている。だが先ほどそこの人間も言ったように、これ以上好条件の男はそうはいまい。そして私もこれを逃すと婚期がやばい。ゆえになんとかして既成事実が欲しい……っ。こうなったら今のうちに奪ってしまうか……っ」

「あの、途中から本音がごりごり漏れてますよ……」

ぐっと拳を握って切実な思いを語るレオデグラさんにぴのこが半眼を向ける。

そんな中、俺は相変わらず腕を組んだまま言った。

「ともあれだ。こいつを預かって欲しい理由にはそういうことも含まれている。どのみち里の者たちには償わねばならぬのだ。であれば長殿の婚活も兼ねるのがよかろうとな。そしてこいつに男たちの指南役を任せれば女たちも惚れ直すやもしれぬ。こいつの強さは嫌でも目に焼きついているだろうからな」

「……なるほど。確かにそれなら色々な問題が解決するかもしれませんね。その、〝小さい〟とかそういうこと以外……」

「うむ。ゆえにそれに関しては俺が全員に長茎術を施してやろうと考えている。〝握られるは一時の恥、握らせぬは一生の恥〟よ」

「なんですかその頭の悪そうなことわざみたいな文言は……」

ぴのこにそう半眼を向けられる中、ギネヴィアさんが少々不安そうに言った。

「ですが、そちらの方は紛う方なき高位魔族――しかもその中でも最高位に位置する〝六大高位魔族〟の一人です。そのような方をここに置いておいても本当に大丈夫なのでしょうか……？

粛清の対象になるのではと危惧しているのですが……」

「うむ、あなたの懸念はもっともだ。が、仮に粛清の対象になったとして、こいつほどの猛者相手に無傷で勝てる者が、その六大高位魔族とやらにいるとは到底思えぬ。最悪〝相討ち〟という可能性もあるだろう。ゆえにそれほどのリスクを負ってまでこいつを粛清するくらいならば、適当にケンタウロスたちと親交を深めさせておいた方がよいと考えるのではなかろうか」

「なるほど。その方がいざという時に利用できるというわけですわね？」

「ああ、そうだ。無論、これは俺の完全な推測ゆえ、何者かが粛清に訪れる可能性がないわけではないのだが、仮にそうなったとしても案ずることはない。その時はこのゲンジが全員まとめてプレスすればいいだけの話だからな（ゴゴゴゴッ）」

「ゲンジさん……（ぽっ）」

「え、今のそんな顔赤らめるような感じでした……？　まとめてプレスうんぬん言ってましたけど……」

「ええ、そうなのですけれど、そこがゲンジさんらしくて頼もしいなと……」

「えぇ……。もう完全に感覚がママじゃないですか……」

「ふ、今夜がママだな」

「いや、そんな〝今夜がヤマだ〟みたいな感じのプレス用語勝手に作らないでください……」

と。

「いえ、それに関してはやはり体格差もありますし、いくらゲンジさんでも長たちのようにはいかないのではないかと……。とくに子どもに関しても間違いなく自然妊娠は難しいと思いますし……」

そう寂しそうな表情を見せるギネヴィアさんに、俺は「――憤ッ！」とパンツを吹き飛ばして言ったのだった。

「案ずるな。このゲンジ、すでに《馬並み》の長茎スキルを習得している。ゆえにあなたの杞憂は全てこの〝鉄塊〟とも言うべき我が巨根が晴らしてくれよう。――ママになってくれるな？」

「ゲンジさん……。ええ、喜んで……（涙ぐみながら）」

「ふ、いい子だ」

「いやいやいや……。こんな酷い絵面の告白シーンあります……？」

「……（ごくり）」

「あと長さんは〝ごくり〟じゃないんですよ……。何考えてるんですか……」

◇

ともあれ、そんな感じでおじさまはギネヴィアさんと一夜を共にしました。

本当にケンタウロス相手にプレスることができるのか――正直半信半疑なところはありましたが、そこはさすがのおじさまと言ったところでしょうか。

がっつりプレスってましたわ……（白目）。

おかげでギネヴィアさんのおほ声が酷いのなんの……。

いえ、最初は普通だったんですよ？

まあ上半身は人とほぼ同じですからね。

キスからはじまり、丁寧な愛撫でギネヴィアさんがすっかりメスの顔になったその時ですよ。

あの《馬並み》とかいう、どう見ても頭悪そうなスキルを発動させながら彼女の後ろに回ったかと思うと……道路工事のはじまりですわ……。

キツツキかな？　と思わず微笑みながら小首を傾げてしまったレベルですよ……。

とにもかくにも、そうして〝あへー〟だの〝イグー〟だのと散々喘いだギネヴィアさんに、もはや戦士の面影は微塵もなかったというわけです。

あんなに勇ましい感じだったんですけどねぇ……。

最後はもう完全にメス豚でしたわ……（泣）。

◇

というわけで、俺はギネヴィアさんに怒濤の馬並みプレスを行った。

いわゆるモン娘との初めてのプレスになったわけだが、なんというのだろうか、人の女性を相手にしている時とさほど変わらなかった気がする。

恐らくは上半身が人のそれであるということも関係しているのだろう。

少し高めの体温も実に俺好みであり、とても満足のいくプレスができたと自負している。

まあ少々張り切りすぎたおかげで未だにギネヴィアさんの腰が抜けたままなのだが……。

「さて、そろそろ時間だな。男たちの様子はどうだ？」

「ええ、皆さんちゃんとお家の前に並んでますよ。というか、本当に皆さんいらっしゃったんですね……」

ともあれ、俺は早々に男たちに長茎術を施してやることにした。

男の子というのは意外と単純な生き物だからな。

たとえ草食系男子だったとしても、〝大きい〟というだけで自信が漲るものなのである。

「当然だろう。あれだけの男臭さを目の当たりにした以上、多少なりとも火が点いていてくれねば俺としてもしょんぼりだからな。むしろ来てくれねば困る」

「まあそうなんですけど……。というか、その前にこの白衣とナース服必要あります……？」

可愛らしいナース服に身を包んだぴのこが恥ずかしそうに半眼を向けてくる。

ゆえに俺は白衣のポケットに手を突っ込みながら「無論だ」と頷いて言った。

「形から入るというのは存外馬鹿にできぬものだからな。医師や看護師の恰好をしていれば、自ずとそういう心持ちにもなってくるというものだ」

「あの、だったらパンツ以外も身に着けてもらえませんかね……？　なんで白衣の下パン一なんですか……。どう見てもガバッてやってくるタイプの変態ですよ……」

「ふ、俺をその辺の変態と一緒にしてもらっては困る。俺ならばむしろ初めから全裸で外を歩いておるわ」

「じゃあもう初っ端から通報ですよ……。一応聞きますけど、実際にやったことはないんですよね……？」

「無論だ。ここではスキルの都合上ぽろりもあったが、そんな非常識なことをするはずないだろう？　そもそも俺は女性に不快感を与えるようなことはせぬ」

「あの、その恰好自体がすでに私にとってごりごりの不快感なんですけど……」

「ふ、まあそう言ってくれるな。それより最初の患者を呼んでくれ。時間も限られているのでな」

「分かりました……」

というわけで、俺たちは最初の患者を迎え入れる。

「あの、よろしくお願いします……」

それはまだ十代半ばくらいの若者だった。

いかにも気弱そうな感じの少年である。

ゆえに俺は「ふむ」と腕を組んで言った。

「君はまだ若い。これからさらに成長するやもしれぬが、施術を希望ということでいいのだな？」

「はい……。実は僕には戦騎士を目指している幼馴染みというか恋人がいるのですが、先日初めてそういう関係になった時に上手くできなくて……。おかげでなんだか気まずいというか……」

「いや、ガチの相談じゃないですか……。しかもそこそこあるタイプのやつですよ……」

「うむ。この手の悩みは男ならば必ず一度はぶち当たるものだ。別に興奮していないわけではないのだが、ストレスや緊張などでまったく反応しなくなるのだからな。そしてそれを女性も自分に魅力がないからなのではと悩む――まさに負のスパイラルだ」

「ええ、そうなんです……。なのでゲンジさんみたいに強い男の人になれたら、そういう場でも動じずに頑張れるんじゃないかと思いまして……。まずは大きさ的な自信を得られたらなと……」

「なるほど。君の気持ちはよく分かった。ならばこのゲンジが君を男にしてやろう」

「は、はい！　よろしくお願いします！」

「なんかそこはかとなくBL臭を感じるのは気のせいですかねぇ……」

そうぴのこが黄昏れたような顔をする中、俺は彼の股の間に入り込み、全エネルギーを両手に集中させて施術を開始したのだった。

「ホアッタアッ！」

――むんぎゅっ！

「んほおおおおおおおおおおおおおおおおおおおおおおおっ♡♡」

「え、なんでダブルピースしてるんですか……？（白目）」

◇

そうして男たちを次々に一つ上の男へと成長させてやった俺は、今し方最後のダブルピースを見届け、満足げに額の汗を拭う。

「……ふう。これで男たちも少しは自信が出よう」

「とりあえずお疲れさまでした。正直、あのやり方で大丈夫なのかって感じでしたけど、本当に大きくなるんですね……」

「無論だ。種付けおじさんに不可能はないからな。この施術を行えば〝巨根ショタ〟というおねショタが捗る魔物も生み出せよう」

「いいですよ、そんな魔物生み出さなくて……。何を捗らせる気ですか……」

そう呆れたようにぴのこが半眼を向けてくる中、ふいに玄関のドアがノックされる。

「あ、はーい。今行きまーす」

まだ施術を行っていない者がいたのだろうかと再び準備をしていると、「……し、失礼する！」と聞き覚えのある声が響いた。

「あ、ゴリマッチョさん。もう歩いて大丈夫なんですか？」

そう、ダムドである。

やつは「あ、ああ、問題ない」と辿々しく頷きながらこちらへと近づいてきたのだが、

「……ぬっ⁉」

そこで俺ははたと気づく。

やつの雰囲気が何やら丸くなっているということに。

そしてその顔がまるで自家発電を終えたあとのような、なんとも言えない感じになっているということに。

ゆえに俺はクワッと目を見開き、声を張り上げて言ったのだった。

「ぴのこよッ！　赤飯を持ていッ！」

「い、いきなりなんですか⁉　しかもお赤飯って……あっ（察し）」

◇

その後、復活したギネヴィアさんが「お任せなさい！」と赤飯を完全再現してくれる中、向かい合って座る俺たちにダムドがゆっくりと頭を下げて言った。

「……すまぬ。今日は貴様に……いや、貴殿に折り入って頼みがあって足を運ばせてもらった次第だ」

「ふむ、よかろう。卒業祝いだ。なんなりと言うがいい」

「いや、〝卒業祝い〟って……。まあ確かにお祝いごとではあるんですけど……」

ぴのこにそう半眼を向けられる中、ダムドが顔を上げて続ける。

「実は貴殿にゴブリンどもの後始末を頼みたいのだ」

「なるほど。一応の頭はあのゴブリンロードだが、実質統治していたのはお前だったということか」

「そうだ。もっとも俺はやつらを抑え込んでいただけに過ぎんがな。グィリーのやつが俺に反旗を翻したのも、その辺の不満が溜まっていたからなのだろう」

「つまり最近ゴブリンによる他種族への暴行被害などが少なくなっていたのは、あなたのおかげだったということですの？」

「おかげというほどのことではないがな。ただ目に余る所業だったがゆえ、〝控えろ〟と告げていただけだ」

「……なるほど。それが今回の一件で全部解放されるかもしれないと……。言ってみれば支配者とリーダーを同時に失ったようなものですからね……」

「ああ、そういうことだ。ゆえに都合がいいのは重々承知しているのだが、今の俺にはどうしてもこの場を離れるわけにはいかぬ理由があるのだ……っ」

ぐっと悔しそうに膝の上の拳を握るダムドに、俺はふっと笑みを浮かべて言った。

「……愛ゆえに、か。どうやらお前にも守るべき大切な者ができたようだな、童の者よ。いや、もう〝童〟の者ではなかったな。よいものだろう？　女の肌の温もりというものは」

「……そうだな。あれほどまでに癒やされるものを俺は知らぬ。〝女神〟というのは存外近くにいるものなのだな」

「！」

えっへん、と女神ワードに反応して胸を張るぴのこを微笑ましく思っていると、ダムドもまた口元を緩めて言った。

「あの時、何故純粋な力では完全に上回っていたはずの俺が貴殿に押し負けたのか――その理由が今ならば理解できる。よもや愛する者ができただけで、こんなにも力が漲ろうとは思わなんだぞ」

「ふ、そうだろうとも。確かに失うものが何もない者はいかな手段も執れるゆえ、一見すると無敵のように思われがちだ。が、最後に踏ん張れるのはやはり守るべき者を持つ者だからな。怒りに勝る執念なし――その点で言うのならば、今のお前は先日のお前よりも格段に強くなっていることだろう」

だが、と俺は一つだけ忠告する。

「それは同時にお前の弱点ともなり得る。これは俺にも言えることだが、愛する者を盾にされる可能性があるからな。ゆえにそうならぬよう側にいてやるがよい。そして彼女とともにこの里の者たちを鍛えてやってくれ。さすればより強固な守りとなろう」

「ああ、承知した」

「うむ。ではゴブリンたちに関してはこのゲンジに全て任せておくがよい。あれから俺も大分修練を積んだのでな。男優怒濤のプレスを以てゴブリンどもを全員メスの顔にしてくれようぞ」

「すまぬ。頼んだぞ、種の者よ」

「応ッ」

「あの、今さらりとどえらいこと言いませんでした……?」

◇

そうして旅立ちの日を迎えた俺たちを、ギネヴィアさんやダムド、レオデグラさんをはじめとした里の者たちが総出で見送ってくれる。

「行ってしまうのですね、ゲンジさん……」

「ああ。このままゴブリンたちを野放しにしておくわけにはいかぬのでな。だが安心するがよい。俺にはたとえどんなに離れた場所にいようと、瞬く間に愛する者のもとへとゆけるスキルがある。ゆえに寂しき時はいつでも呼ぶがよい。必ずや雷光の如く駆けつけよう」

「ええ、分かりましたわ」

こくり、と微笑みながら頷いてくれるギネヴィアさんに俺も頷きで返した後、ダムドたちを見やって言った。

「剥けし者よ、ゆめ忘れぬことだ。彼女こそがお前の守るべき真の愛そのものだということをな」

「ああ、承知している。このダムド、これより先は貴殿と同じく愛に殉じよう」

そう言ってダムドが恥じらいつつもレオデグラさんの肩を抱く。

最強のオーガと最強のケンタウロスの夫婦だ。

これ以上に似合いのカップルもなかなかいないだろう。

「ふ、見せつけてくれる。だがそれでこそ剥けし者だ」

「あの、さっきから思ってたんですけど、わざわざ〝一皮〟を省く必要あります……？　なんですか〝剥けし者〟って……」

「無論、一つ上の高みに達した漢のことよ」

「……」

半眼のぴのこにふっと笑みを浮かべていると、最後にダムドがこう言ってきたのだった。

「ともあれ、まずは我らがオーガの里に向かうがよい。ゴブリンどもの巣は南北それぞれの大陸にあるが、北の巣は里の管轄内にあるのでな。彼らの協力を得られれば、事を有利に進められるだろう」

「ああ、承知した。ではまた会おう、戦友《とも》よ」

「あ、そこは〝剥けし者〟じゃないんですね……」

【四話】可愛い小デブの女神さま

　というわけで、オーガの里に向けて柴犬で街道を進んでいる最中、ふとぴのこが思い出したように言った。

「そういえば以前、別の処女厨さんを喚び出したことがあったと思うんですけど、あんな感じでまた喚べたりしませんかね？　その、柴犬さんは少々乗り心地が……うっぷ」

「ふむ。そうしたいのは山々なのだが、何故かあの一件以降、他のやつらが召喚に応じてくれなくてな。恐らくはやつのように倒されては堪ったものではないと、処女厨界隈でブラックリスト入りしてしまったのだろう」

「なるほど……。つまりいつもの処女厨さんと縁が切れない限りは喚び出せないと……」

「うむ、そういうことだ。が、あれともそれなりに長い付き合いだからな。そう簡単に縁を切るわけにもいくまい」

「いや、むしろ向こうの方が縁を切りたいと思っているのでは……？　というか、よくよく考えてみたら〝種付けおじさん〟と〝ユニコーン〟とか相性最悪じゃないですか……。今さらですけど、なんで召喚に応じてるんです……？」

「無論、俺の近くにいれば生娘と会える確率が高くなるからだ。事実、そのおかげでやつはエイシスの尻を堪能したり、メイドの乳に顔を埋めたりできていたからな。ギブアンドテイクというやつだろう」

「まあ、確かに言われてみればあの処女厨さん、中身完全におっさんでしたもんね……。お酒呷ったりしてましたし……。たぶんおじさまと通ずるところがあったのではないかと……」

「うむ。ゆえにこれからもよき相棒でありたいとは思っているのだが、如何せん今は荒れているのでな。やつにも生娘のママを見繕ってやりたいとは思うものの、一つ懸念があるのだ」

「……懸念、ですか？」

小首を傾げるぴのこに、「ああ」と頷いて続ける。

「やつがそのママをヤリ捨てぬかどうかだ」

「あー、それ私も思ってたんですよね……。絶対やりそうだなぁって……」

「うむ。まああれはそういう性質のものだからな。とやかく言っても仕方あるまい。ゆえにママにするのならば牝馬ではなく、生涯生娘であることを誓っている修道女などがいいのではないかと考えているのだ」

「なるほど。確かに修道女さんなら生娘の方が多いでしょうし、ユニコーンが〝聖なる獣〟として認知されている以上、処女厨さんにとってはまさにハーレムかもしれませんね」

ナイスアイディアとばかりに手を打つぴのこに、俺も頷いて言う。

「ああ。そして修道女の目星はすでにつけてあるからな。あとは折を見て話を持っていくだけだ」

「え、そうなんですか⁉　いつの間にそんな……」

感心したように目を丸くするぴのこに、ふっと不敵に笑って言ったのだった。

「だから言っただろう？　〝実にプレス向きの安産型〟だと」

「プレス向きの安産型……？　──プレス向きの安産型⁉　ああ！　聖都のあの人！」

「うむ、正解だ」

◇

一方その頃。

「──へくちっ⁉」

「……どうした？　風邪か？」

聖都オルメガの聖堂で祈りを捧げていたパールは、側にいた顔見知りの修道女──ミレイユに声をかける。

するど彼女は恥ずかしそうに、その母性的な顔を和らげて言った。

「いえ、そういうわけではないのですが、もしかしたらどなたかが私《わたくし》の話でもしているのかもしれませんね」

「ふむ。まああなたは皆から慕われているからな。そういうこともあるだろう」

「いえいえ、お恥ずかしいです」

──たゆんっ。

「……」

恐らく噂をしているとすればこれだろうなとパールはその暴力的な双丘に半眼を向ける。

そして自分の胸元を見下ろし、そのあまりの戦力差に思わず肩を落とした。

「……はあ」

「どうかされましたか？」

「いや、世の中にはどう足掻いても届かぬ頂があるなとな……」

「？」

不思議そうに小首を傾げているミレイユに、パールは「ともあれ」と続ける。

「今日は私に相談があると聞いたが？」

「はい。こんなことをパールさまにお願いするのもどうかとは思ったのですが、実は最近院内で私たち修道女の下着がなくなることが頻発しておりまして……」

「何っ？　それは聞き捨てならんな。自警団には相談したのか？」

「はい……。神父さまが幾度も足を運んではくださっているみたいなのですが、何分あちらもお忙しいようでして……」

「そうか。それで私を頼ったというわけだな」

「仰るとおりです。事が事なだけにあまり公にはしたくなかったもので……」

「なるほど。確かにギルドの掲示板に堂々と張り出すような内容ではないからな。同じ女としてあなたの気持ちはよく分かる。とはいえ、私では少々目立ちすぎるな……。誰かこう秘密裏に解決してくれるような腕の立つ者はいないものか……」

そこではたとパールの脳裏をよぎったのは、ドーンッと腕を組みながら仁王立ちするレオタードの男（小太り）だった。

「……そういえばいたな。こういう事態に無駄に詳しい上、腕が立ちすぎる変態が……」

頭痛を覚えながらも、パールはその男――ゲンジのことを思い浮かべる。

確かにあの男ならば、此度の一件もあっという間に解決するだろう。

超絶的に気は進まないが、しかしミレイユのためである。

ぐぬぬと唇を噛み締めながらも、パールはゲンジに助力を求めることを決める。

「とはいえ、どう連絡を取るべきか……」

眉間にしわを寄せながら考えを巡らせていた――その時だ。

「――きゃあああああああああああああああああああああっ⁉」

「――っ⁉」

突如ミレイユが悲鳴を上げ、一体どうしたのかと彼女の視線の先を追えば、

「――怯えることはない。俺はただの〝種付けおじさん〟だ」

「――なっ⁉」

件のゲンジが女神像の頭の上に立っていたのだった。

◇

その少し前のこと。

――プレレレレレレス♪　プレレレレレレス♪


「うん？　なんですかこの電話のベルみたいな音は？」

「ふむ。恐らくはこいつだろう」

ぶうんっ、と《たねつけメモリアル》を開いた俺は、そこで困り顔をしているパールちゃんを見やって言った。

「む、どうやらパールちゃんが救援を求めているようだ」

「え、なんですかその機能……。これ欲求不満が分かるスキルだったんじゃ……」

「ああ、それも確かに分かるのだが、こいつはママたちに危機が訪れたりすると、先ほどのようにベルで知らせてくれるのだ」

「なんて便利なスキル……。でも確かにそれならすぐに助けに行けますね」

「うむ。しかし初めての救援要請がパールちゃんからだとは思わなかったぞ。まさか聖都で何かあったのだろうか」

柴犬を止め、「ふむ」と眉根を寄せる。

するとぴのこがこう提案してきた。

「とりあえず一度パールさんのところに行ってみるのはどうでしょうか？　確かに今はオーガの里に向かう途中ですけど、私がここに残ればまた《即姫》で戻ってこられますし」

「いや、それはダメだ。たとえ柴犬を置いていったとしても、万が一のことがないとは限らぬからな。あなたとは二度と離れぬと決めたのだ」

――トゥンク。

「ま、まあおじさまがそこまで仰るのでしたら仕方ありませんね！　本当に仕方がないので一緒に行ってあげます！　あー仕方ないったらありゃしない！」

真っ赤な顔をぱたぱたと手で扇いでいるぴのこにふっと微笑んだ後、俺は柴犬を纏って《即姫》を発動させたのだった。

◇

「というわけだ、パールちゃん。あなたの救援要請に応じ、このゲンジ華麗に参上した。無論、用件は承知している。そこのママみ溢れる美女を我がママとして紹介したいのだな？」

「そんなわけあるか!?　というか、その前に女神さまの上から降りんかこの無礼者！　どこに乗っておるのだ貴様は!?」

「ぬ、これは失礼した。俺の転移スキルは場所の指定ができぬのでな。今降りるゆえ少々待つがよい」

ホウッ！　と女神像の上から飛び、俺はパールちゃんたちの頭上をくるりと越えてからスーパーヒーローの如きポーズで着地する。

やはり着地ポーズと言えばこれ以外あるまい。

「それで俺への用件というのは、そちらの美女絡みで間違いないか？」

「ああ。彼女の名はミレイユ。このとおり神に仕えし修道女だ。そしてミレイユ、この男が……まあなんだ……此度の事件を解決してくれるであろう者――ゲンジとその使い魔のぴのこ殿だ」

「うむ。よろしく頼む、麗しき修道女よ」

「よろしくお願いします、ミレイユさん」

「え、ええ、よろしくお願いいたします……。え、えっと、パールさま……？」

「……ああ。あなたの言いたいことは分かる。だが心配するな、ミレイユ。確かに一見すると信用の置けぬ風体だが、この者たちの実力は本物だ。それは勇者たる私が保証しよう。癪ではあるがな」

「そ、そうですか……。パールさまがそこまで仰られるのでしたら分かりました。申し遅れましたが、私はミレイユと申します。此度はわざわざご足労いただき、本当にありがとうございます、ゲンジさま、ぴのこさま」

そう言ってミレイユさんが恭しく頭を下げる。

修道服に身を包んだ、文字通りママみ溢れるグラマラスな癒し系美女だ。

恐らくは今まで出会った中で最も大きな乳房の持ち主なのではなかろうか。

よくぞここまで育ててくれたと拍手を贈りたいくらいである。

年齢は二十代前半から半ばくらいだろう。

「いや、別に構わぬ。我が未来のママが揃って困っているのだ。力を貸さぬ理由などあるまい」

「……未来のママ？」

「ああ、気にしなくていい。こいつは〝英雄色を好む〟を地で行っているようなやつだからな。好みの女には毎回こういう感じなのだ」

「そうなのですね。ですが申し訳ありません。私は神に操を捧げた身ですので……」

「ほう。つまりは百合か」

「違いますよ……。あと私の方を見るのやめてください……」

そうぴのこに半眼を向けられる中、「ともあれだ」とパールちゃんが言った。

「実は彼女たちの住まう修道院から度々下着が盗まれているそうでな。自警団も動いてくれぬゆえ、お前ならばなんとかなるのではないかと思っていたのだ」

「なるほど。実に俺向きの案件だな。できれば詳しく話を聞かせてもらえると助かる」

「分かりました。では応接室の方にご案内いたしますので、どうぞ私についてきてくださいませ」

「うむ、承知した」

こくりと頷いた後、言われたとおりミレイユさんのあとをついていこうとしたのだが、

――ぷりりんっ。


「ぬうっ⁉」

そこで見覚えのある尻が目に入り、思わず足を止める。

この実にプレス向きな安産型はまさか……っ⁉

「ぐっ、運命とはなんと残酷なのだ……っ」

「いや、なんで人のお尻見て泣いてるんですか……」

◇

そうして聖堂横の廊下を進み、女子修道院内へと通された俺たちは、修道女たちの奇異の目に晒されながらドアのない応接室へと案内される。

一応《パネルマジック》で鑑定させてもらったが、やはりここにいるのはミレイユさんも含めて全員生娘だけのようだ。

よほど信仰心に厚いのだろう。

「それで下着の盗難はどれくらいの頻度で起こっているのだ？」

「そうですね、大体週に二、三度といったところでしょうか。主にショーツの方がなくなっている気がします」

「なるほど。人の出入りはどうなっている？　無論、男だけに限らず老若男女全て教えて欲しい。あと窓や扉などの施錠に関しても頼む」

「おお、なんか珍しく真面目ですね、おじさま」

「当然だ。下着ドロなど最低の男のすることだからな」

「「……」」

何故かぴのことパールちゃんが胡乱な目を向けてくる中、ミレイユさんが「えっと」と思い出すように言った。

「人の出入りに関してはほとんど私たち修道女のみですので、どなたかが立ち入ることはまずありません。あっても神父さまとそのお客さまか、新たに修道女になろうとする方のご親族くらいでしょうか。子どもたちも一時的に預かることはありますが、大体翌日辺りには孤児院の方が引き取りにいらっしゃいます。施錠も必ず二人で確認していますし、夜の見回りの際にも再確認していますので、まず開いていることはないかと」

「ふむ。なるほど」

神妙な面持ちで考えを巡らせていると、パールちゃんが俺の顔を覗き込むように尋ねてきた。

「どうだ？　何か手がかりは得られそうか？」

「そうだな。まだなんとも言えぬというのが正直なところなのだが……ちなみに神父の客とやらは何者なのだ？」

「確か商会の偉い方だったと思います。この修道院に限らず孤児院などにも多額の寄付をしてくださっているとても素晴らしい方でして、地方に教会を建て、修道女の派遣などにも協力してくださっていると聞きます。ですのでたまに視察にいらっしゃるのです」

「そうか。それは奇特な御仁だ。そういえば孤児院の方では下着の盗難事件は起きてはいないのか？」

「どうでしょう……。物の紛失は多いとは聞きますが、何分相手は子どもたちですので……」

「なるほど。うっかりなくしている場合と区別がつきづらいと……」

俺がそう頷いていると、ふいにしわがれた男性の声が応接室に響いた。

「……おや？　お客人ですかな？」

「「「！」」」

柔和な雰囲気を漂わせる老年の男性である。

服装を見るに、どうやら彼が件の神父殿らしい。

神父殿はパールちゃんの姿を見るや、丁寧にその禿頭を下げて言った。

「これは勇者さま、わざわざこのようなところにまで足を運んでくださり、本当にありがとうございます」

「いや、気にしないでくれ。ミレイユから盗難事件のことを聞いてな。何か力になれることはないかとこの冒険者――ゲンジとともに話を聞いていたのだ」

「そうでしたか。ゲンジさまもありがとうございます。どうかミレイユたちの力になってあげてください」

「無論だ。このゲンジに全て任せておくがよい」

「ええ、よろしくお願いします。では儂はこれで」

ぺこりと再度一礼し、神父殿が背を曲げながらゆっくりと廊下を歩いていく。

するとぴのこが腕を組んで言った。

「うーん、さすがにあのご様子だと神父さんが犯人ということはなさそうですね」

「当然だ。確かに私もその線を疑わなかったわけではないが、敬虔な信者であらせられる神父殿がそのような下劣な真似などするはずがあるまい。それにぴのこ殿の言うように彼はかなりのご高齢だ。誰に見つかることもなく幾度も下着を盗めるとは到底思えん」

「そうですね。私も神父さまではないと思います。あの方は私たちのことを娘や孫のように可愛がってくださっていますので」

「……ふむ」

「どうしたんですか？　おじさま。何か気になることでも？」

小首を傾げるぴのこに、「ああ」と神妙な面持ちで告げる。

「そういえば俺は、日ノ本の地でハゲかけていたなと」

「いや、なんでそれを今思い出したんですか……。確かにちょっと怪しかったですけど……」

「うむ、手入れというのは大事なことだ。ともあれ、調査の方は後ほど進めていくとして、俺たちからも一つミレイユさんたちに頼みたいことがあるのだがいいだろうか？」

「もちろんです。私たちにできることであれば是非ご協力させてください」

「すまない。そう言ってもらえると助かる。実は俺の従えている処女厨……ユニコーンがここのところ少々心をやられていてな。是非あなたたちに癒やしてもらいたいのだ」

「え、ユニコーンを従えられているのですか⁉　殿方でありながら⁉」

「ああ。まあいわゆる同志のようなものだからな。そういうこともあろう」

「ふむ。それは私も初耳だな。しかし同志とは言うが、あの聖獣――ユニコーンとお前にまったく繋がりを感じんのだが……」

そう半眼を向けてくるパールちゃんに、ふっと口元に笑みを浮かべて言った。

「まあやつと直接会えばそれも理解できよう。どれ、ちょいと喚び出してみるか」

──《処女厨》！　と俺はいつものようにやつを喚び出したのだが、

「──ヒヒーンッ！」


「ぬっ⁉　こ、これは……っ⁉」

その様相の変化に思わず目を見開く。

何故ならやつの純白だった身体は漆黒に染まり、角は一本から二本に、そして目はまるで怒りの権化のように真っ赤に染まっていたからだ。

「ば、〝バイコーン〟になってるーっ⁉」

がーんっ、とぴのこがすこぶるショックを受ける中、なんということだと悔し涙を流しながら拳を握る。

「俺のせいでギャル男になってしまったというのか、処女厨……っ」

「いや、闇堕ちをギャル男呼ばわりするのやめてください……。そう言われるとただのパリピにしか見えなくなっちゃうじゃないですか……」

「ブルルッ！」

「ぬう……っ」

ともあれ、明らかに尋常ではない様子の処女厨に、当然パールちゃんが困惑したように声を張り上げる。

「お、おい⁉　これは一体どういうことだ⁉　黒いユニコーンなど聞いたことがないぞ⁉」

「……うむ。今のやつは度重なる脳破壊により、〝純潔〟を司るユニコーンから〝不純〟を司るバイコーンへと闇堕ちしてしまったのだ……っ」

「ユニコーンが闇堕ちだと……？　一体何故そのようなことに……」

「それはあれですね……。おじさまが処女厨さんのお気にを全部ママにしちゃったからですね……」

「……」

ぴのこが半眼でそう事情を説明すると、パールちゃんもまた半眼でこちらを見やってくる。

ゆえに俺は「仕方あるまい」と腕を組んで言った。

「皆魅力的な女性ばかりだったのだ。ならばママにするのが種付けおじさんたる俺の務め。それだけはたとえ同志であろうと譲ることはできぬッ！（クワッ）」

「いや、そんな無駄に男らしい顔で言われても……」

はあ……、とぴのこが嘆息する中、ミレイユさんに言った。

「というわけだ、ミレイユさん。どうかこの荒ぶる聖獣を、その清らかなる身で癒やしてやってはもらえぬだろうか？　あなたならば、必ずやこいつの破壊された脳を回復させることができるはずだ」

「……分かりました。私の力がお役に立てるかどうかは分かりませんが、できうる限りのことはさせていただきます」

こくり、と決意を秘めた表情で頷いてくれるミレイユさんを心からありがたいと思いつつ、再びブチギレ中の処女厨に向き直って告げる。

「処女厨よ、お前の怒りはもっともだ。が、俺も同じくママを求める身。ゆえに絶対に退けぬ状況が存在する。それは分かるな？」

「ブルルルッ！」

「ああ。確かにお前の言うとおり、俺ばかりママを得ている不公平な状況も理解している。だからこそこうしてお前をここに連れてきたのだ。ゆえにどうか少しだけ怒りを抑えてはくれぬか？さすればお前の目にも聖母の姿が映ろう」

「ブルル……ッ？」

どういうことかと怪訝そうに眉を顰める処女厨だったのだが、

「――ブルッ⁉」

そこでやっとミレイユさんの姿が目に入ったらしい。

愕然としながら彼女の身体を上から下、下から上と往復した後、その豊満すぎる胸元に釘付けになっている処女厨に、ミレイユさんは懇願するように両手を組んで言った。

「荒ぶる聖獣よ、どうか私の声を聞いてください。そしてどうかそのお怒りをお鎮めください（たゆゆんっ）」

と。


――ぽんっ。

「むっ？」「えっ？」

まるで小さな花火が破裂したかのようにぽんっと元に戻ったではないか。

そしてやつは何ごともなかったかのように爽やかな顔でミレイユさんに近づいたかと思うと、

「ああ、よかった。元の優しき聖獣に戻ってくださったのですね」

「ブルルゥ（ぱふぱふぱふぱふぱふぱふ）」

彼女に抱かれながら満足げにしていたのだった。

「ふむ、とりあえず一件落着だな。やはりママの力は偉大ということだ」

「いや、今のはどう見てもおっぱいの力ですよ……」

◇

そうして散々ミレイユさんに癒やされた処女厨は、さらに騒ぎを聞きつけて現れた他の修道女たちにもちやほやされまくり、すっかり脳が回復したようだった。

「やはりここに連れてきたのは正解だったな」

「ええ、確かに正解だとは思うんですけど……」

「ぺろぺろぺろぺろぺろぺろ」

「うふふ、くすぐったいですよ、聖獣さま」

「ぱふぱふぱふぱふぱふ」

「あらあら、聖獣さまは甘えん坊さんですね」

「クンカクンカスーハースーハー」

「もう、食べ物の匂いなんてしませんよ？　うふふ♪」

「いや、もうやってることただのセクハラじゃないですか……。え、これ大丈夫なんですか……？」

「私もぴのこ殿と同意見なのだが……。というか、何故私のところには来ない……」

欲望の限り修道女たちに甘えまくる処女厨に、ぴのことパールちゃんが半眼を向ける。

ゆえに俺は「ふむ」と腕を組んで言った。

「まあ大丈夫かと言われればグレーゾーンなのだが、聖獣ゆえ彼女たちも不快には思っていないようだからな。言ってみれば赤子に乳を触られているのと同じ感覚なのだろう」

「にしたってあの顔……。どちゃくそスケベなおっさんじゃないですか……」

「ふむ。やはりあそこまで己が欲望を剥き出しにできるのは、赤ちゃんプレイの成せる業というものだろう。あれはどれだけ恥じらいを捨てられるかだからな。ママに甘えるとはそういうことなのだ。そう、かつて俺が嬢におしめをつけられた時もそうだった……（遠い目）」

「あの、その話聞かないとダメなやつですか……？」

◇

ともあれ、ギャル男になった処女厨は即堕ち２コマで元のユニコーンへと戻った。

破壊されていた脳も完全に回復したようで、今となってはハーレム王のような余裕さえ見せる始末だ。

「ほう、可哀想だから俺に一人ママをくれてやると？」

「ヒヒーン（膝枕されながら流し目で）」

「いや、めちゃくちゃ態度でかいじゃないですか……。なんですかあの腹立つ感じの顔は……」

「確かに……。結局私のところには一度も来なかったからな、あいつ……」

ぴのことパールちゃんに半眼を向けられるも、処女厨はそれをまったく意に介さず、修道女たちに果物を食べさせてもらったりと贅沢三昧であった。

「というか、本当にこれでいいんですか？　おじさま」

「まあ今だけは大目に見てやってくれ。所詮ここは療養所のようなものだからな。いい夢というのは長くは続かぬものだ」

「まあそうなんですけど……」

「うむ。それより今は下着ドロを捕まえる方が先だ。というわけで一つ罠を張りたいと思う。ゆえにできればパールちゃんには今夜ここに泊まって欲しいのだが……」

「ああ、もちろんだ。許可さえ下りればすぐにでも準備しよう」

そう言ってパールちゃんが隣のミレイユさんを見やると、彼女は大きく頷いて言った。

「ええ、それについては私にお任せください。早速神父さまにお話ししてきますので。ゲンジさまたちもご一緒ということでよろしいでしょうか？」

「いや、俺たちは外に泊まるので大丈夫だ。ただ後ほど少々買い出しに付き合ってもらいたい。無論、パールちゃんもだ」

「ふむ、いいだろう。お前が何を考えているのかは分からんが、それで犯人を捕まえられるというのであれば喜んで協力しよう」

「ああ、頼む」

俺がそう頷くと、ミレイユさんもまた丁寧にお辞儀をして言ったのだった。

「では私は神父さまにパールさまが宿泊される旨をお話ししてきますので、こちらで少々お待ちくださいませ」

◇

それから俺たちは城下街へと赴き、とある店で必要物資を調達後、そのままリザベラさんのいる高級娼館――《パレスオブヴィーナス》を訪れ、オーナーのエルダー殿に少々尋ねごとをした後、購入した物資にちょっとした〝仕込み〟を施させてもらうことにした。

そんな最中のことだ。

がっつりスクワットで仕込み中の俺に、女性陣（リザベラさん以外）がドン引きしながら言った。

「え、本当にそれを使う気なんですか……？」

「無論だ。下着ドロには天誅を下さねばならぬからな。万が一の際に逃げ得などさせぬための必須措置だ」

「にしたって、いくらなんでもそれは酷すぎだろ……。行為うんぬん以前にその絵面がすでに酷すぎる……」

「まあそう言ってくれるな。これで全て解決すると思えば安いものよ」

「で、ですがその、これはいわゆる〝変態行為〟というものなのでは……？」

「案ずることはない。確かに俺が今やっていることは変態行為なのやもしれぬ。だが必ずしも変態が悪とは限らぬのだ、ミレイユさん。世の中には俺のような〝光の変態〟も存在する」

「なんですか〝光の変態〟って……。なんでもかんでも〝光〟をつければライトサイドに行けると思ったら大間違いですよ……。リザベラさんからも何か言ってやってください……」

そうぴのこに半眼で促されたリザベラさんだったが、彼女はどこか熱っぽい顔で言った。

「でもあたしはゲンさんを愛しちまってるからねぇ。今だってあの逞しい身体に浮かぶ汗や、乱れた御髪なんかがかっこよくて思わず惚れ直しちまいそうだよ」

「えぇ……。いや、でもあの恰好ですよ……？」

顔を引き攣らせながら俺を指差すぴのこに、リザベラさんはふふっと微笑んで言った。

「何言ってんだい。あんただって似たような恰好をしていただろう？　可愛らしくてよく似合っていたじゃないか」

「ま、まあ確かに言われてみればレオタードと同種の恰好だとは思いますけど……」

「それにほら、どうやら修道女さまも目が離せなくなっちまっているようだよ？」

「「えっ？」」

「ち、違います!?　わ、私はただ殿方の裸というものをあまり見たことがなかったものですから……」

真っ赤な顔で否定するミレイユさんに、俺は「ふむ、そうか」と頷いて言った。

「ならばとくと目に焼きつけておくがよい。これが鍛え上げられし男優の肉体だ」

そしてべきばきと《男優転身》で身体を肥大化させてやる。

「～～っ⁉」

そんな俺の姿に、ミレイユさんはぼんっと顔から湯気を立ち上らせていたのだが、

「お、おじさま⁉　出ちゃってます出ちゃってます⁉　おじさまのこじさまが横からこんにちはしちゃってますよ⁉」

「ぬ、これは失礼した。やはり布地面積の少ないものはダメだな」

少々不測の事態が生じてしまったため、俺はしゅるるるると元のデブに戻ったのだった。

「もう、男優さんになるんでしたら、そういうことにも気を遣ってもらわないと困ります。女性がいるんですから」

「うむ、そうだな。以後気をつけよう」

「いや、ちょっと待て……。その前になんだ今のおぞましい姿は……」

◇

ともあれ、その後初めて見た俺の男優姿に、思わず身体が火照ってしまったらしいリザベラさんとお久しちゅっちゅプレスで時間を潰しながら、俺たちはその時が来るのを今か今かと待ち続けていた。

そんな中、静かな寝息を立てるリザベラさんの頭を撫でていた俺に、ぴのこが不安そうに言った。

「でも本当におじさまの言うとおり、今夜その下着ドロさんが現れるんですかねぇ……。絶対警戒して出てこないと思うんですけど……」

「いや、必ず現れるはずだ。何故なら今夜はまさに〝至宝〟とも言うべきお宝を手に入れられる唯一のチャンスなのだからな」

「〝至宝〟とも言うべきお宝？」

「ああ。つまりはパールちゃんの〝パンツ〟だ」

「えぇ……」

今にも白目を剥きそうなほどドン引きしている様子のぴのこに、俺は神妙な顔で続ける。

「無論、ふざけているわけではない。〝清らかなる乙女〟とまで言われている勇者のパンツなど、通常であればまず手に入らぬ代物だ。となれば相当の高値がつくことは間違いないだろう。まあ自らで堪能するやもしれぬがな」

「……なるほど。ただの匂いフェチな変態さんの犯行ではないかもしれないと……？」

「ああ。その可能性はあるだろう。まあ俺の中の種付けおじさんはその両方だと囁いているのだがな」

「なんか久しぶりに出てきましたね……。無駄に的中率の高いおじさまの中の人……。つまり多少なりとも自分で堪能してから売ってるってことですか？」

「もしくは別物とすり替えているとかな。わざわざ本物をくれてやる必要などあるまい」

「それはそれで最低ですね……。まあパンツ盗んでる時点で最低なんですけど……」

はあ……、とぴのこが疲れたように嘆息する。

「まあ俺の推測にしか過ぎぬのだが、もしかしたらさらに最低なことをしているやもしれぬぞ」

「え、それってもしかしてさっきオーナーさんが仰っていた――」

と。


――プレレレレレレス♪　プレレレレレレス♪


「「――っ⁉」」

突如室内に救援プレス音が鳴り響いたのだった。

◇

その少し前のこと。

ゲンジの言いつけどおり〝仕込み〟を終えたパールは、協力を申し出てくれた修道女の一人に見張りを頼み、ミレイユとともに湯浴みをしていた。

脱ぐとさらに暴力性が増した彼女の身体に思わず卒倒しそうになったパールだったが、そこは勇者の意地で耐え、香料の効いた湯で疲れを癒やしていく。

すると先ほどから何やら心ここにあらずな様子のミレイユが呟くように言った。

「……あの、パールさま」

「うん？　どうした？」

「その、私ははしたない女なのかもしれません……」

「ふむ？　何故そう思う？」

「……実は、先ほど見たゲンジさまのお姿がずっと頭から離れないのです……」

どこか恥ずかしそうに俯くミレイユに、パールも頭痛を覚えそうになりながら言う。

「まあ、確かにあれは色々な意味で衝撃的だったからな……。頭から離れんのは当然だろう。むしろ真にはしたないのは、他でもないやつの方だと思うのだが……」

「そ、そうでしょうか……？　では私がはしたなくなってしまったのは仕方がないと……？」

「無論だ。あの姿を見れば誰だってそう思うことだろう。ゆえに気にする必要はない」

パールがそう諭すと、ミレイユはほっとしたように胸を撫で下ろして言った。

「ならよかったです。やはりパールさまもあの分厚い胸板に抱かれてみたいと思っていらっしゃったのですね」

「ああ。……ああ？　え、分厚い胸板……？」

「ええ。ゲンジさまの身体強化でしょうか？　のお姿があまりにも雄々しく逞しかったせいか、神に操を捧げた身でありながら、思わずめちゃくちゃにされてみたいと思ってしまいまして……。なんとはしたない女だと自らを戒めていたのですが、パールさまも同じ思いだと知って安心しました」

「え、いや、あの……」

「やはりこれは自然なことなのですね。よかったです」

「あ、ああ、そうだな……。本当によかった……」

ど、どうしよう……、と取り返しのつかない事態にパールが顔を引き攣らせていると、すっかり悩みの晴れたらしいミレイユが腰を上げて言った。

「ではそろそろ上がりましょうか。次の方々が控えておりますので」

「あ、ああ、そうだな……」

そうして顔を伏せながらミレイユとともに脱衣所へと戻ったパールだったのだが、

「――た、大変です、パールさま⁉　私の下着がなくなっています⁉」


「何っ⁉」

まさかと思い、自分の使っていたかごの中を見やると、こちらの下着もまた上下ともになくなっているではないか。

「くそっ、やられた！　――おい、見張りの者はいるか⁉」

「ど、どうされました⁉」

パールに呼ばれ、廊下にいた修道女が慌てた様子で駆け込んでくる。

ゆえにパールは彼女に問うた。

「我らの下着が何者かに盗まれた！　脱衣所に入った者はいるか⁉」

「い、いいえ、誰も入ってはおりませんが……」

「なんだと⁉　ならば一体どこから……っ⁉」

急いでパールが脱衣所内を見渡すも、そこに人が入れるような場所はどこにもなく、ほぼ密室と言っても過言ではなかった。

「と、とりあえず神父さまを呼んできます！」

「ああ、頼む！　私たちもゲンジの来訪に備えて早々に着替えるぞ、ミレイユ！」

「ええ、分かりました！」

◇

当然、それから女子修道院内は犯人捜しに躍起になったものの、結局犯人を捕らえることはできず、詳しい捜査は日が昇ってからということになった。

そうしてまんまと魅惑のブツを手に入れたその男は、自室のある男子修道院へと戻った後、ソファに腰掛け、満を持してそれを広げる。

そう、パールのショーツである。

まさか〝清らかなる乙女〟とまで言われている彼女が、こんなセクシーな紐パンを穿いているとは思わなかったが、勇者とはいえやはり女ということだろう。

ならば是非その芳醇なメスの香りを堪能させてもらうしかあるまい。

そう口の端を歪めた男は、肺の中の空気を全て吐き出した後、ショーツに深く鼻をめり込ませ、一気にその魅惑の香りを吸い上げる。

「げほっごほっ⁉　こ、これはまたなんと強烈な汗臭さ……っ⁉　じゃ、じゃがその方が逆に興奮するわ……っ。あの澄まし顔の勇者がよもやこんな臭いをさせておるとは……っ（スーハースーハー）」

「気に入ったか？」

「ああ、もちろん……っ。とくにこのイカ臭さが堪らん……って、誰じゃ⁉」

男が驚きながら振り返ると、そこには泰然と腕を組む半裸の男が立っていたのだった。

「では改めて自己紹介といこうか、下着ドロの生臭神父よ。俺の名はゲンジ。そして貴様が嗅いでいたのはこの俺の汗だく熟成パンツだ」

「き、貴様の汗だく熟成パンツ……？　――ヴォエッ⁉」

「まあそうなりますよね……。スクワットの時、ものっそい食い込んでましたし……」

◇

「はあ、はあ……っ」

脱兎の如く距離を取り、神父が肩で息をしながら俺を睨みつけてくる中、けたたましく部屋の扉が開かれる。

当然、そこにいたのはパールちゃんとミレイユさんだった。

先ほど犯人捜しをした際、万が一神父の部屋から悲鳴が上がったら突入するよう伝えておいたからだ。

「神父さま、どうしてこのようなことを……」

　至極悲しげな表情を浮かべるミレイユさんだが、そんな彼女の問いには答えず、神父は俺を見やって言った。

「何故、儂じゃと分かった……っ。怪しまれるような行動は一切しなかったはずじゃ……っ」

「そうだな。確かに貴様は女子修道院の中でも、彼女たちの部屋や浴場といった場所には近づかなかった。ゆえに通常であれば貴様だと断定するのは難しかっただろう」

「ならば何故じゃ⁉　何故貴様には見抜くことができた⁉　儂の計画は完璧だったはずじゃ！」

「無論、それは貴様の職業が〝死霊術士〟だったからだ」

「「「――っ⁉」」」

　その場にいた全員の目が丸くなる中、ぴのこが驚いたように言った。

「え、そうだったんですか⁉」

「ああ。初めてやつと会った時、念のために俺は《パネルマジック》でステータスを覗き見した。その際、職業の欄に〝神父（死霊術士）〟と記載されていてな。神父ならばそういうこともあるだろうと思っていたのだが、もしかしたらと一つの可能性に気づいたのだ」

「……一つの可能性、だと？」

　眉根を寄せるパールちゃんに、「そうだ」と頷いて言った。

「〝修道女の死霊〟による窃盗――それならば誰も不自然には思うまい、とな」

「「――っ⁉」」

「そう、この男は修道女たちの中に死霊を潜り込ませ、彼女に盗ってこさせることで自らのアリバイを証明していたのだ。パールちゃんたちが下着を盗られた時にもいたのではないか？　近くに誰か見知らぬ修道女が」

「まさか見張りを申し出てくれたあの娘か⁉　……いや、だが確かに思い返せば彼女は真っ先に〝神父を呼んでくる〟と言っていたな。そうか、あの時に渡したというわけか」

「恐らくはそうだろう。そして全員揃って犯人捜しをしたわけだが、当然見つかるはずもあるまい。何せ、犯人のアリバイは完璧だった上、下着類もすでにこの部屋へと運ばれ済みだったのだからな。そうだろう？　神父よ」

「くっ、よもやこのような若造に見破られようとは……っ」

悔しげに唇を噛み締める神父に、ミレイユさんが再度声を張り上げて問いかける。

「な、何故このようなことをされたのですか⁉　あなたは敬虔な神の僕だったはず⁉」

「いや、この男は敬虔な神の僕などではない。その立場を利用して生娘たちを売り捌いていた、ただの極悪人だ」

「えっ？」

どういうことかと固まるミレイユさんに、ぴのこが言いづらそうに言った。

「……実は私たち、娼館のオーナーさんからとあるお話を聞いたんです。先日ミレイユさんが仰っていた商会の偉い人は業界内ではあまりいい噂を聞かないと。そしてお金払いはよくても女性をまるで物のように扱う人だということを」

「そ、そんな……」

「すまぬが事実なのだ、ミレイユさん。確か彼は修道女の派遣業務にも協力していると言ったな？　その修道女たちが一度でも戻ってきたことはあるのか？」

「い、いえ、私がここに来てからはまだ……。ただ手紙には向こうで皆頑張っている旨が書かれていたと神父さまが……」

そこでミレイユさんも気づいたのだろう。

彼女は愕然とした様子で神父に問うた。

「まさかあなたが使役していたという修道女たちは……っ⁉」

「ふん、それが一体なんじゃという？　所詮は死人――亡骸をどう使おうが儂の勝手じゃ」

「酷い……っ。何故そのような残酷なことができるのですか⁉」

「はっ、理由などないわ。単に使えなくなったものを再利用しておるだけのことよ」

「そんな……」

「じゃがこうなった以上、貴様らを生かして帰すわけにはいかん！　――出でよ、我が従僕ども！」

「「「――っ⁉」」」

その瞬間、床に召喚術式が出現し、恐らくは今までに犠牲になったであろう修道女たちが三人ほど這い出てくる。

「くっ、卑怯な……っ」

当然、勇者であるパールちゃんを含め、俺たちが手を出せぬようわざと彼女たちを召喚したのだろう。

ゆえに俺はパールちゃんたちを庇うように前に出て言った。

「ここは俺に任せるがよい。元よりそのつもりだったからな。――ぴのこ、パールちゃんのもとへ」

「分かりました」

「し、しかしお前とてあの者たちを相手にするのは……」

「案ずることはない。これ以上ミレイユさんを悲しませるようなことには絶対にさせぬ」

「ゲンジさま……」

涙ぐみながら縋るように俺の名を呼ぶミレイユさんに、ふっと微笑みで返した後、再び修道女たちに向き直る。

「「「ガアッ！」」」

すると彼女たちは一斉に飢えたゾンビが如く襲いかかってきたのだが、

「――憤ッ！」

「「「――ガッ⁉」」」

俺は即座に《男優転身》を発動させ、修道女たちを揃って抱き止める。

死人ゆえのなんとも冷たい感触だった。

「無駄じゃ！　そいつらに痛覚はない！　やつの首を食い千切ってやれ！」

「「「ギギャアッ！」」」

神父の命令に従い、修道女たちが一心不乱に俺の首や肩に噛みついてくる。

そんな彼女たちの身体をぎゅっと抱き締めながら、俺は優しい声音で言った。

「……哀れな娘たちよ。あのような下賤な者どもにいいように扱われ、さぞ無念だったであろう。

だが安心するがよい。あなたたちの苦しみはこの俺が全て受け止めてやる。そして幸福なる快楽の中、温かき場所へとゆくがよい」

――《昇天》！　と俺がスキルを発動させると、俺たちの頭上に柔らかい光が降り注ぎ、今まで噛みついてきていた修道女たちがぴたりとその動きを止める。

そしてゾンビのように凶悪だった顔にも人間味が戻り、血色まで戻ったかと思うと、彼女たちは揃って天を仰ぎながら言った。

「温かい、光……」

「人の、温もり……」

「気持ち、いい……」

「ああ、そうだろうとも。さあ、その心地よさに身を任せて逝くがよい」

ぱあっとさらに頭上の輝きが強さを増す。

すると彼女たちの顔に赤みが増し、びくびくと身体を震わせ始めたかと思うと、

「「「……あ、あ、あひいいいいいいいいいいいいいいいいいいいいいいいっ♡♡♡」」」

三人揃って幸せそうなおほ声を上げながら、きらきらと天に昇っていった。

「なん、じゃと……っ⁉」

「いや、昇り方……。途中まで感動的な感じだったのに……」

そうしてぴのこが白目を剥きそうになっている中、神父が驚愕の表情で問うてくる。

「き、貴様、一体何をした……っ⁉」

「無論、哀れな娘たちを天へと還してやっただけだ。言い忘れていたが、この俺に死霊術などというものは通じぬ。何故なら俺は女を天に昇らせることを生業としている益荒男だからな」

「そ、そんな馬鹿な⁉　き、貴様まさか聖職者か⁉」

「否。俺は聖職者ではない――〝種付けおじさん〟だ」

「た、種付け、おじさん……っ⁉」

愕然としている神父に、俺は怒りの種付けオーラを全開にして言った。

「未来あるうら若き乙女たちの心を弄び、その清らかなる身を汚した貴様らの蛮行――このゲンジ、断じて許すわけにはいかぬ！　覚悟するがいい、死霊術士よ！　生きて帰れぬは貴様の方と知れ！」

「ぐっ、舐めるなよ若造がッ！　儂の死霊術があの程度だと思うなッ！」

――《ヘルズゲート》ッ！　と神父が声を張り上げると、再び召喚術式からずずずと門のようなものが上ってくる。

それはまるで無数の骸が重なり合うことで形作られたかのようにも見える、なんとも不気味かつ歪な意匠の門だった。

「いかん⁉　あれは〝即死スキル〟だ！」

「ご名答！　じゃがすでに遅いわ！」

「ぬうっ⁉」

ぎぎぎぎぎ、と門が開くと同時に、俺の身体が向こう側へと引きずられ始める。

「おじさま!?」「ゲンジさま!?」

この吸引力の中、他の者たちにまったく影響がないところを見る限り、どうやら術の対象は俺限定らしい。

ならばむしろ好都合である。

「どうじゃ、若造！　これこそが我が最強の秘術――《ヘルズゲート》！　こいつを発動させたが最後――対象は必ずその内部へと引きずり込まれ、あそこに見える我らが〝死の女神〟の生け贄となるのじゃ！」

「……〝死の女神〟、だと？」

訝しげに見やれば、確かに門の向こう側に辛うじて女型と分かる巨大なモンスターの上半身らしきものが控えていた。

モン娘というよりはよくあるホラーゲームの無駄にエロいクリーチャーである。

「はーっはっはっはっ！　儂に盾突いたことを悔いながら、あの醜い化け物に食われて死ねがいい！」

「……何を言っている？」

「何っ!?」

「貴様はあれを〝醜い化け物〟だと言ったが、俺からすればあんなものはただのお色気むんむんドスケベエロ女よ」

「お、お色気むんむんドスケベエロ女……っ!?」

「そうだ。ゆえに――ぬああああああああああああああッ！」

どぱんっ！　とブリーフを弾き飛ばし、俺は万全の戦闘態勢（意味深）を以て戦場への一歩を踏み出す。

「ば、馬鹿な⁉　自ら赴くというのか⁉」

「然り。元より俺をご指名らしいからな。ならばこのゲンジ――全霊を以てお相手するまで！　構わぬな、女たちよ！」

「え、あ、はい……。どうぞご自由に……」

「そうだったな……。お前はそういうやつだった……」

「そ、それよりもゲンジさま⁉　そ、そのようなものを人前に晒しては……っ⁉」

両手で顔を覆いつつも、指の隙間からガン見しているミレイユさんに、ふっと口元に笑みを浮かべて言った。

「すまぬな、ミレイユさん。だが先にも言ったように、全ての変態が悪ではないのだ。そしてこの姿こそ俺の最強の形態。ゆえに見苦しければ遠慮せず目を逸らしてくれて構わぬ。が、もしそれでも見届けてくれるというのであればどうか見届けて欲しい――あなたを愛した男の姿を」

「ゲンジさま……（ぽっ）」

「いや、なんでこの絵面でそんなトゥンクできるんですか……？」

「というわけだ！　あとは頼むぞ、パールちゃん！」

「ああ……。まあ、頑張れ……」

そうしてあとのことをパールちゃんに任せ、俺は満を持してゲート内へと飛び込む。

「――ゲギイイイイイイイイイイイイイイッ！」

どうやらあちらさんも俺が来るのを今か今かと待ち侘びていたらしい。

彼女はその紅《べに》でも塗ったかのような赤い口を嬉しそうに歪め、両手を広げながら俺を迎え入れようとしていた。

顔の上部が外骨格のようなもので覆われてはいるが、口元を見る限りは美女である。

だが恐らく女神というよりは先ほどの修道女たちのような、いわゆる怨霊の類が集まってできた存在だろう。

でなければあの程度の男になど使役されるはずあるまい。

「ふ、そんなに俺を食らいたいか、異形の娘よ。だが残念ながら食われるのはあなたの方だ。まずはその豊かな乳房から味わい尽くしてくれようぞ！」

ゆら～、と流れるような動きで構えをとった俺は、両手に全エネルギーを集中させ、揃って突き出すように対死霊用リンパ拳の奥義を放つ。

「――《昇天リンパ掌》ッ！」

――どごうっ！

「ンギイイイイイイイイイイイイイイイイッ♡」

「声色が変わったな？　この《昇天リンパ掌》は言わばエロ気功――両手のひらから放たれた昇天エネルギーが瞬く間に乳房から全身を駆け巡り、全ての性感帯を強烈に刺激する。だがそれはあくまで前座の話――本番はこれからだ、異形の娘よ。敏感になったその身体に我がリンパ拳の真髄を叩き込んでやる」

「ギ、ギイ……（ぽっ）」

「ふ、いい子だ。ならば安心して身を任せるがよい。あなたもまた快楽に包まれながら温かき場所へと送ってやろう。――ではゆくぞ！　ホアッタアアアアアアアアアアアアアアッ！」

「ンホオオオオオオオオオオオオオオオオオオオオオオオッ♡♡」

◇

恐らくは激しい戦いだったのでしょう。

おじさまが門の向こう側へと姿を消した後に聞こえてきたのは、まさに激闘を思わせる両者の叫び声でした。

閉じられた扉越しでも聞こえてきたのですから相当なものです。

でも不思議ですよね。

〝死の女神〟とは言ってましたけれど、あれは恐らく死霊の集合体のようなもの。

言ってみれば、ただの魔物です。

ゆえに人語を解してはいないはずなのに、〝ンギー〟だの〝ンホー〟だの〝オッオッオー〟だのという、いつも聞いている感じのおほ声が聞こえてくるんですから。

え、なんなんですか？

おっぱいがあればもうメスなんですか？

というか、おじさまを閉じ込めたんなら早く門しまってくれませんかね……。

どうせ普通に出てくるんですから、むしろしまっちゃえばいいんですよ……。

なんなんですか、このしょうもない時間は……。

ただの喘ぎ声傍聴会じゃないですか……（白目）。

◇

そうして一際大きな声が扉の向こう側から響いた後、《ヘルズゲート》がきらきらと光の粒子となって消えていく。

正直、こんな消え方は初めて見たが、とにもかくにもあの男は死の女神に食われて死んだ。

ゆえに神父は高笑いを響かせて言った。

「はっはっはっ！　何がお色気むんむんドスケベエロ女じゃ！　色狂いの豚男が！　ただの強がりではないか！」

が。

「やれやれだな。貴様はあの〝ゲンジ〟という男を何も分かっていない」

「……なんじゃと？」

呆れたようにかぶりを振るパールに、神父はどういうことかと眉根を寄せる。

するとパールはこの状況にもかかわらず、聖剣を抜く素振りすら見せずに言った。

「以前、城で魔王配下の人狼と淫魔が討伐された事件があったのを覚えているか？」

「当然じゃ。儂もいつの間にやら魅了にかかっていたらしいからのう。高位魔族とやらの恐ろしさを身を以て知ったわ。さすがは勇者じゃとこの儂ですら称賛したものよ」

「そうか。ここだけの話だがな、私はそのどちらにも手も足も出なかったのだ」

「……何っ？」

「そ、そうだったのですか……？」

「ああ。情けない話だがな。今の私では魅了をかけられた者たちですら救うことができなかった。だがその状況を打破したのがあの男だ。しかもたった一人で淫魔を倒し、全力の私ですら敵わなかった人狼にまで隙を生じさせ、結果私の一撃が通るようアシストしてくれた。今この国の安寧が保たれているのは、他でもないあの男のおかげと言っても過言ではないだろう」

「おお、パールさんがそこまでおじさまを褒めるなんて珍しいですね？」

「まあ功績だけ見れば、あの男は英雄並みの活躍をしているからな。……功績だけ見れば」

どこか黄昏れたような顔でそう言った後、パールは一つ咳払いをして続ける。

「ともあれ、あれはそれだけの実力者ということだ。ゆえにやつがあの死の女神とやらをただの色気のあるエロ女だと称した以上、即死スキルなどお構いなしで戻ってくることだろう。なんならすでに貴様の後ろにいるかもしれんぞ？」

くいっと神父の背後を顎で指すパールに気圧され、思わず「ば、馬鹿な……っ⁉」と背後を見やる。

だがそこにあの男の姿はなく、神父はほっとしながら再びパールたちの方を見やったのだが、

「――残念だったな。俺はここだ」

「……えっ？　う、うわあああああああああああああああああああっ⁉」

突如目の前にあの男の腹筋――と巨大な一物が現れ、神父は大絶叫を上げたのだった。

◇

「おじさま！」「ゲンジ！」「ゲンジさま！」

揃って俺のことを呼ぶ婦女子たちに無言で頷いた後、青い顔で尻餅を突いている神父に泰然と腕を組んで言った。

「さあ、次は貴様の番だ、生臭神父。せいぜい覚悟するがいい。貴様のような外道には快楽などという救いは一切与えぬ。分かったらさっさとケツを出せ」

「ひ、ひいっ⁉　い、一体何をするつもりじゃ⁉」

「決まっているだろう？　この猛きものが目に入らぬのか？」

ずいっと天を衝きし一物を前に出すと、神父は腰を抜かしたまま後退りながら言った。

「ま、待ってくれ⁉　そ、それだけはどうか勘弁してくれ⁉」

「……勘弁してくれ、だと？　何を虫のいいことを……っ。恐らくは貴様が売り飛ばした娘たちもそう懇願したことだろう……っ。だがそんな娘たちに貴様らは一体何をした……っ？」

ゴゴゴゴゴッ、と怒りの種付けオーラを全開にしながら、俺は神父を大開脚させ、その上に覆い被さる。

「ひ、ひいっ⁉　ま、待て⁉　た、頼むから待ってくれ⁉」

「いいや、待たぬッ！　もうよい、このままズボンごと貫いてくれるわッ！」

「た、助けて……や、やめてくれえええええええええっ⁉」

「せいぜい後悔するがいいッ！　これが貴様らがやってきたことだッ！」

「んぎいいいいいいいいいいいいいいいいいいいいいいいいいいいいいっっ⁉」

ガクガクと身体を硬直させながら、神父が絶叫を上げる。

その様子を冷たい眼差しで確認した俺は、未だ苦痛に喘ぐ神父をどさりと解放した後、吐き捨てるように言った。

「……ふん。貴様など俺が直々に相手をする価値もない。そうやって永遠にケツを裂かれる地獄を味わうがいい」

そうしてしゅ～と元のデブに戻った俺に、ぴのこが安心したように飛んできて言った。

「もう、本当にやるのかと思ってびっくりしたじゃないですか～……」

「すまぬな。この《ケツ裂き地獄催眠姦》は、直前にどれだけ恐怖を与えたかが幻術内にも影響するのだ。ゆえにあれくらいやれば、その苦痛も最大限高められよう。とはいえ、まだやつには他の修道女たちを喚び出してもらわねば困るのでな。今はこれで許してくれ、ミレイユさん」

「いいえ、本当にありがとうございます、ゲンジさま……。本来、神の僕である私がこういう仇討ちを望むのは間違っているのでしょうが、それでもせめて彼女たちの無念を晴らせたらと思ってしまうのです……」

「案ずるな。むしろ女神さまならばもっとやれと言うだろうさ。そうだろう？　ぴのこよ」

「ええ！　女神さまなら今頃鼻パンチですよ！」

シュッシュッ、と無駄にキレのあるシャドーボクシングを披露するぴのこに、ミレイユさんは目に涙を浮かべながらも微笑んで言った。

「ふふ、ありがとうございます、ぴのこさま」

「いえいえ。なのでどうか気になさらないでください」

「うむ、〝天誅〟というやつだ」

「ええ、分かりました」

そんな温かい雰囲気の中、ふとパールちゃんが半眼で言ったのだった。

「とりあえず話がまとまったのは何よりなのだが、あなたたちはそいつのナニが剥き出しになっていることを忘れていないか……？」

◇

それから商会のお偉いさんとやらをはじめとした、この件に関わった全ての者どもをまとめてケツ裂き幻術地獄に叩き落としてやった俺は、神父に残りの修道女たちを喚ばせて天へと送ってやった後、再びやつを地獄送りにしてやった。

まあこれだけのことをしでかした以上、当然の報いであろう。

下着ドロ程度で終わっておけば地獄の苦しみを味わわずに済んだものを。

まったく哀れな男である。

ともあれ、あとの細かな処理に関してはパールちゃんに任せてあるので、実質俺たちができるのはここまでだ。

一応こちらの大陸のゴブリンに関しても、パールちゃんが勇者としてギルドに注意喚起をしてくれるらしく、とりあえずは時間が稼げるのではなかろうか。

「それにしてもミレイユさんのお話って一体なんでしょうね？　わざわざ〝夜に聖堂に来て欲しい〟とのことですが……」

「ふ、人気のない夜の聖堂で男女がすることなど一つしかあるまい。――そう、〝爆熱ゴッドプレス〟だ」

「あの、そう言われるとガ◯ダムが怒濤のプレスをしている情景が出てきそうになるのでやめてください……。絶対〝ブッピガン〟とか鳴ってますよ……」

そう半眼を向けてくるぴのこに、「ふむ」と神妙な面持ちで言った。

「しかしガ◯ダムで思い出したのだが、俺は女型のロボにそこはかとないエロスを感じている」

「むしろ何故それをガ◯ダムで思い出しちゃったんですか……。またダッシュで殴られますよ……」

はあ……、と嘆息するぴのこを微笑ましく思いつつ、俺は言った。

「まあ冗談はさておきだ。そういえば最近どことなくミレイユさんの元気がないようにも見えたからな。もしかしたら何か思い悩んでいるのやもしれぬ」

「やっぱり信頼していた神父さんに裏切られたのが大きかったんじゃないですかねぇ……」

「ああ、その可能性は十分にあるだろう。とにかく待たせても悪いからな。急ぐとしよう」

「ええ、分かりました」

◇

そうして俺たちが聖堂に赴くと、ミレイユさんは月明かりに照らされた女神像をじっと見上げながら佇んでいた。

「すまぬ。大分待たせてしまったか？」

「いえ、大丈夫です。それよりわざわざこのような時間にお呼び立てして申し訳ありません」

「いや、構わぬ。人払いをしたかったのだろう？」

「ええ、仰るとおりです。この時間ならば誰もここを訪れる者はいませんので」

「そうか。して、俺に話とは一体なんだ？　もし言いづらいことであれば、話せるようになってからで構わぬ。あなたが話せるようになるまでいくらでも待とう」

そう優しく促すと、ミレイユさんは「ありがとうございます」と微笑んだ後、どこか憂いを帯びたような表情で言った。

「別に言いづらいことではないのですが、少々自信をなくしていると言いますか……。本当に神は私たちを見守ってくださっているのか疑問に思えてしまいまして……」

「ふむ。此度の一件か？」

「……はい。犠牲になった修道女たちは、皆真摯に神に祈りを捧げていた者たちだったと聞いています。ですがそんな彼女たちがこんなにも酷い目に遭い、無惨にもその命を奪われました……。しかも心身の蹂躙はおろか、死してもなおその身を悪しき心の者たちに利用され続けたのです……」

「「……」」

「我らの信ずる神は何故それをお救いくださらなかったのでしょうか……？　もしかしたら初めから〝神〟などというものは存在しなかったのではないでしょうか……？　なら私たちは一体何を信じて……っ」

やり切れなさそうな表情で俯くミレイユさんに、俺はぴのこと顔を見合わせて頷き合った後、彼女の方へと近づいて言った。

「いや、そんなことはない。ちゃんと神さまはあなたたちのことを見ているぞ」

「……どうしてゲンジさまにそのようなことが分かるのですか？」

「それはな――俺がここことは〝別の世界の人間〟だからだ」

「えっ？」

どういうことかと目を丸くするミレイユさんに、ふっと口元に笑みを浮かべて言った。

「俺はな、ミレイユさん。一度別の世界で報われぬ人生を送った挙げ句、一人寂しく死んでいるのだ。ゆえに次の生では多くの人々に囲まれたいと願った。そんな俺に与えられたのが、この〝種付けおじさん〟という家族を作るための力だ」

「まさかあなたは……転、生者……？」

「ああ、そうだ。どうやらこちらの世界にもその存在は知られているらしいな」

「え、ええ……。ですが〝転生者〟など古い文献に残る伝説上の存在だとばかり……」

「うむ。ゆえに俺の力は勇者であるパールちゃんをも凌ぐ。要は〝神の戦士〟だからな。それも当然だろう。そしてそんな俺を選んでくれたのが、〝ニケ〟という可愛らしい女神さまだ」

「女神、ニケ……？」

「そうだ。実は先ほどからずっとあなたのことも見ているのだぞ？」

「えっ⁉　そ、そうなのですか⁉」

驚いたように女神像を見上げるミレイユさんに、首を横に振って言った。

「そっちではない。ここだ」

「……えっ？　で、ですがそこにいらっしゃるのは……」

「（えっへん）」

「そう、俺の可愛い小デブちゃんだ」

——ずるりっ。

「いや、どういう紹介の仕方ですか……。ドヤ顔で胸張ってた私が馬鹿みたいじゃないですか……」

そうずっこけそうになりながら、ぴのこと女神ニケが半眼を向けてくる。

そんな彼女にふっと微笑んでいると、「……まあそれはさておき」とぴのこは一つ咳払いをしてミレイユさんに言った。

「そういうわけで信じられないかもしれませんが、私がそのニケなんです。今はおじさまの生態調査みたいな感じでこんな姿になってますけどね……（遠い目）」

「ぴのこさまが、女神ニケさま……？」

「ちなみに元の姿はこんな感じだ」

ぶうんっ、と手のひらサイズの《ＶＲニケ》を見せてやる。

するとぴのこが半眼で言った。

「いや、なんですかこのきゃぴきゃぴしたポーズは……。魔法少女じゃないんですよ……」

「まあそう言ってくれるな。この方があなたの魅力がより伝わるのではないかと思ってな」

「でしたら股間のこんもりとした部分を今すぐ消してください……。私の沽券に関わるんで……」

半眼のままそう修正依頼を出してくるぴのこに、乳五倍盛りの方はいいのかと小首を傾げていると、彼女は「ともあれ」と再びミレイユさんを見やって言った。

「あなたが納得できない気持ちはよく分かります。ですがどうか誤解しないでください。私たちはいつだってあなたたちのような生きとし生けるものたちが幸せになることを望んでいます。そのために基本的には現世に干渉しないようにしているんです」

「で、ですがそれでは……」

「ええ……。今回のような悲劇がまた起こってしまうかもしれません……。でもだからこそ私たちはその行いを常日頃から見届け、不遇な方には来世で幸せになれるようにしているんです。もちろんその逆もあります。今回おじさまが罰した方々は死ぬまであの苦しみを味わった後、来世でも不遇な目に遭うと思います。まあ同じく人に生まれ変われるとは限りませんからね……」

「ふむ、そうだったのか」

「ええ、そうなんですよ？　というか、おじさまだって厳密には〝人〟じゃなくて〝種付けおじさん〟とかいう謎種族じゃないですか……」

　再度半眼を向けてくるぴのこに「確かに」と頷いていると、彼女はミレイユさんに微笑みを向けて言った。

「なので私たち神があなたたちの行いを見ていないということは絶対にあり得ません。確かに直接力を貸すことはできませんが、こうやっておじさまのような転生者を送り込み、なるべく人の手で世の安寧を図れるよう尽力しているつもりです。ですからその、希望を捨てないでいただけると嬉しいです」

「ニケさま……」

「えへへ、そう呼ばれるのはちょっとくすぐったいので、できればいつものように〝ぴのこ〟と呼んでください。この名前はおじさまがつけてくださった大切な名前ですので」

「……分かりました、ぴのこさま」

　互いに微笑み合う婦女子たちに俺も温かい気持ちになる中、ふいにぴのこが「それと！」と人差し指を立てて付け足した。

「別に私たちは処女厨さんではないので、純潔じゃないといけないとかそういう決まりはありませんからね？　確かに純潔を守り通すくらいの覚悟があるというのは立派なことですが、好きな人ができた時は自分の心に素直になっていいんです！　いえ、むしろ素直になってください！

私たちの願いはさっきも言ったように、ミレイユさんたちが幸せになることなんですから！」

「……はい、分かりました」

大きく頷くミレイユさんに、ぴのこもにんまりと満足そうだったのだが、彼女はふと気づいたように言った。

「あ、でも私が女神だと知っているのはミレイユさんだけなので、そこはこう上手くやってもらえたらなと……。いきなりそんなことを皆さんに勧め始めたら、今の世だと異端扱いされちゃいますからね……」

「ふふ、承知しております。これもまた私が修道女としてあなたさま方を信仰してきたがゆえに訪れた奇跡ですから」

「ええ、そう思ってもらえたら嬉しいです」

ねっ？　おじさま、とぴのこが笑顔で同意を求めてきたので、「無論だ」と頷いて言った。

「ゆえに何かあれば、またいつでも呼ぶがいい。俺たちはあなたが道を違わぬ限り、いつだってあなたの味方だ。まあたとえ違ったとしても、その時は怒濤の修正プレスで早々に順路復帰だがな」

「いや、なんですか〝怒濤の修正プレス〟って……。そんなので更生させられたら堪ったもんじゃないですよ……」

半眼のぴのこにふっと口元を和らげていると、ふいにミレイユさんが「……でしたら」とどこか恥ずかしそうに視線を逸らして言った。

「道を違わぬよう、私をあなたさまのお側に置いておいてはくださいませんか……？」

「……えっ？　ちょ、ちょっとミレイユさん……？」

「無論だ。実は俺もそれを告げるべくここに足を運んだのだ」

「え、あれ⁉　私それ聞いてないんですけど⁉」

ぴのこが至極困惑する中、「――憤ッ！」と鍛え上げられし男優の肉体をミレイユさんの前に晒す。

すると彼女は「ああ……」と恍惚の笑みを浮かべて言った。

「やっぱり素敵です、ゲンジさま……」

「うむ。あなたがこの男優の肉体になみなみならぬ思いを抱いているのは知っている。ゆえにあなたが望むのであれば、この場でその胸の内に秘めたる願いを叶えよう」

「で、ですがそのようなはしたないことは……」

「案ずることはない。たとえどのような形であれ、愛する者同士のまぐわいは尊きもの。そうして新たな命が紡がれてゆくのだ。ゆえにぴのこの言うとおり自らの心に素直になるがよい。――俺のママとなってくれるな？」

「……はい。あなたさまの御心のままに……」

そっと厚い胸板に寄り添ってきたミレイユさんを優しく抱き止めた後、俺は言ったのだった。

「よかろう。ならばこれより女神の御前でラブラブゴッドプレスだ」

「……」

――こくり。

「あの、すみません……。さすがにちょっと神舐めんなって感じです……」

◇

ともあれ、こんなこともあろうかと購入しておいた高級マットレスを《アイテムボックス》から取り出した俺は、それを聖堂の床に敷いて言った。

「見るがよい。ここであなたは俺のママとなるのだ」

「で、ですがこれでは他の皆に見られてしまう可能性が……」

「ふ、そうだな。だがあなたはそのスリルを人知れず期待している――違うか？」

「そ、そのようなはしたないことなど……あっ」

再びその華奢な身体を抱き寄せてやると、ミレイユさんは熱っぽい顔で俺を見上げてくる。

「んちゅっ……れろっ……」

すると彼女の方から唇を重ね、さらには舌を絡めてきたではないか。

普段貞淑なミレイユさんからは想像もできないほど熱い口づけだ。

「……やれやれ、とんだドスケベシスターさまだ」

「嫌……そのようなことを仰らないでくださいまし……ああっ♡」

当然、そんなことをされてしまっては情欲を抑えることは叶わず、欲望の趣くままたわわに実った乳を揉みしだく。

「ああ、いけません……っ!?」

そしてスリットの隙間から逆の手を突っ込み、その桃尻をショーツの上から鷲掴みする。

〝プレス向きの安産型〟だと称賛していたあの美尻だ。

しかしなんという弾力か。

思ったとおり、これならばお産も憂いなくこなせよう。

「い、いけません……そこは……だ、だめぇ……あっ♡」

そのままショーツの中に手を滑り込ませてやれば、くちゅっと指先にぬめりを感じた。

《パネルマジック》にも記載されていたのだが、アルティシアほどではないにしろ、どうやら彼女もＭ気質のようだ。

「ふむ。口ではそう言っていても身体の方は正直なようだぞ」

「ち、違います……や、あっ♡　け、決してそのようはことは……んんっ♡」

びくびくと快感に打ち震えながら身を寄せてくるミレイユさんの艶姿に、俺の鼓動も一層高鳴っていく。

「や、だめっ……あ、あ、あああああああああああああああああっ♡♡」

そうして手淫だけで達してしまったらしいミレイユさんが肩で大きく息をする中、彼女の頭を優しく撫でて言った。

「ふむ、いかんな。あなたのいやらしい嬌声のおかげで我が一物が大変なことになってしまった。責任をとってくれるな？」

「……はい。もちろんです……」

そう言ってしゅるりと修道服を脱ぎ捨てたミレイユさんが俺の前に跪き、すでにパンツからはみ出していた剛直を両手で優しく包み込む。

「凄い……。こんなに熱くて硬いなんて……」

「ふ、そうだろうとも。あなたの魅力がそうさせているのだ。存分に可愛がってやるがよい」

「……はい。ご奉仕させていただきます……んっ……じゅぽっ……」

「ぬう……」

とても初めてとは思えない舌使いに、堪らず達してしまいそうになる俺だったが、そこはケツをきゅっと引き締めて耐える。

しばらくそうして極上の快楽を味わっていると、ミレイユさんが何かを期待しているかのように上目を向けて言った。

「お出しになられてもよろしいのですよ……？」

「ああ、そうしたいのは山々なのだが、さすがに勿体ないのでな。こちらに来るがよい。ただし頭は向こう側だ」

そう言ってマットレスに仰向けになった俺に、その意図を酌み取ったらしいミレイユさんが呼吸を荒くしながら自らの身体を抱く。

「ああ、なんとはしたないことを……。それでは私の大事な場所が全て見えてしまいます……」

「ああ、そうだ。そして俺はその大事な場所をあなたが達するまで延々と愛撫し続ける。あなたの反応次第では焦らしに焦らすやもしれぬ。もしそんなところを他の者に見られてしまったらどうなるだろうな？」

「そ、そのようなことになってしまったら私は……私はきっと……達して、しまいます……」

「そうだ。あなたはこの上ない羞恥心の中で最高の絶頂を迎えることだろう。だがそれと同時にここにはいられなくなるやもしれぬ。無論、その時は俺の側に置くゆえ案ずることは何もない。さあ、決めるがよい」

「ああ、なんとご無体な……。私は、私は一体どうすれば……」

「ふ、答えなど疾うに決まっておろう？　自らの股ぐらをよく見るがよい。早く我が下に来たいと愛蜜が溢れているではないか」

「ああ、そんな……っ⁉」

「それに見えずとも分かるぞ——その大きなブラの下でいやらしく屹立する乳首の様相がな」

「な、何故そのようなことまで……ああっ♡」

ぺたり、と身体を抱いたまま床にへたり込んでしまったミレイユさんは、すでに言葉責めだけで達してしまいそうだった。

だが、それではこちらとしても消化不良である。

ゆえに俺は未だ呼吸の荒い彼女に優しく促してやった。

「さあ、我慢せずこちらに来るがよい。俺はあなたが欲しくて堪らぬ」

「……はい。私もです……ゲンジさま……」

そう頷き、ミレイユさんが下着を外しながら俺の上に覆い被さってくる。

もちろん先ほど指示したとおり、彼女の濡れそぼった秘部が目の前にくるような体勢だ。

むわっと淫靡な香りが鼻腔をくすぐる中、俺は尻を両手で鷲掴みして言った。

「どうやら見られてさらに興奮しているようだな。物欲しそうにヒクついているぞ」

「ああ、いけません……。そのようなことを仰られてしまったら……私、もう我慢ができなくなってしまいます……」

「ふ、よかろう。ならばこの極上の愛蜜――心ゆくまで堪能させてもらおうぞ」

「はあんっ♡　や、そんな激しく……ああっ♡　い、いけません、ゲンジさま……あっ♡　そ、そんな奥まで……あ、あああああああああああああああああああああああっ♡♡」

びくびくと身体を震わせながら、ミレイユさんが激しく絶頂する。

「ほら、ミレイユさん。口が疎かになっているぞ」

「は、はい……んんっ!?」

そして絶頂の余韻が残る彼女の秘部に再び舌を這わせる。

「や、ま、待って……あっ♡　わ、私まだ、あんっ♡　た、達したばかりで……あひいっ♡」

「うむ、それは承知しているのだが、あなたの愛蜜が止め処なく溢れてくるのでな。となればこちらとしても――」

「ひゃあんっ♡　あ、や、いけません、ゲンジさま……あっ♡　そ、そんなにされたら……んんっ♡　わ、私また、んひいっ♡　い、イって……い、イってしまいますうううううううううううううううううううううううっ♡♡」

ぷしゃあっ！　と愛蜜交じりの液体を盛大に撒き散らしながら、ミレイユさんが連続で果てる。

「も、申し訳、ございません……」

当然、頭からそれを被った俺にミレイユさんが息も絶え絶えに謝罪するも、「いや、構わぬ」と首を横に振って言った。

「〝水も滴るいい男〟というやつだ。適当に拭っておけばよい。それより俺ももう我慢の限界だ。

このぱんぱんに張った子種を全て注がせてもらうぞ」

「……はい。どうかこのはしたなき修道女にお慈悲を……」

そう言ってミレイユさんが四つん這いになり、尻を上げてくる。

「ほう。初めてでこの体勢を選ぶとは、よほどの好き者と見える」

「ああ、そのようなことを仰らないで……。そのように辱められてしまうと私……私……余計に昂ってしまいます……」

「ふ、よかろう。ならば望みどおり後ろからくれてやる。痛いのは一瞬だけだ。何も案ずることはない」

「はい……。どうぞいらしてください、私の中へ……はあんっ♡」

ずにゅりっ、と剛直が蜜壷に沈み、ずぶずぶと根元まで呑み込まれていく。

「あ、熱い……っ♡　げ、ゲンジさまが……ゲンジさまが私の中に入って……ああっ♡」

「ぬ、凄いぞ……っ。あなたの中はすでにとろとろだ……っ」

「ああんっ♡　や、そんな激しく……あっ、気持ちいい♡　あっ♡　あっ♡　ゲンジさまぁ♡」

ミレイユさんの嬌声が聖堂内の隅々にまで響き渡る中、俺はそのいやらしくたわむ桃尻に激しく腰を打ちつけ続ける。

初めて見た時からずっとこうしたいと思っていた美尻だ――気合いが入らぬはずはない。

「や、ああんっ♡　い、いけません、ゲンジさま……はあんっ♡　そ、そのように腕を引いては……あっ♡　お、奥に当たって……い、いいっ♡　これ凄いのぉ♡　もっと激しく突いてぇ♡」

ミレイユさんの両腕を掴み、剛直をさらに奥まで突き入れてやる。

「だ、だめぇ♡　こ、こんなことされたら私……あっ♡　お、おかしくなっちゃうぅぅぅっ♡」

たゆんたゆんとその爆乳を生き物のように跳ねさせながら、ミレイユさんが快楽に身悶えする。

正直、今まで見た中で最大級の爆乳だったがゆえ、早々に堪能させてもらいたかったのだが、修道服の構造上、後回しにしていたからな。

後ほどたっぷりと味わわせてもらうしかあるまい。

「ああんっ♡　あ、やっ♡　あんっ♡　あっ♡　あ、はあんっ♡」

「よし、そろそろいくぞ、ミレイユさん……っ」

「は、はい……あっ♡　わ、私も……ん、あっ♡　ま、また達して、あっ、ああっ♡　く、ください！　あっ♡　ゲンジさまの熱いのを……い、いっぱいくださいぃ！」

「よかろう……っ。ならば存分に受け取るがよいッ！　そして我が子種で孕むのだッ！」

——どぱんっ！

「んおおおおおおおおおおおおおおおおおおおおおっ♡　い、イクうううううううううううううううううううううううううっ♡♡」

ぷしゃあっ！　と結合部から再び透明な液体を噴き出しながら、ミレイユさんが盛大に果てる。

そしてどさりと倒れ込んだ彼女を仰向けにした俺は、その爆乳を両手で鷲掴みする。

「ひゃあんっ♡　ま、待ってください……そ、そこは今敏感で……ああっ♡」

「ふむ、なんと素晴らしい乳だ。それに感度もよい」

「んんっ♡」

きゅっと乳首を摘まんでやった瞬間、ミレイユさんの身体がびくりと震える。

「よし、次は乳を堪能しながら種付けだ」

「は、はい……。いっぱい甘えてください……はあんっ♡」

ずちゅりっ、と再び剛直が蜜壷に沈む中、コケティッシュに充血する彼女の乳首へと赤子の如く吸いつく。

「ふわあっ♡　や、ゲンジさまぁ♡」

するとミレイユさんが四肢を使って抱きついてきたので、先ほど以上に激しく腰を打ちつけてやった。

「ああんっ♡　あ、や、好きぃ♡　あ、愛しています、ゲンジさまぁ♡」

「ああ、俺も愛しているぞ、ミレイユさん……っ。ゆえに我がママとなり、我が子を孕むのだ……っ」

「んああっ♡　は、孕みますぅ！　や、ああんっ♡　げ、ゲンジさまの赤ちゃん……あっ♡い、いっぱい産ませてくださいぃぃぃ！」

「いい子だ……っ。ならばこいつを受け取れぃッ！」

「ああああああああああああああああっ♡　あ、熱いのが出てますううううううううううううううううっ♡♡」

ぶちゅりっ、と入りきらなかった精が結合部から溢れてくる中、俺は肩で息をしているミレイユさんを抱き起こしながら腰を上げて言った。

「さあ、仕上げだ、ミレイユさん。今こそ神の御前で永遠の愛を誓おうぞ」

「……はい。愛しています、ゲンジさま……」

ちゅうっ、と熱い口づけを交わした後、

「はあんっ♡　あ、や、いいっ♡　こ、これすごっ、ああんっ♡　も、もっとぉ！　もっと激しく突いてくださいぃ！　わ、私のあそこ、も、もっと気持ちよくしてぇ！」

ミレイユさんを抱え上げたまま、激しく彼女を突き上げてやったのだった。

「ああ、いくらでも気持ちよくしてやろう……っ。あなたは俺だけのものだ……っ。さあ、我がママとなれぃッ！」

——どぱんっ！

「んほおおおおおおおおおおおおおおおおおおおおおおおっ♡　こ、これすっごおおおおおおおおおおおおおおおおおおおおおいっ♡　あ、赤ちゃんできちゃってるううううううううううううううううううううううううっ♡♡」

◇

そうして男優怒濤のラブラブゴッドプレスでミレイユさんをママにした俺は、翌朝その旨をパールちゃんに伝えた。

「お前というやつは……。まさかミレイユまで落とされるとはな……。いや、まあそうなるような気はしていたのだが……」

頭痛を覚えている様子のパールちゃんだが、彼女は得心がいったように言った。

「だがなるほど。だからあいつがあんなことになっていたのだな？」

「うむ。そういうことだ」

　頷き、俺たちが揃って見やった先では、ヤケ酒中の処女厨が修道女（巨乳）の乳に顔を埋めながら慰められていた。

　どうやらミレイユさんがママになったことが相当ショックだったらしい。

「申し訳ございません……。私のせいで……」

「いや、あなたのせいではない。この男がいる以上、こうなったのは必然というものだ」

「そうですね……。そもそも自分で〝一人くれてやる〟って言ってたわけですし……。むしろなんであんな荒れちゃってるんです……？」

「ふむ。恐らくはバイコーン状態の際、ミレイユさんが自らの身を差し出さん勢いでやつを癒そうとしたので、彼女は自分にマジ惚れしているとでも思っていたのだろう」

「なるほど。そのミレイユならば、たとえ他の女にうつつを抜かしていたとしても、自分から離れていくことはないだろうと考えていたというわけか」

「なんですか、その最低な浮気男みたいな思考は……。皆さんにちやほやされて調子に乗ってるからそういうことになるんですよ、もう～……」

　ぴのこが呆れたように肩を落とす中、パールちゃんが「……やれやれ」と嘆息して言った。

「しかしそういうことであれば仕方あるまい。お前たちの旅路にあいつの力が必要だというのは聞いているからな。此度の件の礼代わりだ。せめて次の目的地に行くまでの気力くらいは回復させてやるとしよう。今ならば私のことも目に入るだろうからな」

そう言って処女厨のもとに向かおうとするパールちゃんに、ぴのこが心配そうに言った。

「え、でも大丈夫なんですか……？　パールさんも一応おじさまのママ候補ですし、そういう意味でもぷいってされるんじゃないかなと……」

「いや、その点は問題あるまい。少なくとも今の私にそいつのママ……ではなく、伴侶となる気はさらさらないからな。ユニコーンならば気配のようなもので分かるのではなかろうか」

「なるほど。そういうのって雰囲気に出たりしますもんね」

「ああ。ゆえに私に任せておけ。たかが馬の一頭如き手懐けられずしてなんの勇者か」

ふっと不敵に笑った後、パールちゃんが処女厨の前で片膝を突く。

そして彼女は優しい声音で言った。

「聖獣よ、お前の悲しみは私が受け止めてやる。ゆえにしばし私と野を駆けにゆこうぞ」

「ブルル……」

ちらり、と処女厨が横目でパールちゃん――の乳を見やる。

「……ハア」

そして落胆したように嘆息した後、再び修道女（巨乳）の乳に顔を埋めたのだった。

「……よし、斬るか（すっと聖剣を抜きながら）」

「とりあえず一回落ち着きましょう、パールさん……」

◇

その後、「いや、おかしいだろ⁉　私も生娘なんだぞ⁉」とぷんすこ抗議の声を上げるパールちゃんをぴのこがまあまあと必死に宥める中、俺はミレイユさんに言った。

「ともあれだ。あとのことはパールちゃんが首尾よくやってくれるだろう。処女厨も俺たちが連れていくゆえ、案ずることはない」

「はい。この度は本当に何から何までありがとうございました、ゲンジさま。できればもっときちんとしたお礼をさせていただきたかったのですが……」

「ふ、何を言っている。礼ならば昨晩たっぷりと受け取っただろう？」

「そ、それは……。むしろたくさんいただいたのは私の方と言いますか……」

真っ赤な顔でミレイユさんが下腹部を擦っていると、ふいにぴのことパールちゃんが半眼で言った。

「一体何をたくさんいただいたんですかねぇ……」

「まったくだ。これだから最近の若者は節操がなくて困る」

「あの、むしろパールさまがこの中では一番お若いのでは……？」

困惑したように小首を傾げるミレイユさんたちを微笑ましげに見やった後、「ともあれだ」と腕を組んで言ったのだった。

「そろそろ出立せねばな。ないとは思うが、万が一ゴブリンどもが聖都に押し寄せた際は強く俺のことを想うがよい。このゲンジ、愛するママたちの窮地には光よりも速く駆けつけよう」

「はい、必ず来てくださると信じております」

「まあ私はお前のママではないのだがな……」

「ふ、案ずるな。それでもあなたが俺の愛する女であることに変わりはない。ゆえに信じて待つがよい。俺は惚れた女を絶対に傷つけさせはせぬ」

――トゥンク。

「そ、そうか……。ではまあ期待せず待っていてやろう……（ぷいっ）」

「なんと言いますか、パールさんも大分チョロインになってきましたね……」

【五話】　オーガの姫君

Tanetsuke Ojisan no isekai press Manyuki

そうして名残惜しくも女子修道院をあとにした俺たちは、せっかくなので他のママたちのもとにも顔を出してお久しちゅっちゅプレスした後、再びケンタウロスの里へと戻ってきた。

当然、どうしたのかと驚くギネヴィアさんにも再会の馬並みプレスで癒やしをもらい、満を持してオーガの里への道を急ぐことにしたのである。

そんな最中のことだ。

ぴのこが呆れたように半眼を向けて言った。

「それにしても、この短時間でよくもまあ他のママさんたちを全員ご満足させられたものですね……」

「無論だ。リンパ拳を習得したことでそっち方面のテクニックも色々と向上したようでな。マジカルチ〇ポと合わせることで皆あっという間に腰を抜かすようになってしまったのだ」

「なるほど……。どうりで皆さんのアヘ顔もいつもより酷い有り様になっていたわけです……。いずれパールさんもあんな感じになるかと思うと今から頭痛がしそうですよ、私は……」

「ふむ。しかしあれは別に意図的にやらせているわけではないのだぞ？　気づけば皆ああいう顔になっているのだ。恐らくは種付けおじさんの特性みたいなものなのだろう」

「なんですか、その地獄みたいな特性は……」

はあ……、と嘆息した後、ぴのこが話題を転換する。

「ところでよく処女厨さんはまた乗せてくれる気になりましたね？　あんなにふて腐れてたのに……」

「ああ。確かにミレイユさんをママにはしたが、約束通り他の修道女たちには手を出してはいないからな。今後もそういう感じで、随所にハーレムを作ってやることを条件に協力を取りつけたのだ」

「なるほど。ゆえに多少のママ化には涙を呑んで目を瞑ると……。処女厨さんも大人になりましたね……」

ほろりと涙ぐむぴのこに、処女厨も当然だとばかりに「ブルルッ」と頷いていた。

「まあ問題はこれから行くところが精力旺盛なオーガ族の里ゆえ、恐らく生娘はいないだろうということなのだがな」

「じゃあダメじゃないですか……。ハーレムはしばらくお預けですよ……」

「ブルッ!?」

◇

そんなこんなで、ダムドに教えてもらったとおりのルートでごつごつとした山道を進んでいくと、やがて周囲の景色に夕日のような赤色が混ざるようになってきた。

そう、火山地帯に入ったのだ。

こんな岩と溶岩しかない場所に生物が住めるのかという感じなのだが、むしろこういう過酷な環境に身を置くからこそ、ダムドのような屈強な戦士が生まれたのだろう。

が。

「あづいでずぅ～……」

「そうだな。さすがにゲームのように易々と足を踏み入れられるような場所ではないようだ」

俺たちはあまりの暑さに一時足を止める。

このまま進めば、里に着く前に暑さでやられてしまうことだろう。

ならば、と俺は処女厨を一旦帰らせ、柴犬を銅像状態にした後、ぱんっと両手を合わせてスキルを発動させる。

「――《陰嚢伸縮》」

すると瞬く間に体感温度が下がり、ぴのこが驚きの声を上げた。

「え、なんですかこれ⁉　全然暑くないですぅ～♪」

「ふ、そうだろうとも。これが種付けおじさんたる俺の誇る耐熱耐冷スキル――《陰嚢伸縮》だ。これならば火山地帯でも容易に動けるだろう」

「ええ、そうですね――って、なんかすんごい股間もっさりしてるぅー⁉」

がーんっ、と俺の下腹部を見てショックを受けている様子のぴのこに、俺は初めてパールちゃんの屋敷に侵入した時のようにこんもり股間のでっかい金玉状態になって言った。

「仕方あるまい。《陰嚢伸縮》とは、その名のとおり陰嚢の伸縮機能が種付けおじさんレベルでスキル化したもの。ゆえに夏場の伸び切った陰嚢が如く、これをでかくすることで周囲の気温を下げているのだ」

「いや、どんな原理なんですかそれは……。まあなんか寒い時は縮こまるとは聞いたことありますけど……」

「ああ。そして暑い時は睾丸をなるべく身体の熱から遠ざけるため陰嚢がでかくなる。ゆえに今の俺は〝熱を遠ざけし者〟なのだ」

「え、じゃあ逆に縮こませると暖かくなるんですか……？」

「然り。だがそれでは雪女などにプレスした際、金玉の小さな男だと思われそうで少々悩んでいる」

「そうですか……。なんかもうずっと悩んでればいいんじゃないかなって感じすよ、私は……」

◇

「……うん？」

最初にその異変に気づいたのは、高台の見張りを担当していたオーガ族の男性だった。

何やらこちらに向けて近づいてくる人影らしきものを発見し、一体なんだとばかりに単眼鏡を覗いたのである。

「な、なんだありゃ⁉」

そして男性が驚いたように声を上げると、他の見張りが茶化すように声をかけてきた。

「おう、どうした？　なんかすげえもんでも見つけたか？」

「す、すげえなんてもんじゃねえよ⁉　床につきそうなくれえクソでけえ股間のオークが、金ピカの狼の上に立ったままこっちに近づいて来やがってんだぞ⁉」

「……何言ってんだお前？　頭大丈夫か？」

「い、いいから見てみろって！　マジでやべえんだって⁉」

「ったく昨日飲み過ぎたんじゃねえのか？」

そう呆れたように嘆息しながら、もう一人の男性も単眼鏡を覗き込む。

「――うおっ⁉　な、なんだありゃ⁉　なんであいつ、あんな股間でけえんだよ⁉」

そこに映っていたのは、先ほどの男性が言ったように泰然と腕を組みながら金色の狼の上に立ち、こちらに向けてゆっくりと進んでくる無駄に股間のでかい小太りの男だった。

◇

そうしてオーガの里へと到着した俺は、要塞のように固く閉ざされた門扉に向けて声を張り上げる。

「勇敢なるオーガたちよ！　俺の名はゲンジ！　我が戦友ダムドの頼みを受け、ゴブリンたちを鎮めるべくこの地に来た！　ゆえにあなたたちの助力を願いたい！　里長殿はおらぬか！」

すると門扉の上の戦士たちが挙って顔を見合わせて言った。

「……何故あの男がダムドさまの名を？」

「〝戦友〟だと言っていたが、まさかやつが例のダムドさまに勝ったとかいう人間か……？」

「いや、あんなやばそうなやつがダムドさまの戦友なはずないだろ……。というか、そもそも本当に人間なのか……？」

ざわざわと皆困惑しているようだった。

「ふむ、やはり見ず知らずの他種族をそう簡単には受け入れられぬか……」

「いや、どう考えても理由はこれでしょうよ……」

ちらり、とぴのこが俺の股間に半眼を向ける。

ゆえに俺は「なるほど」と頷いて言った。

「直接見せて本物かどうかを証明した方がよいというわけだな？」

「何故この流れでその結論に至ったのか……。というか、それで通してもらえたら逆にやべえやつらですよ、向こうが……」

はあ……、とぴのこが嘆息していた――その時だ。


「――おう、てめえか？　ダムドをぶちのめしたとかいう豚野郎は？」


「「！」」

突如気の強そうな女性の声音が響き、俺たちは再び門扉の上――そのさらに奥を見やる。

そこで大剣を担ぎながら俺たちを見下ろしていたのは、ダムドと同じ額の二本角が特徴の、見るからに勇ましそうな面構えの美女だった。

むしろ野性的と言った方が正しいだろうか。

体格も周囲の戦士たちに負けず劣らずの巨躯であり、その突出した威圧感も相まってか、一目で彼女がこの里の長であることが見てとれるほどだった。

なお、門扉を含め、彼女のいる建物などもほぼ木造なのだが、恐らくはこの環境下でも使えるほどの頑強さと耐熱性を持つ特殊な木材なのだろう。

「然り。そしてあなたがここの里長だな？」

「おうよ。アタシの名はバスクェイダ。確かにここの族長だ。まさかあのダムドがてめえみてえな人間に後れを取るとはな。正直、耳を疑ったぜ」

「まあ紙一重だったがな。あれほどの豪傑はそうはいまい。まみえたことを誇りに思っている」

「はっ、当然だ。ダムドはこのアタシが唯一認めた男なんだからな。で、そのダムドは今どこで何してやがる？　別に死んだわけじゃねえんだろ？」

「ああ。やつは今ケンタウロスの里で妻を娶り幸せに暮らしている。ゆえに案ずることはない」

と、俺としては安堵して欲しい一心でそう告げたのだが、

「……はっ？」


バスクェイダさんは一瞬呆然と目を瞬いたかと思うと、

「妻を、娶っただと……っ⁉」

「げっ⁉　ちょ、落ち着いてください、姐長《あねおさ》⁉」

「そ、そうですぜ！　きっと何かの聞き間違いですって！」

「そうそう！　あの堅物のダムドさまに限ってそんなことは……って、いや、でもケンタウロス

の女って美人が多いんだよなぁ……」

「んだとコラァ！　じゃあアタシは美人じゃねえっつーのかてめえ⁉」

「ぎええええええええええええっ⁉」

「ちょ、死んじゃいますって⁉　うおわああああああああああああああっ⁉」

「あ、姐長ああああああああああああああっ⁉」

　というような感じでオーガの戦士たちをぶっ飛ばし始めたのだった。

「……なるほど。姐長さん、ゴリマッチョさんのことが好きだったんですね……」

「ふむ。だがあのダムドが彼女の想いを知った上で他の女になびくとは到底思えぬ。ゆえに恐らくは想いを伝えることができず、よきライバルのような間柄になっていたのだろう」

「そうですね……。なんか〝女子力（物理）〟って感じですし……」

「うむ。ちなみに俺はああいう大柄な筋肉女子も大好物な益荒男だ」

「いや、もうぶっちゃけなんでもいいんじゃないですか……。なんなんですかおじさまのその性癖の広さは……」

◇

　その後、里の戦士たちが五人がかりで暴れるバスクェイダさんを連れていく中、俺たちも客人として里に入ることを許されたのだが、

「……もうやだ。アタシ族長辞める……。ゴブリンとかぶっちゃけどうでもいい……」

すっかり拗ねてしまったらしく、バスクェイダさんはベッドでふて寝していた。

「いや、しっかりしてくださいよ、姐長……」

「……知らん。あとはてめえらで勝手にやれ……。アタシは寝る……」

「はあ……」

がっくりと肩を落とした後、ここまで彼女を運んだ戦士の一人が申し訳なさそうに言った。

「わざわざ来てくれたのにすまねえな、あんたら。悪いがああなっちまった姐長はそう簡単には復活しねえんだ。しばらく放っておいてやってくれ」

「そうですか……。ゴリマッチョさんのことがよっぽどショックだったんですね……」

「ふむ。彼女はそんなにダムドと親しい仲だったのか？」

「まあいわゆる〝幼馴染み〟みてえなもんさ。つっても奇妙な間柄でな。普通俺たちオーガってのは気に入った相手とすぐヤッちまうんだが、姐長たちはそういう感じが一切なくてよ。まるで男同士が互いに腕を競い合ってるような感じだったんだ」

「なるほど。つまり幼少期に男子だと思っていた女子を、そのまま男子だと思い続けてしまったパターンだな」

「なんですか、その救いのない話は……。でもまあ確かに姐長さんもゴリマッチョさん並みの凄い身体してますもんね……」

「うむ。鍛え上げられた実によい肉体美だ」

そう腕を組みながら頷いていると、オーガの男性が「……ところで」とバスクェイダさんの様子を横目で窺いつつ、声量抑えめで問いかけてきた。

「あの女断ちで有名なダムドさまが一体どうして嫁さんなんか娶ることになったんだ……？」

――ぴくっ。

「ふむ。それを話すと長くなるのだが、かいつまんで言えば俺との激闘による負傷がきっかけだろう。それをケンタウロス族の長殿が見張りを兼ねて介抱したことで、いつしか二人の間に愛情が芽生えてしまったというわけだ」

――ぴくぴくっ。

「なるほどなぁ。心身ともに弱ってる時に優しく介抱されちまったんだ。そりゃ惚れちまってもおかしくねえわな」

「まあそういうことだ。とくに彼女は武芸のほか、家事も万能だったからな。いくらダムドと言えどママみを感じざるを得なかったのだろう」

「はは、ちげえねえや。その点うちの姐長なんか、腕っ節はつえーけどメシなんざ食えたもんじゃねえからな。ありゃ毒物だぜ、毒物」

はっはっはっ！　とおかしそうに笑う男性に、ぴのこが顔を引き攣らせながら言った。

「あの、できれば今すぐ後ろを向いて全力で土下座した方がいいと思います……」

「あん？　誰に何を謝れって……うげえっ⁉」

――びくびくびくっ。

「随分楽しそうじゃねえか……っ。ちょっとアタシも交ぜてくれよ……っ」

「ぎ、ぎえええええええええええええええええええええええええええっ⁉」

そうして男性がびくんびくんと天寿を全うしそうになる中、バスクェイダさんがソファにどかりと腰を下ろして声を荒らげる。

「つーか、結局てめえのせいじゃねえかこの金玉クソ野郎ッ！」

「金玉クソ野郎……（白目）」

「ふむ。そう言われてしまうと反論の余地もないのだが……」

「で、でもそんなに好きならどうしてもっと早く想いを伝えなかったんですか……？　ゴリマッチョさんならきっとあなたに対して真摯に向き合ってくださったと思うんですけど……」

「んなもん散々伝えたに決まってんだろ⁉　〝てめえの童貞はこのアタシがぜってえ奪ってやる〟ってな！」

「あの、それ絶対伝わってないです……。というか、普通に経験豊富で性欲旺盛な人だと思われてる可能性が……」

「う、嘘だろ……っ⁉」

ぴのこの指摘に、バスクェイダさんは愕然としながら言った。

「じゃ、じゃああいつが頑なにアタシの誘いを拒否ってたのは……？」

「いえ、それは単に禁欲していたからだとは思いますけど……」

そこでふとある可能性に気づいた俺は、それをバスクェイダさんに問うた。

「ふむ。ところでそれを初めてダムドに伝えた際、やつはどういう反応をしていたのだ？　もの凄くショックを受けていたのではないか？」

「あ、ああ、確かになんか寂しそうっつーか、〝そうか……〟って感じだったけどよ……」

「やはりそうか。ちなみにやつが禁欲に走ったのはそれからであろう？」

「な、なんで分かんだよ⁉　てめえ、そんなことまであいつに聞いてんのか⁉」

怪訝そうに眉根を寄せるバスクェイダさんに、「いや」と首を横に振って言った。

「さすがにそこまでは聞いておらぬ。だが何故ダムドが童の者を貫こうとしたのかは分かった」

「んだと？」

「え、どういうことですか？」

揃って小首を傾げる婦女子たちに、俺は腕を組んだまま言った。

「恐らくやつは、あなたに想いを寄せていたのだろう。ずっと一緒に切磋琢磨してきた幼馴染みだ。むしろそうならぬ方がおかしい。そしてあなたが自分を憎からず思っていることも知っていた。ゆえに大事にしようと心に決めていたはずだ。が、突然のビッチ発言に堪らず脳が破壊されてしまったのだ。まるで夏休み明けにギャルになった清楚彼女のようにな」

「えぇ……」

――ぱたんっ。

「きゅ～……」

「ちょ、姐長さんしっかりしてください⁉　口から魂出ちゃってますよ⁉」

「ふむ。やはりＮＴＲとは恐ろしいものよな……（遠い目）」

「いや、しみじみ語ってないで手伝ってください⁉　というか、おじさまの場合はＢＳＳ（僕が先に好きだったのに）的な状況の中で勝手にＮＴＲたように感じていただけじゃないですか⁉」

◇

　ともあれ、バスクェイダさんは未だ消沈中だったものの、こちらも急ぎの用件ゆえ、申し訳なくも本題に入らせてもらうことにした。

「はっ、ゴブリンどもの後始末だぁ？　んなもんてめえでやりゃいいじゃねえか。んなこともできねえくれえその馬女にご執心なのかよ、あのクソ童貞は」

「いや、めちゃくちゃやさぐれてるじゃないですか……。半分くらい姐長さんのせいなのに……」

「しょ、しょうがねえだろ⁉　あいつがそんな純情なやつだなんて知らなかったんだからよ⁉」

「まあ今さら言っても仕方あるまい。酷だとは思うが、やつはすでに愛する者を見つけてしまったのだからな」

「……けっ、とんだ甘ちゃんになったもんだぜ」

　ソファに大股で腰掛けながらやるせなさそうな顔をするバスクェイダさんに、少々胸を痛めつつも話を進めさせてもらう。

　無論、個人的には彼女をママにしたいところなのだが、失恋したばかりの女性を口説くほど落ちぶれてはいないのでな。

「ともあれ、協力してはもらえぬだろうか？　もちろん気乗りせぬのであれば巣の場所だけ教えてくれるだけで構わぬ。あとは俺たちがなんとかしよう」

「なんとかするだぁ？　てめえ、やつらがどんだけいんのか知ってんのかよ？」

「いや、正確な数までは知らぬ。が、とにかく多いということだけは知識として理解しているつもりだ」

「はっ、なら単身で乗り込むのだけはぜってえやめとけ。確かに一匹ずつなら大した脅威じゃねえ。けどやつらはとにかく数で押し切ってきやがる。しかも毒矢だの人質だのと手段を一切選んじゃこねえ。もしアタシらがこんな場所にねぐらを構えてなけりゃ、今頃とっくにぶっ潰されてただろうよ」

そう肩を竦めるバスクェイダさんに、「なるほど」と大きく頷いて言った。

「この些か過酷すぎる環境は身を守る術でもあったというわけか」

「まあそういうこった。アタシらはやつらと違って熱にはめっぽうつえーからな。つっても、最近はやつらもそれなりに耐えるようになってきたみてえだが……。そこにでけえ卵があんだろ？　そいつは昨日里の近くでゴブリンどもの死骸とともに転がってたもんだ。大方、調子に乗ってアタシらの縄張りにまで狩りに来たのはいいものの、結局熱にやられちまったんだろうよ」

「ふむ。確かにここの暑さは尋常ではないからな」

「ったりめえだ。つーか、てめえよくそんなクソみてえなスキルでこの熱波に耐えてやがんな？　最近の人間っつーのは皆金玉でかくして熱波に耐えんのか？」

「然り」

「いや、〝然り〟じゃないですよ……。そんな人、おじさま以外いるわけないでしょ……」

はあ……、とぴのこが嘆息する中、「ともあれだ」と腕を組んで言った。

「忠告はありがたく受け取ろう。だがゴブリンたちに関しては、たとえどれほど数がいようと問題ではない。今の俺であれば雄だろうと雌だろうとまとめてプレスすればよいだけの話だからな」

「へえ、そいつはおもしれえ。叩き潰してやるってか？　確かにてめえはあのダムドを倒したくれえだ。ただのはったりなんかじゃねえんだろうよ。だがアタシはまだてめえの力を見ちゃいねえ。言いてえことは分かんだろ？」

「無論だ。とはいえ、ここでは少々地の利が悪いな」

「はっ、あれだけ大口叩いといて、今さら怖じ気づいたのかよ」

そう嘲笑うように言うバスクェイダさんに、俺は首を横に振って言った。

「いや、そうではない。あなたのお相手をするとなると、この《陰嚢伸縮》を解かねばならぬのでな。俺だけならまだしもぴのこを巻き添えにするわけにはいかぬという話だ」

「おじさま……」

「なるほど。そいつもてめえのスキルで守ってるってわけか。ならそいつに関してはアタシらの持つアイテムで守ってやるよ。それなら文句はねえだろ？」

「無論だ。彼女の安全さえ確認できればこちらに異論はない」

「ちょ、ちょっと待ってください⁉　でもそれっておじさまはこの熱波に直接晒されるってことですよね？　それじゃおじさまの身体が……」

心配そうにこちらを見やるぴのこに、ふっと微笑んで言ったのだった。

「案ずるな。俺は種の者。ゆえにこのママなる大地が俺に味方してくれることだろう」

「いや、なんか〝母なる大地〟っぽく言うのやめてください……」

◇

そうして里の広場で対峙した俺たちを、他のオーガたちが歓声を上げながら取り囲む。

約束通りぴのこは水瓶のようなものに浸かっており、この猛烈な暑さから守られているようだった。

恐らくは水属性ないしは氷属性が付与されたアイテムなのだろう。

湧き出ているわけではないところを鑑みるに、たぶん中に入れた液体を冷やす類のアイテムだと思われる。

「さて、じゃあ始めようぜ、人間。わりぃが今のアタシはクソむしゃくしゃしててな。手加減は一切できねえから死んでも恨むんじゃねえぞ？」

「承知した。ならばあなたの鬱憤はこのゲンジが全て受け止めよう。ゆえに全力でかかってくるがよい」

「はっ、そいつは随分と気前がいいじゃねえか。ならとっととてめえの得物を出しやがれ。まさか素手でアタシに挑むつもりじゃねえだろな？」

「無論、そのつもりだが？」

「……あっ？　舐めてんのか？　てめえ」

バスクェイダさんが訝しげに眉根を寄せる中、「――憤ッ！」と《男優転身》を発動させる。

『――っ⁉』

　当然、意識が飛びそうになるほどの熱波が途端に襲いくるが、俺は歯を食い縛ってそれに耐え、振りかぶった右拳の一撃を地面へと叩き込んだ。

「奥義――《岩清水》ッ！」

　――どぱんっ！

『――なっ⁉』

　すると次の瞬間、地面から噴き出した冷涼な水がまるで天の恵みが如く俺たちに降り注ぎ、広場の体感温度を一気に下げた。

「んだと……っ⁉　ここいら一帯にこんな冷てえ水なんかねえはずだぞ……っ⁉　て、てめえ、一体何しやがった……っ⁉」

「無論、ママなる大地の力を借りただけだ」

「ママなる大地の力を借りた、だと……っ⁉　ま、まさかてめえ、そのナリで〝精霊術士〟だってのかよ⁉」

「いや、俺は精霊術士ではない。むしろその精霊たちにすらプレスする男――そう、〝種付けおじさん〟だ」

「種付け、おじさん……っ⁉」

　俺の言葉に一瞬困惑したような表情を浮かべたものの、バスクェイダさんは自身の大剣をぶんっと構えて言った。

「はっ、さっきからわけ分かんねえことばっか言いやがって。だがてめえが馬鹿みてえにつえーっつーことは今のでよく分かったぜ。精霊と契約もしてねえのに、この場所でこれだけの水が出せるわけねえからな」

「ほう、さすがは長にまで上り詰めるほどの猛者だ。よき洞察力をしている」

「そいつは——ありがとよッ！」

ぬかるんだ足場などなんのその。

だんっ！　と地を蹴り、バスクェイダさんが真正面から突っ込んでくる。

「オラアッ！」

狙いは袈裟——気持ちいいほどに全力の一撃だ。

ならば、と左手の五指を輝かせ、《ゴールドフィンガー》の手刀でそれを迎え撃とうとしたのだが、

「——グギャアアアアアアアアアアアアアアアアアアアアアアアアアッッ！」


『——っ⁉』

その時、突如大型の肉食獣と思しき咆吼が轟き、俺たちは揃って手を止める。

「あ、あれは……　〝赤竜〟です、おじさま⁉」

驚愕の表情でぴのこが指を差した先で羽音を響かせていたのは、全長十五メートル近くはありそうな真紅の飛竜だった。

〝隻眼〟ほどではないにしろ、かなり大型の飛竜である。

「なんでこんなところに赤竜がいやがんだ……っ⁉　里の周りには竜除けのくせえやつがこれでもかってくれえ撒かれてるはずだぞ……っ⁉」

「……ふむ。空腹に耐えかねてという感じの肉付きには見えぬが……ぬうっ⁉」

その瞬間、赤竜の大顎に炎が集束し始める。

「やべえ、《ギガブレス》だ⁉　てめえら、今すぐ物陰に隠れろ！」

『う、うわあああああああああああああああああああああああああっ⁉』

バスクェイダさんの怒鳴り声に、広場にいたオーガたちが蜘蛛の子を散らすように逃げ惑う。

――がしゃんっ！

「きゃあっ⁉」

「ぴのこ⁉」

おかげで誰かが水瓶を引っかけたらしく、ぴのこの身体がべちゃりと泥の中に投げ出されてしまった。

幸いだったのは、彼女が噴き出す水の近くに落ちたということだろうか。

いかな《岩清水》と言えど、時間が経てば冷水も熱湯に変わるからな。

本当に不幸中の幸いである。

「大丈夫か⁉」

「うぅ、泥だらけですぅ～……」

ぺっぺと泥を吐き出している様子のぴのこにほっと胸を撫で下ろしたのも束の間、俺は「すまぬ！」「えっ？」と彼女をパンツの中（ケツ方面）に押し込み、両腕にエネルギーを集中させる。

『ぎょえええええええええええええええええええええええええええっ⁉』

じたばたとパンツの中からぴのこの断末魔のような悲鳴が聞こえてくるが、今はそこより安全な場所がないゆえどうか許して欲しい。

万が一ブレスを止められなかったとしても、俺が全力で盾になれるからだ。

「お、おい⁉　何してやがる⁉　てめえも早く物陰に身を隠しやがれ！」

「いや、それでは恐らくあの集束したブレスを防ぐことはできぬ！　最悪、大量の犠牲者が出かねん！」

「つったってあの距離じゃ攻撃は届かねえだろうが⁉　犬死にする気か⁉」

「否ッ！　そのようなつもりなど毛頭ないッ！　届かぬのであれば届かせればよいだけのことだッ！」

「なん、だと……っ⁉」

ぬうううううううううううううううううううんッ！　と俺は唖然としているバスクェイダさんを尻目に、円のような動きで構えながらさらにエネルギーを高めていく。

確かに《即姫》でどこかへと飛ぶことは可能だが、《時間停止》が数秒しか保たぬ以上、今から連続で使い続けたとしても、この暑さの中で里の者たち全員を逃がすことは難しいだろう。

《天牙》による投擲も考えたが、触れていなければ《時間停止》の影響を受けるゆえ、これも現実的ではない。

となれば方法は一つしかあるまい。

そう、我が全霊のエネルギー波をぶつけ、ブレスを相殺――いや、押し返すッ！

「グギャアアアアアアアアアアアアアアアアアアアアアアアアアアアアッッ！」

どごうっ！　と赤竜の大顎から極大のブレスが放たれる中、俺もまた両手を虚空に突き出し、全エネルギーを放出する。

「――《昇天リンパ掌》ッ！」

〝死の女神〟なる異形の娘を文字通り昇天させたリンパ拳の奥義だ。

確かにこいつは死霊特攻の技だが、要は相手がエネルギー体であったがゆえにエネルギー波の方が効いたというだけのこと。

ならば同じエネルギーの塊であるブレスをこいつで止められぬ道理などありはしない！

どぱんっ！　と互いの一撃がぶつかり合い、辺りに衝撃波が巻き起こる。

「ぬああああああああああああああああああっ！」

そんな中、俺は地面に両足をめり込ませながらリンパ掌を放ち続ける。

なんと苛烈で重い一撃か。

〝隻眼〟を倒した際は完全な不意打ちだったがゆえ、竜とまともにやり合うのはこれが初めてなわけだが……なるほど。

赤竜でこれならば、黒竜をパールちゃんたちが討ち漏らしたというのも納得できる。

しかし俺の（ケツの）後ろには、ぴのこをはじめとしたオーガの民たちが怯えながら身を寄せ合っているのだ。

ここで押し負けるわけにはいかぬ！

が。

「グギャアアアアアアアアアアアアアアアアアアアアアアアアアアアアアアアアアアッッ！」

「いかん⁉　水が飛ばされていく⁉」

衝撃波の影響で俺たちの身体を冷やしていた水が飛ばされ、急激に体感温度が上がっていく。

『あちゃちゃちゃちゃちゃちゃちゃちゃちゃちゃちゃーっ⁉』

「ぬうっ⁉」

このままでは俺はまだしもぴのこの身体が保たない。

「――《陰嚢伸縮》ッ！」

ゆえに俺はこの状況下でさらに《陰嚢伸縮》を発動させたのだが、

「――ぐおっ⁉」

途端にブレスに押し負け始め、両足がさらに地面へとめり込んでいく。

やはり力が分散されているのが原因だろう。

《陰嚢伸縮》を解けば再び押し返せるやもしれぬが、冷却用の水が飛ばされている以上、俺もぴのこも長くは保つまい。

かといって、このままではかなり早い段階で限界を迎えるだろう。

そして俺が倒れれば、背後のバスクェイダさんたちも皆ブレスに巻き込まれて死ぬことになる。

どうすれば……っ、と唇を噛み締める俺だったが、次の瞬間にはかぶりを振って抱いていた杞憂を払拭する。

――悩むまでもない！

押し返さねば死ぬというのであれば押し返せばいいだけのこと！

分散しているリンパ掌のエネルギーを一つにまとめて一点突破すればよい！

「！」

その瞬間、俺の脳裏に浮かんだのは、己が闘気を右腕に凝縮して放つダムドの姿だった。

「感謝するぞ、戦友よ……っ」

――ぴろりん♪

《エクストラスキル――〝昇天リンパ剛掌〟を習得しました》

俺はカッと両目を見開き、左手を右腕に添え、一瞬《陰嚢伸縮》を解く。

そして戻ってきたエネルギーを爆発させるかの如く右手から解き放った。

「――《昇天リンパ剛掌》ッ！」

――ぶわあっ！

その威力は凄まじく、ぼろぼろだったパンツがついに砕け散り藻屑と消える。

当然、ぴのこを吹き飛ばすわけにはいかぬゆえ、押し潰されぬ程度にケツを締めて彼女を守り通す。

『あばばばばばばばっ⁉』

すまぬ、もう少しだけ耐えてくれ！

必死にケツから頭を引き抜こうとしているぴのこに心の中でそう謝罪しながら、最後の力を振り絞って全霊の一撃を放つ。

「ぬわああああああああああああああああああああああああっ！」

――どばあんっ！

『――なっ⁉』

その瞬間、リンパ剛掌がついにブレスを弾き飛ばし、赤竜目がけて一直線に飛んでいった。

「――ギホオオオオオオオオオオオオオオオオオオオオッ♡♡」

そうしてこれの直撃を受けた赤竜は、おほ声を上げながら落下していったのだった。

「……よく覚えておくがいい、真紅の竜よ。これが種付けおじさんの力だ」

――がばっ！

「うぼえぇっ⁉　いや、〝種付けおじさんの力だ〟じゃないですよ⁉　過去こんなケツ汗塗《まみ》れにされた女神いますぅ⁉（心底ブチギレながら）」

◇

その後、ぴのこにぷんすこ文句を言われながらも、俺たちは撃墜した赤竜（ダブルピースで裏返ってた）のもとへと赴き、これを拘束する。

バスクェイダさんには仕留めるべきだと言われたのだが、あまりにも不自然な襲撃だったため、原因を探った方がよいのではないかと提案したのだ。

「ふむ。確か里の周りには何か竜除けの術が張られているのだったな？」

「おう。こいつらはある特定の臭いを避ける習性があっからな。そいつをこれでもかってくれえ撒いてあるぜ？　おかげで今まで一度も里が襲われたことはねえよ」

「なるほど。ならば此度は何かが違ったというわけだ。俺は竜の習性についてはよく知らぬのだが、あれほどまでに敵意を剥き出しにするのはよくあることなのか？」

「いや、少なくともアタシの知る限り、こいつらがブチギレんのは自分の庭を荒らされた時くれえじゃねえか？　縄張り意識がクソつえーからな。あとはあれだ。仲間に手ぇ出された時もブチギレんな。とくにガキはやべえ。マジで国がぶっ潰されるレベルで暴れ回んぞ」

「ひえぇ……。そもそも幼竜なんて攫えるんですか……？」

　ぷるぷるしながら問うぴのこに、バスクェイダさんは首を横に振って言った。

「いや、無理だな。幼竜の周りには基本母親が付きっきりだ。仮に餌を獲りにいった隙に攫おうとしても、クソでけえ声で鳴きやがるからすぐにバレてぶっ殺される。なんなら試してみっか？」

「い、いえ、それはまたの機会で……」

　すっとぴのこが視線を逸らす中、ふとある可能性に気づいた俺は、それをバスクェイダさんに問う。

「ふむ。ならば孵化する前の〝卵〟ならばどうだ？」

「はっ、卵だぁ？　んなもん無理に……いや、待てよ？　確かに卵なら運び出せるかもしれねえ。幼竜みてえに暴れたりはしねえからな。ただし数人程度じゃ無理だ。母親を引きつける役も必要だからな。つまり――」

「〝ゴブリンたち〟ならば可能というわけだ」

「え、ゴブリンたちってまさか……」

その瞬間、バスクェイダさんが「クソッ！　そういうことか……っ」と地団駄を踏む。

「ああ、恐らくはそうだろう。あなたの家にあったあの巨大な卵は偶然手に入ったわけではない。〝意図的に〟置かれたのだ。邪魔なオーガ族を排除するためにな」

「そ、そんな……。で、でも周りにはゴブリンの死体もあったはずじゃ……」

「んなもんこいつに燃やされたやつらに決まってんだろ？　アタシらは熱波で死んだもんだとばかり思ってたけどよ」

「ああ、見事な偽装工作だ。やつらが〝一切手段を選ばぬ〟とは聞いていたが……なるほど。目的のためならば平穏に暮らしていた親子の仲をも引き裂き、同胞の遺骸すら利用するか。〝下衆の極み〟とはよく言ったものだな」

そう心底侮蔑を込めて吐き捨てる中、ぴのこがどこか悲しそうに言った。

「つまりこの赤竜さんはただ自分の赤ちゃんを取り戻しに来ただけということですか……？」

「ああ、そういうことになるだろう。どうりで怒り心頭だったわけだ。とはいえ、案ずることはない。人々の脅威になるような〝隻眼〟とは違い、このママは単に利用されていただけにすぎぬ。ゆえに早々に卵もろとも巣に帰してやるとしよう」

「おじさま……」

うむ、と頷き、俺は赤竜をリラックス状態にすべく、軽めのリンパ掌で彼女の頬を撫でながら言ったのだった。

「案ずるな。俺たちはあなたを傷つけるつもりはない。奪われし子も今すぐ返すゆえ、もうしばし待つがよい」

「ギゲエエエエ～……（びくんびくんっ）」

「あの、リンパ掌の出力本当に合ってます……？　このママさん、さっきからアヘ顔が止まらないんですけど……」

◇

そうして無事赤竜に卵を返した後、俺たちはバスクェイダさんのご厚意で宴の席に着かせてもらっていた。

なんでも赤竜をその身一つで撃退した俺の後ろ姿がダムドと重なったらしく、他のオーガたちも是非礼をしたいと申し出てくれたという。

ゆえに彼らから〝種兄《たねにい》（種付け兄貴の略）〟の名を頂戴した俺は、先ほどから男女問わず次々に酌を受けていたのである。

「しっかしまさかブチギレた赤竜の《ギガブレス》を防ぎやがるとは思わなかったぜ。他のやつらも言ってたけどよ、確かにあの一瞬だけはてめえとダムドが重なったように見えたからな」

「ふ、それは光栄だな。恐らく俺の放ったリンパ剛掌がやつの闘気掌を元にしたものだからだろう。つまりこの里を守ったのは、他でもないあの男ということだ」

「はっ、そいつはちげぇよ。確かにあいつの技を元にしたのかもしれねえ。けどてめえだけがあの状況下でただ一人赤竜に立ち向かったんだ。ならてめえが守ったに決まってんだろ？　てめえがなんと言おうとアタシはそう思ってっからな」

はぐっ、とどこか恥ずかしそうに肉を頬張るバスクェイダさんに、「そうか。ならばそういうことにしておこう」と口元を和らげていると、ふいにぴのこが半眼で言ったのだった。

「まあその時私がっつりおケツに挟まれてたんですけどね……。というか、早くも新しいママの匂いがしてきたなぁ……」

【六話】悲しみの裸エプロン

Tanetsuke Ojisan no isekai press Manyuki

ともあれ、ゴブリンたちがあのような卑劣な手を使ってきた以上、事態は急を要するということで、俺たちは翌日やつらの巣へと乗り込むことにした。

さすがに今回は数が桁違いゆえ、単身で乗り込もうと思ったのだが、「はっ、あれだけのことをされといて黙って見てられるかよ」というバスクェイダさんの意思を汲み、彼女も同行する形になっている。

まあいざという時は俺が守ればいいだけの話だからな。

それに受けた借りはきちんと返させてやらねばオーガたちの溜飲も下がるまい。

「つーわけで、この洞窟の奥がやつらの巣だ。マジでドン引くくれえ、うようよいやがるぜ？」

「ほう。確かにプレスの気配がむんむんしておるわ」

「いや、街ゆくお姉さま方とかならまだしも、このやばそうな洞窟に向かってむんむんしてるのは一体どういうことなんですか……」

至極胡乱げな視線を向けた後、ぴのこは「でも」と不思議そうに言った。

「見張りとかの姿はないんですね？　一番大きな巣だと聞いていたので、てっきり厳重な警備がされているものだとばかり……」

「ったりめえだろ？　やつらにとっちゃこいつも罠の一つなんだよ。ダンジョンだと思って入っていったやつらがあっという間に袋のネズミにされるっつー寸法だ」

「ひえぇ……。ゴブリンってそんなおっかない種族だったんですか……？」

ぷるぷると青い顔で俺の耳元に身を寄せてくるぴのこに、バスクェイダさんが「そりゃな」と肩を竦めて言った。

「狡猾さと容赦のなさで言や、ゴブリンの右に出るやつらはいねぇよ。だからダムドの野郎も見かねて抑え込んでたんだろ？　やつらを野放しにしてたらマジでやりたい放題やられっからな」

「なるほど。ならばなおのこと、ここでわからせておかねばなるまい。この世で最も恐ろしいものは魔王などではなく、種付けおじさんであるということをな（ゴゴゴゴゴッ）」

「はっ、その意気だぜ、ゲンジ！」

「え、その意気なんですか……？　いや、まあある意味恐怖の存在なんですけど……」

そうぴのこが半眼を向けてくる中、「ともあれだ」と腕を組んで言った。

「やつらは意気揚々と暗がりの中で俺たちが来るのを待ち構えているようだが、問答無用でオーガたちを殺そうとした以上、わざわざ律儀にやつらの土俵で戦ってやる必要はあるまい」

「え、まさか例の《岩清水》だかで水責めですか⁉」

「いや、それでは恐らく中にいるであろう幼子や、囚われし者たちも巻き添えにしかねん。もっと他にあるだろう？　こういうケツの中のような場所を隅々まで照らせるものが」

「何故この入り口をお尻の穴に例えたのかはさておき……。え、パールさんが使ってた《ライト》系のスキルとかですか……？」

「否。――〝内視鏡〟だ」

「いや、まあ、はい……。そうですね……。お尻に突っ込むのは内視鏡ですよね……（死んだ目になりながら）」

　というわけで、俺はダンジョン探査スキル――《内視鏡》を発動させる。

「奥義――《内視鏡》ッ！」

　――ぱあっ！

　するとまるで光の染みが広がるかのように、入り口から洞窟内が照らされていった。

「うおっ⁉　なんだこりゃ⁉　灯りもねえのに洞窟ん中が昼みてえになっちまったぞ⁉」

「ああ。これが我が奥義――《内視鏡》の力だ。無論、その効力は暗がりに光を灯すことだけではない。この洞窟の中にある全てのものの位置を把握できる上、罠は自動的に無力化されるようになっている。まるでポリープを切除するが如くな」

「なんですかそのチートスキルは……。せっかくゴブリンさんたちが罠張って待ってたのに……」

「ふ、この俺を罠に嵌めようなど笑止千万。嵌まるのはハニトラだけで十分よ」

「いや、結局嵌まってるんじゃないですか……」

　そうぴのこが呆れたように半眼を向けてくる中、「――憤ッ！」と柴犬を弾き飛ばしながら《男優転身》を発動させる。

「ともあれ、そろそろゆくとしようか。念のためあなたにはまたパンツの中に隠れていて欲しいのだが……」

「死んでもごめんです（迫真）」

「うむ。そう言うと思ったので今回は柴犬の中にでも隠れていてくれ」

「まあそれでしたら……」

ぱたぱたと飛んでくるぴのこを柴犬が大口で迎え入れようとしたのだが、

「あの、これ口から入って大丈夫なんです……？　前に餌付けされてましたけど……」

「ふむ。イケそうか？　柴犬」

「ワン！（よだれを垂らしながら）」

「だそうだ。案ずることはない」

「……」

――すー。

「あん？」

ぬぽっと彼女は無言でバスクェイダさんの乳の谷間に埋もれる。

が。

「……あれ？　なんかおじさまのお尻と同じ感触がします……」

「は、はあっ⁉」

「ふ、まあ良質な筋肉というのは総じて柔らかいものだからな。当然だろう」

「いや、〝当然だろう〟じゃねえよ⁉　てめえのケツとアタシの乳を一緒にすんじゃねえよ⁉」

納得のいかないらしいバスクェイダさんは猛然と抗議してきたのだった。

◇

「アタアッ！」

「ぐえっ⁉」

「アトウッ！」

「ぎょえっ⁉」

「ホアッタアアアアアアアアアアアッ！」

『ぎえええええええええええええええええええええええっ⁉』

そうして襲いくるゴブリンたちを鉄拳制裁していく中、同じく大剣を振り回して暴れていたバスクェイダさんが驚いたように笑って言った。

「しっかし明るいだけでこんなにもちげぇとは思わなかったぜ。いや、罠が一つもねぇっつーのもあれなのかもしれねぇけどよ」

「ああ。暗がりというのは余計な恐怖を抱くものだからな。注意力も散漫になるゆえ奇襲も受けやすい。が、こうして全てを曝け出してやれば、いかな物量があると言えど、所詮は狭い洞窟内だ。飛びかかれる人数にも限度がある。ゆえに我らの敵ではない」

「はっ、さすがだぜ！　てめぇほど背中を預けられる男はそうはいねぇ！　もしかしてアタシらクソ相性いいんじゃねぇか？」

「ふ、そうだな。万が一にも俺たちの子が生まれたのならば、必ずや一騎当千の豪傑となろう」

「そ、そういう話じゃねぇよ⁉　な、何馬鹿なこと言ってんだてめぇ⁉」

真っ赤な顔で声を荒らげるバスクェイダさんに、「すまぬな」と口元に笑みを浮かべて言った。

「楽しそうに笑うあなたがあまりにも可愛かったもので、つい口が滑ってしまったのだ。許してくれ」

「か、〝可愛い〟とか言うんじゃねえよ⁉　ぶ、ぶっ飛ばされてえのかてめえ⁉　つーか、てめえら人間からしたらアタシらオーガなんて化けもんみてえなもんだろうが⁉　こちとら天下の魔族さまなんだぞ⁉」

「何を言っている？　魔族だかなんだか知らぬが、こんないい女を一体誰が化け物だと言うのだ？　少なくとも俺は初めて会った時からあなたをママにしたいと思っていたのだぞ？」

「な、なななななな……っ⁉」

かあっとことさら顔を赤くさせるバスクェイダさんに、胸元のぴのこが半眼で言った。

「ほら、その辺にしておかないと本当にママにされちゃいますよ？　姐長さんが傷心だったから口説かなかっただけで、あのおじさま割と本気で最初から姐長さんのこと狙ってましたからね」

「じょ、上等じゃねえか！　このアタシを落とせるもんなら落としてみろってんだ！」

「いや、もうほぼ落ちかけなんですよ……」

はあ……、と嘆息した後、ぴのこは再びバスクェイダさんを見上げて言った。

「でももしこの先ゴリマッチョさんについてお気持ちの整理ができて、おじさまのことを少しでもいいなと思った時は、お話だけでも聞いてあげてください。子沢山ハーレムを目指してはいますけど、女性に対しては真摯なおじさまですから」

「ま、まあそいつは別に構わねえけどよ……」

つんつんとバスクェイダさんが両手の人差し指同士をくっつけたり離したりする中、俺はぴのこにぴっと人差し指と中指を合わせて立てたのだった。

「いや、〝ナイスアシスト〟じゃないんですよ……。なんですかそのベ○ータみたいなポーズは……。言っておきますけど、おじさまのためじゃなく姐長さんのためなんですからね？」

「ああ、分かっているさ。俺も彼女が幸せならばそれに越したことはない」

◇

そんな和やかな雰囲気でゴブリンの巣を攻略していった俺たちは、最奥に行く前に囚われている者たちを助けようとしたのだが、

「これは……」

「ひでえな……」

婦女子たちが言葉を失ったように、そこに広がっていたのはあまりにも凄惨な光景だった。

家畜のように首輪を付けられ、痩せ細った獣人の娘たちが、衣服や寝床もまともに与えられないまま、不衛生な牢内に閉じ込められていたのである。

しかも牢内には、亡くなってから数日以上経っていると思しき亡骸らしきものもいくつか放置されており、思わず顔を顰めたくなるほどの異臭が立ちこめていた。

恐らくは陵辱の限りを尽くされて殺されたのだろう。

それを目の当たりにしたせいか、それとも現在進行形でそういう目に遭っているからなのかは分からないが、俺たちの姿を見た娘たちは皆怯えたように身体を震わせていた。

――ばきんっ！

『ひっ⁉』

ゆえに俺は無言で格子を引きちぎった後、ゆっくりと牢内に侵入する。

そして怯える娘たちの前を通り過ぎ、壁際に安置されていた亡骸の前に片膝を突いて涙を流す。

「……すまぬ。俺がもっと早くここに来ていたのならば、あなたたちがこのような目に遭わずに済んだやもしれぬというのに……っ」

「おじさま……」「ゲンジ……」

「だが案ずることはない。あなたたちの無念はこのゲンジが必ずや晴らすと約束しよう。ゆえに少しだけこの中で待っているがよい。後ほど心優しき修道女たちとともに、あなたたちを丁重に天へと送り届けよう」

そう言って彼女たちを《アイテムボックス》の中へと収納していく。

そうして全員を収納し終えた俺は、そのまま身体を寄せ合っている娘たちの前へと赴き、再び片膝を突く。

「助けにくるのが遅くなって本当にすまない。あなたたちの心の傷を癒やすことはできぬが、身体の傷ならば今すぐにでも癒やしてやることができる。ゆえに怖いやもしれぬが俺の手に触れてはくれぬだろうか？」

すっとゆっくり右手を差し出す俺に、娘たちは困惑したように顔を見合わせる。

しばらくそうしていた彼女たちだったが、ややあってそのうちの一人が震える手で俺の右手に触れてくれた。

「ありがとう。あなたはとても勇敢な人だ」

そう微笑み、俺は《母胎回帰》を発動させる。

『――っ⁉』

するとその娘だけでなく、身体を寄せ合っていた娘たち全員の身体がほのかに輝き、純白の羽根が舞うと同時に心の傷以外の全てを癒やしたのだった。

「これでもう大丈夫だ。さすがに衣服は持っていないのだが、エプロンならばいくつか所持しているゆえ、せめてこれで身体を隠すがよい」

「ありがとう、ございます……」

「いや、この状況で突っ込むのもどうかと思いますけど、なんでエプロンだけそんな大量に持ってるんですか……」

「無論、ママの必須アイテムだからだ」

「そうですか……。とりあえず状況も状況なので、これ以上突っ込むのはやめておきますね……」

と、そんな感じでぴのこが黄昏れたような顔になる中、娘たちの首輪を《ゴールドフィンガー》で外してやる。

そしてバスクェイダさんに言った。

「すまぬが一度彼女たちを信頼できるママのところに連れていこうと思う。ゆえに一分だけぴのこを任せてもよいだろうか？」

「ったりめえだろ？　てめえの大事なこいつはアタシが命に替えても守ってやるよ。だからさっさとそいつらを安全な場所に連れていってやってくれ」

「感謝する。ぴのこもすまぬな。〝二度と離れぬ〟と誓ったのだが……」

「いえ、今はどうか彼女たちのことを優先してあげてください。むしろそうしてくれない方が私は嫌です」

「そうか。ならば少しだけ離れるゆえ、バスクェイダさんとともに待っていてくれ」

「ええ、分かりました」

　こくり、とぴのこが笑顔で頷いてくれたことを確認した後、俺は《即姫》で囚われの娘たちをカヒラの娼館があるミューンへと運んだのだった。

◇

「なるほどね。事情は分かったよ。しかし前回の妖狐族といい、あんたも厄介事によく首を突っ込む人だねぇ」

「ふ、性分なのでな。思わず身体が動いてしまうのだ。が、そのおかげでこうして愛する女性にも出会うことができた。ならば俺の行いはきっと間違ってはいなかったのだろう」

「ま、まあそう言われちまったらそうなんだろうけどさ……」

　ぷいっと赤い顔で視線を逸らすカヒラを愛らしく思いつつ、俺は彼女に言った。

「それよりこいつで彼女たちに新しい服と湯浴み、それから温かいスープでも飲ませてやってくれ。俺のスキルで健康、衛生状態ともに万全になってはいるが、それでもあのような殺伐とした場所にいた以上、心も大分疲弊しているだろうからな。もっとも、それで癒やせるほど浅い傷ではないのだが……」

そう言って、どさりと金の入った袋をテーブルの上に置く。

「またこんなにいっぱい……。でも分かったよ。〝要らない〟と言ってもどうせ置いていくんだろう？」

「無論だ。俺のわがままを聞いてもらっている以上、礼も兼ねているからな。余った分はあなたが使うなり、娼館の娘たちに美味いものを食わせるなり好きにしてくれ」

「ああ、分かったよ」

「感謝する。もちろんあなたには後ほどプレスで礼もするゆえ、シャワーでも浴びて待っているがよい」

「……もう、馬鹿な人だね」

再び赤い顔で視線を逸らすカヒラにふっと笑みを浮かべつつ、俺は未だ床に座り込んでいた娘たちの前に片膝を突いて言った。

「というわけだ。確かにここは娼館だが、彼女は俺の愛するママゆえ心配することは何もない。娼婦たちも皆訳ありの娘たちばかりだからな。きっとあなたたちの話を優しく聞いてくれることだろう。ゆえにまずは湯浴みをし、新しい服に着替えてから温かい食事で腹を満たすがよい。さすれば気持ちも少しは落ち着こう」

「ありがとうございます……。でも、どうしてそこまでしてくださるのですか……？」

「ふむ、難しい質問だな。先ほども言ったが性分なのだ。困っている者は見捨てておけぬ――ただそれだけのこと。ゆえにしばし待っているがよい。あなたたちをそのような目に遭わせた外道どもは、この俺が必ずや一人残らず地獄に叩き落とそう」

約束だ、と立てた小指を差し出すと、女性は涙ながらにゆっくりと小指を絡めてくれたのだった。

「どうか、お願いいたします……っ」

「ああ、任せるがよい」

◇

「……おっ？」

そうしてカヒラたちに娘たちのことを任せ、早々に元の牢がある部屋へと《即姫》で戻ってくる。

どうやらゴブリンどもの襲撃などはなかったらしく、二人の無事な姿にほっと胸を撫で下ろしながら言った。

「すまぬな。今戻った」

「いえいえ、おかえりなさいです」

「おう、こっちは全然問題なかったぜ？」

「そうか。ありがとう、バスクェイダさん」

「へへ、構わねえよ。それよりやつらをぶちのめしに行くんだろ？」

その問いに、俺は全身の筋肉をべきばきとさらに肥大化させながら言った。

「ああ。先日ゴブリンロードを相手にした時も感じていたが、どうやらここのゴブリンどもに情けは必要ないらしい。無論、幼子や無害な者にまで手を上げるつもりはないが、やつらの性根が基本的に腐りきっているということはよく分かった。ゆえに最奥にいる者どもには然るべき報いを受けさせねばならぬ」

ゴゴゴゴゴッ、と怒りの種付けオーラを全開にする俺に、バスクェイダさんも同意してくれる。

「そうだな。ゴブリンどもはマジで一度シメねえといけねえなと思ってたところだ。アタシも力を貸すぜ、ゲンジ」

「ああ、感謝する。ならば共に戦おうぞ」

「おうよ」

「じゃあ早速向かいましょう。万が一にも逃げられたら最悪ですからね」

「案ずるな。種付けおじさんは一度狙いを付けた獲物を絶対に逃がさぬ。必ずや地の果てまでも追い詰め、現実世界で無限ケツ裂き地獄に叩き落としてくれるわ」

「あの、そこはせめて幻術かタコ殴りの方向でお願いします……。実際に手を下してるおじさまの姿とか色々な意味で見たくないんで……」

「ふ、考えておこう」

◇

それから洞窟内をさらに地下へと進んでいった俺たちは、ついに最奥の広間へと到達する。

《内視鏡》でも途中からゴブリンどもの反応がここに集まり始めていたのは知っていたからな。

やつらもここで俺たちを迎え撃つつもりだったのだろう。

広間へと侵入した俺たちを見下ろしながら、恐らくは次の長であろう杖を持った巨躯のゴブリン――いや、ゴブリンロードが下卑た笑みを浮かべて言った。

「キッキッキッ！　まさか生きてるとは思わなかったぜ、オーガの姫ぇ！　オレさまたちの作戦は完璧だったはずなんだけどなぁ！」

「はっ、抜かせクソ野郎！　ゴブリン風情が随分と偉くなったじゃねえか！　ダムドがいた頃はへこへこしてたくせによぉ！」

「キヒヒ！　あの頃とは状況が変わったんだよ！　もうオレさまたちを縛るものは何もねえ！　これからは女どもを犯して犯して犯しまくってやるぜ！　つーわけでまずはてめえからだ、デカ女！　オレさまのでけえのでヒイヒイ言わせてやるぜぇ！」

『ウヒャヒャヒャヒャッ！』

一斉に笑い声を上げるゴブリンどもに、バスクェイダさんが「下衆どもが……っ」と不快感を露わにする。

――どぱんっ！

『――っ⁉』

そんな中、俺は大地を蹴って跳躍し、ずしんっとゴブリンロードの前に降り立って言った。

「おい、貴様がゴブリンどもの新しい親玉か？」

「な、なんだてめえは⁉　だったらなんだってんだ⁉」

「ぬあああああああああああああああああああああああッ！」

――どばしゃんっ！

『――なっ⁉』

その瞬間、凄まじい勢いでパンツを弾き飛ばし、堪らず尻餅を突いたやつの眼前に《馬並み》スキルで巨大化した一物を晒してやる。

「で、でか……っ⁉　な、なんだこりゃ……っ⁉」

当然、驚愕の表情でそれを見つめるゴブリンロードに、泰然と仁王立ちのまま告げた。

「俺は〝種付けおじさん〟――貴様らをでけえのでヒイヒイ言わせる者だ」

「た、種付けおじさん……っ⁉」

「そうだ。貴様に二つほど聞きたいことがある。何故この巣には雌の姿が見えぬ？　すでに逃がしたのか？」

「……キ、ヒヒ！　そんなわけねえだろうが！　雌なんて必要ねえからに決まってんだろ！」

「……必要ない、だと？」

「ああ、そうさ！　同族の女は態度ばかりでかくてウザってえからな！　その点、他種族の女は殴りゃ大人しくなる上、いくらでも代わりがいやがる！　なら同族の女なんていらねえじゃねえか！　だから全員まとめてぶっ殺してやったのよ！」

「そんな……」

「そこまでやるかよ……っ」

「……なるほど。そうして捕らえたのがあの牢に囚われていた娘たちというわけか。つまり彼女たちをあんな目に遭わせたのは貴様なのだな？」

「キヒヒ！　最高だったぜぇ！　やっぱり他種族の女はいいよなぁ！　同族の女じゃあんな風に泣き喚いちゃくれねえもんなぁ！　もちろんオレさまだけじゃねえぜ？　ここにいる全員でぶっ壊れるまで犯しまくってやったのよ！」

『アヒャヒャヒャヒャッ！』

「――アタァッ！」

耳障りな嘲笑が広間に響く中、「……そうか」と《馬並み》を解除した後、

――ぐしゃあっ！

「うげえっ⁉」

『――っ⁉』

ゴブリンロードを全力で殴りつけて言った。

「俺は貴様らほど醜き存在を知らぬ……っ。本来であれば馬並みの俺が脳内で延々とケツ裂き地獄を味わわせてやるところだが、貴様らにはそれすら生温い……っ」

「ぶ、ぶじゃげやがって⁉　ぶっごろじでやる⁉」

ぼたぼたとひしゃげた顔で、鼻血を撒き散らしながら声を荒らげるゴブリンロードだったのだが、

「でめえら！　あのぐぞやろうを……って、あで？」

『――なっ⁉』

次の瞬間には他のゴブリンともども亀甲縛りで広間の中央に転がされていた。

そう、俺が《時間停止》で全員を縛り上げたのだ。

「こ、こいつは一体……」

「すまぬな、バスクェイダさん。あなたにも返したい借りがあったやもしれぬが、この外道どもの処分は俺に任せてはもらえぬだろうか？」

「あ、ああ、そいつは別に構わねえけどよ……。つーか、いつの間にそんなところにいたんだ、おめえ……？」

呆然とするバスクェイダさんにふっと微笑んだ後、俺はとある春画獣を喚び出す。

「出でよ──《やまらのおろち》」

「ちょっ⁉」

ぴのこが慌てるのも無理はなかろう。

何せ、蛇の首の代わりに男性器が八本もうねうねしているやつなのだからな。

絵面的には完全にアウトな春画獣である。


「──ペニイイイイイイイイイイイイイイイイイッ！」


『ひいっ⁉』

「うおおっ⁉　な、なんだありゃ⁉　お、男のあれがあれしてるじゃねえか⁉　す、すげえ……」

「いや、姐長さんめちゃくちゃガン見してるじゃないですか……って、そうじゃないですよ⁉

ちょ、ちょっとおじさま⁉」

「ああ、分かっている。できれば俺も女性のいる前でこいつを喚びたくはなかった」

だが！　と声を張り上げて告げる。

「貴様らのような外道にはもはや慈悲の心など一片もありはせぬッ！　その腐った目によく焼きつけるがよいッ！　これが貴様らを串刺しにする異形の姿だッ！」

『――なっ⁉』

どういうことかと目を見開くゴブリンロードたちを冷たく見下ろし、俺は言った。

「貴様らはでかいのでヒイヒイ言うのが好きなのだろう？　ならば望みを叶えてやろうという話だ。これよりこいつが貴様らのケツを裂く」

「ぶ、ぶじゃげるな！　ぞ、ぞんなもんばいるわげねえだろ！」

「ああ、入らぬだろうよ。だが入ってくるのだ――その身体を引き裂きながらゆっくりとな」

『――っ⁉』

「なん、だど……っ⁉」

「無論、現実でそんなことをすれば、貴様らはたかだが一度のケツ裂きで死に至ってしまう。ゆえにこれより貴様ら全員に決して解けぬ幻術をかける。ケツを裂かれ、脳天までぶち破られて事切れたあとに、またケツを裂かれるところから始まる永劫の幻術をな」

「ぞ、ぞんな……っ⁉　だ、だずげでぐれ……っ⁉」

「ダメだな。せいぜい後悔しながら死ぬがよい。貴様らのような外道には似合いの末路だ」

そう吐き捨てるように告げた後、俺はこの場にいたゴブリンども全員にやまらのおろちバージヨンの《ケツ裂き地獄催眠姦》を放ったのだった。

◇

「オラアッ！」

どがしゃんっ！　とバスクェイダさんの放った剛撃が洞窟の入り口を崩落させ、完全に閉じる。

《内視鏡》で別の出入り口がないことは確認済みかつ最奥までの道は、そのほとんどを水没させてきたので、誰かがあの場所を訪れることは二度とないだろう。

ゆえにじっくりと地獄の苦しみを味わいながら娘たちに詫びるがよい。

「とりあえずこの大陸のゴブリンに関してはこれで一件落着ですね。でも大丈夫ですか、おじさま……？　なんだか顔色が優れないと言いますか……」

「ああ、大丈夫だ。やつらの非道な行いに少々気疲れしてしまっただけにすぎぬ。やはりうら若き娘たちの亡骸を目の当たりにしてしまうとどうしてもな」

「そうですよね……。なんならどなたかママさんたちにでも癒やしてもらってきますか……？　おじさまの場合はその方がきっといいと思いますし……」

「そうだな。だがそれはきちんとバスクェイダさんを里に送り届け、里の者たちを安堵させたあとの話だ。俺のことはそれからでよい」

「でも……」

「けっ、情けねぇ男だぜ。この程度のことくれぇでしょぼくれやがってよ。ママのおっぱいがねえとダメだってか？」

「ちょ、ちょっと姐長さん、そんな言い方……」

と。

「ふ、ふん、ならそんな弱蔵《よわぞう》のてめえにはアタシが一発活を入れてやるよ。どうせ日も落ちかけてんだ。里には明日の朝にでも帰りゃいいじゃねえか」

「え、それってつまり……。い、いいんですか、姐長さん⁉」

「か、勘違いすんじゃねえぞ⁉　あ、アタシはただ他の女なんざ必要ねえっつってんだ！」

「いや、それをどう勘違いするなと……」

ぴのこが呆れたように半眼を向ける中、バスクェイダさんに問う。

「本当によいのか？」

「ま、まあてめえには色々と借りもあっからな。礼代わりみてえなもんだ。だ、だからマジで勘違いすんじゃねえぞ⁉　べ、別に甘えさせてやりてえとか、なんか弱ってる顔にキュンときたとかそういうことじゃねえんだからな⁉」

「姐長さぁん……」

もう見てられないとばかりに、両手で顔を覆うぴのこなのであった。

◇

というわけで夕食後、野営用に《ＭＭ馬車号》を喚び出した俺は、そこでバスクェイダさんに癒やしてもらうことにした。

「……おら、来いよ」

「うむ、失礼する」

一糸纏わぬ姿になったバスクェイダさんに誘われるがまま、彼女の豊かな胸に顔を埋める。

弾力に富みつつも優しく包み込んでくれる、とてもよい乳房だった。

水浴び用に使った《岩清水》のしっとりとした感触が肌に残る中、彼女の速い鼓動がとくんとくんと響いてくる。

「緊張しているのか？」

「ったりめえだろ……。男とこういうことすんのは初めてなんだからよ……」

「そうか。だがとても安堵する温もりだ。そしてさりげなく頭を撫でてくれるその優しさが、傷ついた我が心に実に染み渡る。やはりあなたは母性強き女性のようだな」

「べ、別にそんなもん強かねえよ……。ただなんだ、こう、撫でてやった方がいいのかなって……」

「ああ。それをこうやって自然にやってくれることがこの上なく心地よいのだ。まさに至福の時と言えよう」

「そ、そうかよ……。つーか、埋めてるだけでいいのかよ……？」

「無論、心ゆくまで吸わせてもらうつもりだ。どうやらあなたもそれを待ち望んでいるようだからな」

ちらり、と視線を乳の中央へと向けてみれば、すでに乳首がぴんっと充血済みであった。

「べ、別に待ち望んでねえし⁉　テキトーなことばっか言ってっとぶっ飛ばしてひゃあんっ♡」

その瞬間、馬車内に可愛らしい嬌声が響く。

どうやら乳を吸った際の快感に耐えられなかったらしい。

「お、おい、やめっ……あっ♡　そ、そんな激しく吸うんじゃ……んあぁっ♡」

びくびくと身体を震わせながら、右に左に捩るバスクェイダさんの乳を十二分に堪能しつつ、熟練のフェザータッチで背中から臀部へと右手を下げていく。

「く、ふぅ……んんっ♡　こ、この、エロい手つきで人の尻を触りやがって……ひああっ♡」

「……ふう。すまぬな、あまりにもよい弾力の尻ゆえ、つい手が止まらなくなってしまったのだ」

「だ、だからって……あんっ♡　こ、こら、乳首を摘まむんじゃぁ……はあんっ♡」

「ふむ。快楽に悶えるあなたも実に可愛いぞ、バスクェイダさん」

「ふ、ふざけんな……あっ♡　あ、アタシにこんなことしてただで……んんっ♡　ば、馬鹿、やめっ……ん、ちゅっ……れろっ……」

話の途中で唇を奪ってやると、彼女は嫌がっている素振りを見せつつもすぐさま舌を絡めてくれる。

そうして貪るように互いを求め合った後、すっかりとろけ顔になっていたバスクェイダさんが呆けているうちに、

「……えっ？　お、おい、ちょっと待っ……はあんっ♡」

俺は淫靡な香り漂う下腹部へと流れるように顔を埋めてやった。

「や、やめっ……あっ♡　ど、どこ舐めて、んっ♡　あっ♡　ち、ちきしょう……あんっ♡　な、なんでこんな……は、あっ♡　き、気持ち、んっ、いいんだよぉ……んああっ♡」

ぎゅっと俺の頭を股ぐらに押しつけながら、バスクェイダさんが快楽に身悶えする。

どうやらよほどこの愛撫が気に入ったらしい。

恐らくされるのも初めてだろうからな。

ならば、と彼女の秘部に舌を這わせたまま、両乳首も同時に責めてやる。

「くああっ♡　こ、こんなすげえことされたらアタシ……あっ♡　あ、アタシもう、ひああっ♡　す、すげえのが上がって……んああああああああああああああああっ♡♡」

びくんっ！　と背を反らしながら、バスクェイダさんが絶頂を迎える。

しかしこの反応……もしかしたら彼女は……。

「……ふう。どうやら初めて達したようだな。今のが俗に言う〝イク〟という感覚だ」

「い、イク……？　あ、アタシ、今イったのか……？」

息も絶え絶えに問うてくるバスクェイダさんに、「そうだ」と頷いて言った。

「見た感じ、あなたはかなり敏感な体質のようだな。これならば我が剛直でさらなる快楽を得ることもできよう」

「――ひっ⁉」

ずんっ、とはち切れんばかりに怒張した剛直を見せつけてやると、彼女は一瞬怯えたような顔をしたものの、次の瞬間には「す、すげえ……」と生唾を呑み込んでいた。

「触れてみるがよい。これはもうあなたのものだ。あなたのしたいようにしてくれて構わぬ」

「こ、こいつがアタシの……」

ごくり、と再び固唾を呑み込んだ後、バスクェイダさんの手が優しく剛直に触れる。

「あ、熱くて硬え……。それにすげえびくびくしてやがる……」

「ああ。あなたに触れられて興奮しているのだ。もっと興奮させればさらに猛々しくなるぞ。……やり方は分かるな？」

「……」

こくり、と無言で頷いたバスクェイダさんは、しばし剛直を熱っぽく見つめていたかと思うと、辿々しくこれに舌を這わせ始める。

「……はむっ……じゅぼっ……じゅるっ……」

そしてそれを咥え込んだかと思うと、ゆっくり頭を動かし始めた。

「いいぞ……っ。あなたには素質があるようだ……っ。できれば俺もお返しにしてやりたいところなのだが、どうにもあなたの愛撫が心地よすぎてな……っ。ぬ、そろそろ出すぞ……っ」

「んんっ⁉」

ぶちゅっと唇の端から精が溢れてくるも、彼女は口を離さず、そのまま吸い上げるように全部呑み込んでくれる。

「……っぷはあ⁉　くそ、苦えもん飲ませやがって……っ」

口を拭いながらそう恨み節を吐くバスクェイダさんだが、彼女はふと気づいたように剛直を見やって言った。

「つ、つーか、マジでさっきよりでかくなってんじゃねえか……。そ、そんなにアタシの口がよかったのかよ……？」

「無論だ。あなたに口淫の素質があるというのもさることながら、愛する女に奉仕されて喜ばぬ男などおらぬ」

「――なっ⁉　い、いきなり何言ってんだてめえ⁉　あ、アタシがあの馬鹿を好きなことくらい知ってんだろ⁉　お、おちょくってやがんのか⁉」

真っ赤な顔で声を荒らげるバスクェイダさんに、「否。そうではない」と首を横に振って言った。

「俺は初めて会った時からあなたに惚れていた。その勇ましき容姿も、破天荒な口ぶりも、何もかもが美しく見えたからだ。失恋に際し、人知れず寂しそうな表情を浮かべていたあなたを見た時は、堪らず抱き締めそうになったくらいだ」

「な、ななな……っ⁉」

「ゆえに今こそ正直に言おう。――俺はあなたが欲しい、バスクェイダさん」

「～～っ⁉」

かあっとバスクェイダさんがことさら顔を赤くする中、俺は彼女をゆっくりと押し倒していく。

「ほ、本気で言ってんのか……？　あ、アタシはオーガなんだぞ……？」

「それが一体なんだと言う。俺にとってはただの愛らしい女だ」

「あ、愛らしい女って……くっ⁉　な、ならあいつのことはどうだ⁉　たとえてめえのもんになったとしても、あいつを忘れねえかもしれねえんだぞ⁉」

「ああ、別に忘れる必要はない。やつはあなたにとって大切な存在だろうからな。だが俺に抱かれている時は、俺しか見えなくなるほど乱れさせてやる。逆に俺の温もりが忘れられなくなるくらい激しくな」

「〜〜っ⁉　こ、この、さっきから歯の浮くようなことばっか言いやがって……っ」

「嫌か？」

「べ、別に嫌じゃねえ……。嫌じゃねえけど……」

ちらり、と切なげな表情でこちらを見やったバスクェイダさんを真っ直ぐ見つめ、俺は言った。

「──愛している。俺の子を産んでくれ」

「……ば、馬鹿野郎……なんでてめえはそんな……んっ……ちゅっ……」

そこで俺の口づけを受け入れてくれたバスクェイダさんが首元に腕を回してくる中、

「──んんっ⁉　で、でけえのがアタシの中に……ああっ♡」

ずにゅりと剛直を蜜壷に沈み込ませる。

「ぬう、熱いぞ、バスクェイダさん……っ」

彼女のそこは俺が愛撫した時よりも一層愛蜜に溢れており、はち切れんばかりに怒張していた剛直をあっという間に根元まで呑み込んでしまった。

「く、あっ……お、奥に当たって……んんっ♡」

「凄い締め付けだ……っ。これでは俺も長くは保つまい……っ」

「ったりめえだろ……んっ♡　だ、誰ん中入れてると思って……んああっ♡　ば、馬鹿、動かすんじゃ、ああんっ♡　や、あっ♡　はあんっ♡」

ぎゅっとバスクェイダさんが力強く抱きついてくる中、彼女の弱い部分を探り当てるように腰を動かす。

　もっとも、俺の一物は世に聞くマジカルチ〇ポなので、がむしゃらに動くだけでも相当の快感なのだが。

「はあ、あっ♡　ん、あっ♡　んっ♡　ち、ちきしょう……あっ♡　こ、声が抑えられねえ……や、あっ♡　あんっ♡」

「別に抑えずともよい……っ。あなたの可愛い声をもっと俺に聞かせてくれ……っ」

「ふ、ふざけんな……んっ♡　そ、そんな恥ずかしい真似できるわけ、はあんっ♡　ちょ、やめっ、ああんっ♡　あ、や、あんっ♡　あっ♡　き、気持ちいい……あ、はあんっ♡」

「ふ、そうだろうとも……っ。だがまだこんなものではないぞ……っ」

「ふわあっ♡　ば、馬鹿、胸を吸うんじゃ……あ、あああああああああっ♡」

　びくんっ、とバスクェイダさんの腰が幾度も跳ね上がり始める。

　どうやら限界が近いらしい。

　ならばと彼女を再び強く抱き締めて言った。

「そろそろイクぞ……っ。今度はあなたも一緒だ……っ」

「あ、ああ、来てくれ……っ。あ、アタシも、んっ、あんたと一緒に、イキてえ……っ」

「よかろう……っ。ならば存分に受け取るがよい……っ。そして我が子種で孕めいッ！」

　――どぱんっ！

「んぎいいいいいいいいいいいいいいいいいいいいいいいっ♡　す、すげえのがきてるうううううううううううううううっ♡♡」

ぷしゃあっ！　と股ぐらから透明な液体を噴きながら、バスクェイダさんが激しく絶頂する。

当然、俺もがっつりと彼女の中に精を解き放ち、これでもかと種付けを行う。

するとバスクェイダさんが虚ろな目で呼吸を整えながら言った。

「あ、ああ……アタシ、あんたに孕まされちまってる……」

「そうだ。俺の子種は特濃だからな。間違いなく我が子を孕むことだろう」

だが、と上体を起こした俺は、彼女の両腕を引きながら再び腰を前に突き出す。

「んああっ♡　ちょ、ちょっと待ちやが、ああんっ♡　や、馬鹿……やめっ、あっ♡　あっ♡　これやばっ、いひいっ♡」

一突きする度に彼女の豊満な乳房がたゆんっと弾み、視界的にも俺の情欲を煽っていく。

「ま、待って、あんっ♡　あっ♡　そ、そんなにされたらアタシ……は、ああんっ♡　ま、またイって、あっ♡　イっ、くうううううううううううううううっ♡♡」

――ぷしゃあっ！

がくがくと背を反らしながら、バスクェイダさんが再び愛液交じりの液体を撒き散らす。

「はあ、はあ……っ」

そしてぐったりと肩で息をしている彼女をうつ伏せにした俺は、そのまま尻を持ち上げ、

「んほおっ♡」

ずにゅり、と未だぱんぱんに張った剛直を容赦なく突き入れてやった。

「く、ふぅ……っ。な、なんでまだこんなに……あっ♡　で、でけえままなんだよぉぉっ♡」

「ふ、それはあなたを心の底から愛しているからだ……っ。ゆえに何度抱いても抱き足りぬ……

っ。あなたが欲しくて堪らぬのだ……っ」

「ああんっ♡　あっ♡　あっ♡　ほ、本当か……？　んっ♡　ほ、本当にアタシのことを……あっ♡　そ、そんなに愛して、あっ♡　くれてんのか……？　んんっ♡」

「無論だ……っ。この猛き剛直の熱さがあなたにも伝わっているだろう……っ？　決して冷めることないこの熱さが、硬さが、太さが、全てあなたへの愛を如実に表しているのだ……っ」

「はあんっ♡　そ、そんなこと言われちまったらアタシ……あんっ♡　アタシ……ああっ♡　も、もうあんたなしじゃ生きていけなくなっちまうぅぅぅぅっ♡」

「構わぬ……っ。あなたはもう俺だけのものだ……っ。ゆえに我がママとなれぃッ！　バスクェイダッ！」

どぱんっ！　と激しく腰を打ちつけながら大量の精を解き放ってやれば、

「な、なりましゅううううううううううううっ♡　あ、アタシ、あんただけのママになりゅうううううううううううううううううううううっっ♡♡」

バスクェイダさんは、そうおほ声を上げながら絶頂したのだった。

◇

そうして俺はヤンママ感全開のバスクェイダさんから存分に癒やしをもらった。

基本的に今までのママたちは自発的に受け入れてくれる感じだったので、こういう〝仕方ねぇな〟という感じで甘えさせてもらえるのはとても新鮮であった。

　しかも口では色々言うものの、事後には優しく頭を撫でてくれたり抱き締めてくれたりと、母性の強さが垣間見えるのがなんとも心地よく、すっかりその胸の中で眠りに落ちてしまったのだ。

「ありがとう。あなたのおかげで気力も全快した。これでたとえもう一つの巣で同じような光景を目の当たりにしたとしても大丈夫だろう」

「はっ、そうかよ。ならガキみてえにいつまでもくっついてねえで、とっとと離れやがれってんだ」

　ぷいっと恥ずかしそうにそっぽを向くバスクェイダさんだったのだが、

「いや、がっつり抱き締めといて何言ってるんですかあなたは……」

　ぴのこに半眼でそう突っ込まれ、かあっとことさら顔を赤くしていた。

「ち、ちげえし⁉　こ、こいつがなんか離れたくなさそうにしてたから仕方なく付き合ってやってたんだよ⁉」

「へー。ならもう十分朝チュンしましたし、そろそろ離れてもよいのでは？」

「お、おう。ったりめえだろ？」


　――数秒後。


「いや、全然離す気ないじゃないですか……。〝ったりめえだろ？〟じゃないですよもう～……。え、そんなにおじさまのことが好きになっちゃったんですか……？」

「す、好きになんかなってねえし⁉　あ、あれだあれ！　こいつが馬鹿みてえにアタシを求めてきやがるから、思わず腰が抜けちまってんだよ！」

「……だそうなので今すぐ姐長さんに《母胎回帰》をかけてあげてください」

「ふむ、承知した」

「あーなんか治りそうな感じになってきやがったわー！　いや、むしろこいつはもう治っちまってんじゃねえか？　んだよ、じゃあしょうがねえなぁ。ったくよぉ」

——ばさり。

「いや、〝ばさり〟じゃないんですよ……。何もう一度寝に入ろうとしてるんですか……。いい加減にしないとその上掛け取っ払いますよ……？（ジト目）」

◇

そんなこんなでオーガの里へと戻ってきた俺たちは、バスクェイダさんの口からゴブリンどもを殲滅し、当面の危機が去ったことを里の者たちに伝えてもらった。

これでとりあえずは一安心である。

あとは南の大陸の巣をなんとかするだけなので、一度その旨をダムドに報告しに行った後、カヒラの娼館に預けている娘たちのところに向かおうと思う。

《アイテムボックス》の中の娘たちもなるべく早めに弔ってやりたいからな。

南の大陸の巣を攻略するのはそれからだ。

「で、てめえは次いつここに来るんだよ？」

「そうだな。諸々の用事を片づけてからゆえ、しばしあとということになるだろう」

「はっ、そいつは嬉しいぜ！　ならさっさとどこへでも行っちまえってんだ！」

「いや、すぐ会いに来て欲しいなら素直にそう言えばいいじゃないですか……。何ちょっとふて腐れちゃってるんです……？」

「ふ、ふて腐れてねぇし⁉　つーか、別にずっとここにいりゃいいだろなんて思ってもいねぇよ⁉」

「あの、私そんなこと一言も言ってないんですけど……」

じとー、と半眼を向けるぴのこにげふんっと一つ咳払いをしつつ、バスクェイダさんは顔を赤くして言った。

「と、とにかくだ！　このアタシを抱きやがった以上、頻繁に顔を出すのが筋ってもんだろうが！　分かってんのかてめぇ！」

「つまり〝寂しいからいっぱい会いに来てね〟と……」

「要約すんじゃねぇよ⁉　さ、寂しいだなんて思ってるわけねぇだろ⁉」

「ふ、案ずることはない。元より足繁く通うつもりではあったからな。あなたに寂しい思いなどさせはせぬよ」

「ま、まあそれなら別にいいんだけどよ……（指つんつんしながら）」

「いや、やっぱり寂しいんじゃないですか……」

◇

ともあれ、俺たちはオーガの里をあとにし、一度ケンタウロスの里へと赴く。

できればギネヴィアさんと馬並みちゅっちゅプレスをしたいところだったのが、今は優先せねばならぬことが多々あるゆえ我慢である。

「……そうか。それは辛き出来事であったな。これも全ては我が不徳の致すところだ。本当にすまぬ……」

「いや、気にすることはない。元よりそういう者どもだったというだけの話だ。お前が頭を下げる必要はない」

「……そう言ってもらえると助かる。しかしまさかあのバスクェイダが貴殿を気に入るとはな。いや、むしろ貴殿のような男のところに落ち着いてくれて正直安堵している。あれも大分やんちゃをしていた女だからな。昔馴染みとして気がかりではあったのだ」

「そうか。彼女もお前のことを大層気にかけていたぞ」

（まあ気にかけていたどころじゃないんですけどね……。ゴリマッチョさんもゴリマッチョさんで未だにビッチだったと思ってるみたいですし……）

（うむ。ゆえにこの一件に関しては墓場まで持っていくのが義というもの。〝知らぬが仏〟とはよく言ったものよな）

（そうですね……。たぶんその言葉を作った人も、なんか知りたくないことを知っちゃったんでしょうねぇ……）

（ああ。恐らくは風俗でのウエスト60表記が、プラス20以上の誤差がある場合が多いということを知った時と同じだろう）

（いや、それはもはや誤差とかいうレベルではないです……）

「ほら、茶だ」

「うむ、感謝する」

「ありがとうございます」

ことり、と熱々のお茶を淹れてくれたレオデグラさんに揃って頭を下げていると、ダムドが腕を組んで言った。

「しかし、まさかゴブリンどもが雌を全て排除していたとはな……」

「ええ、私たちも驚きました。なので、もしかしたらもう一つの巣も……、と」

「いや、それはないだろう。向こうはそもそも雌しかいなかったはずだからな」

「え、そうなんですか？」

「ああ。実は北と南では同じゴブリンでも種族が異なっていてな。南はより人間に近いが雌しか生まれぬ〝ゴブリンクイーン〟という種族なのだ。ゆえに繁殖期になると人間の男を攫い、子をもうける。とはいえ、北のやつらのように嬲り殺したりはせぬ。その点で言うのならばまだ交渉の余地はあるだろう」

とくに貴殿ならばな、と不敵に付け足すダムドに、俺もまたふっと笑みを浮かべて言った。

「無論だ。向こうが〝種〟を求めているというのであれば、俺ほどの適任者はいないだろう。怒濤のプレスで交渉終了だ」

「なんというか、嫌な交渉ですね……」

ぴのこが半眼でそう言う中、「ともあれ」とダムドに問いかける。

「そこの長はどのような者なのだ？　〝より人間に近い〟ということは、バスクェイダさんのような女戦士然とした感じの女性ということだろうか？」

「そうだな。とくに問題を起こすようなことがなかったゆえ、俺もあまり足を運んではいなかったのだが、少なくとも俺の知る限り、長の雌はバスクェイダほどでないにしろ勇敢な戦士だったと記憶している」

「そうか。であれば戦士として拳で語り合えることもあろう。有益な情報感謝する」

「いや、構わぬ。むしろ感謝するのはこちらの方だ。俺が動けぬばかりに……っ」

くっ……、と悔しそうに唇を噛み締めるダムドに、ぴのこが再び半眼で言ったのだった。

「あの、きっと真面目に悔しがってるんだとは思うんですけど、そのラブラブハートセーターのおかげでまったく頭に入ってこないと言いますか……。というか、なんで私服までペアルックってるんですか……。もしかしてただイチャイチャしたいだけじゃないでしょうね……？」

◇

そうしてダムドからもう一つの巣の情報を得た俺たちは、その足でカヒラの娼館へと《即姫》で飛び、預かってもらっていた娘たちをどうすべきか頭を悩ませていた。

　というのも、幸い現在進行形で妊娠している者はいなかったのだが、あまりにも心の傷が大きすぎるため、今の状態で故郷に帰すのは些か酷ではないかという話になったからだ。

「なら記憶を消してやるってのはどうだい？　確か〝夢魔〟なんかがそういう術に長けていた気がするけどねぇ」

「ほう、夢魔か。俺の中では淫魔と同種と捉えていたのだが、ここでは違うのか？」

「ええ、〝夢魔〟はその名のとおり夢に入り込む亜人というか、要は淫魔の上位種ですね。女性しかいないので基本的にはサキュバスに近い風貌をしているのですが、力は断然夢魔の方が上です。何せ、夢の中では対抗手段がない上、潜在意識を操られるのと同じなので、夢に入られたが最後、自発的に彼女たちに従ってしまうんです」

「なるほど。夢でも現実でもダブルでお得なドスケベエロエロ女というわけか」

「え、ええ、まあそうですね……。というか、何故今の話を聞いて〝脅威〟ではなく〝お得〟だと感じられるんですか……」

　呆れたように半眼を向けてくるぴのこに、俺は泰然と腕を組んで言ったのだった。

「無論、夢の中だろうと俺は〝種付けおじさん〟だからだ」

「なんでしょうね……。本来なら絶対攻略できないはずなのに、普通に夢の中でもプレスしそうだから困りますよ、私は……」

◇

一方その頃。

「げっ⁉」

定期報告をしに魔王城を訪れていたメリディアナは、そこで天敵とも言うべき相手と遭遇していた。

「ご機嫌よう、メリディアナさま」

そのお淑やかな容姿からは想像もできないほど、グラマラスかつ扇情的な装いをした妙齢の女性である。

「り、リリスフィアさま……」

魔王直下六大高位魔族が一人――ナイトメア族のリリスフィアである。

〝夢魔〟と呼ばれる淫魔の上位種ゆえ、六大高位魔族うんぬん以前に、サキュバスクイーンの彼女とはもの凄く相性が悪いのだ。

気まずそうに視線を逸らしているメリディアナに、リリスフィアはふふっと笑って言った。

「そんなに緊張なさらずともよろしいのですよ？　私《わたくし》はただあなたに一言お断りしておきたいと思っただけですから」

「お、お断りですか……？」

「ええ。実は私、ダムドさまをお倒しになられた殿方に大変興味を持っておりまして、是非一度お目にかかりたいのです」

「だ、ダーリン……じゃなかった。あ、あの人間にですか⁉」

「ええ。ですので一応彼を落とそうとされているというあなたにお断りをと思いまして。勝手に奪われたら、とても嫌なお気持ちになりますでしょう？」

「そ、それはまあ……」

「ふふ。というわけで、その時はごめんなさいね。それだけお伝えしたくて。それではご機嫌よう、メリディアナさま」

恭しく頭を下げて踵を返していくリリスフィアを見やった後、メリディアナは焦燥を滲ませながら独りごちたのだった。

「ま、不味いわよ、ダーリン……っ⁉」

◇

――きゅぴーん！

「ぬっ⁉　このプレスシャーは……ママか⁉」

「いや、いきなりニュー◯イプみたいなこと言うのやめてください……。なんですか〝プレスシャー〟って……」

「無論、〝ママみ強き女の気配〟のことだ。どうやらこの方角にいずれママとなりし定めを持つ者がいるらしいな」

「そうですか……。なんかもうおじさまならそういう気配も察知できるんだろうなぁという感じですけど、ぶっちゃけドン引きですね……」

本書に対するご意見、ご感想をお寄せください。

あて先

〒162-8540 東京都新宿区東五軒町3-28
双葉社　モンスター文庫編集部
「くさもち先生」係／「マッパニナッタ先生」係
もしくは monster@futabasha.co.jp まで

Mノベルス

種付《たねつ》けおじさんの異世界《いせかい》プレス漫遊記《まんゆうき》 ～その者《もの》、全種族《ぜんしゅぞく》（勇者《ゆうしゃ》と魔王《まおう》も含《ふく》む）を嫁《よめ》にし、世界《せかい》を救《すく》った最強《さいきょう》無双《むそう》のハーレム王《おう》なり～②

2024年1月31日　第1刷発行

著　者　くさもち

発行者　島野浩二

発行所　株式会社双葉社
〒162-8540　東京都新宿区東五軒町3番28号
［電話］03-5261-4818（営業）　03-5261-4851（編集）
http://www.futabasha.co.jp/（双葉社の書籍・コミック・ムックが買えます）

印刷・製本所　三晃印刷株式会社

［電話］03-5261-4822（製作部）
ISBN 978-4-575-24714-5 C0093

モンスター文庫

1
超難関ダンジョンで10万年修行した結果、世界最強に
～最弱無能の下剋上～
力水
ill 瑠奈璃亜
【この世で一番の無能】カイ・ハイネマンは13歳でこのギフトを得た。しかし、ギフトの効果により、カイの身体能力は著しく低くなり、ギフト至上主義のラムールでは、蔑まれ、いじめられるようになる。カイは家から出ていくことになり、王都へ向かう途中襲われてしまい必死に逃げていると、ダンジョンに迷い込んでしまった――。そのダンジョンでは、『神々の試煉』をクリアしないと出ることができないようになっており、時間も進まないようになっていた。カイは死ぬような思いをしながら『神々の試煉』を10万年かけてクリアする。クリアする過程で個性的な強い仲間を得たりしながら、世界最強の存在になっていた――。かつて、無能と呼ばれた少年による爽快無双ファンタジー開幕！
モンスター文庫

1
小鈴危一
Illust. 夕薙
最強陰陽師の異世界転生記
～下僕の妖怪どもに比べてモンスターが弱すぎるんだが～
仲間の裏切りにより死に瀕していた最強の陰陽師ハルヨシは、来世こそ幸せになりたいと願い、転生の秘術を試みた。術が成功し、転生した先はなんと異世界だった！　魔法使いの大家の一族に生まれるも、魔力なしの判定。しかし、間近で目にした魔法は陰陽術の足下にも及ばなくて――極めた陰陽術と従えたあまたの妖怪がいれば異世界生活も楽勝！　歴代最強の陰陽師による異世界バトルファンタジーが新装版で登場！　30頁超の書き下ろし番外編も収録。
モンスター文庫